물음을 위한 물음

물음을 위한 물음
Questions for Questioning

지은이	윤여일
펴낸이	조정환
책임운영	신은주
편집	김정연
디자인	조문영
홍보	김하은
프리뷰	권두현, 권혜린
펴낸곳	도서출판 갈무리
등록일	1994. 3. 3.
등록번호	제17-0161호
초판 1쇄	2021년 9월 9일
초판 2쇄	2023년 1월 11일
종이	타라유통
인쇄	예원프린팅
라미네이팅	금성산업
제본	바다제책
주소	서울 마포구 동교로18길 9-13 2층
전화	02-325-1485
팩스	070-4275-0674
웹사이트	galmuri.co.kr
이메일	galmuri94@gmail.com
ISBN	978-89-6195-280-4 03800
총서 분류	카이로스총서 78
도서 분류	1. 사회 2. 사회문제 3. 에세이 4. 문학 5. 정치 6. 철학 7. 역사
값	19,000원

물음을 위한 물음

2010년대의 기록

윤여일

차례 물음을 위한 물음

내게는 꺼낼 생각이 있다. 할 말이 있다. 그래서 쓰겠다고 마음먹는다. 한 문장을 적는다. 그리고 일은 벌어진다.

글의 시작만큼은 내 몫이었다. 그러나 첫 문장을 손끝에서 떨어뜨리자마자 이제 글로서 자라나려는 것과의 격투가 시작된다. 백지 위에서 나의 정신과 글의 육체는 격렬하게 부딪치니, 그것은 격투라 불러 마땅하다. 일단 한 문장이 생겨나면 사건도 시작된다.

첫 문장은 내가 떨어뜨렸지만 독자적 생명력을 갖고 나의 의도와 다르게 성장하려고 한다. 첫 문장은 입구가 되어 무한정한 언어의 세계를 백지 위로 불러들인다. 첫 문장 다음에 이어질 문장은 세상의 무수한 단어와, 그보다 더 무수한 단어들의 조합으로 짜일 수 있다. 가능성의 언어들은 백지 위로 올라오려고 경쟁한다. 이제 갓 띄운 첫 문장은 백지 아래서 들썩이는 언어들로 인해 조난당할지 모른다.

이제 겨우 첫 문장이 시작되었을 따름이다. 첫 문장은 다음 문장을 부른다. 나 또한 자신이 저질러놓은 첫 문장을 수습하겠다며 다음 문장을 이어간다. 하지만 다음 문장을 적어내면 그것은 이내 첫 문장과 부딪친다. 다음 문장은 자기 앞에 굳이 그 첫 문장이어야 했느냐며 나에게 묻는다. 나는 두 문장 만에 예감한다. 이 글은 나의 의도를 고분고분 따르지 않을 것이다.

자신의 내면세계를 언어로 비추며 문장을 이어가면 잠재된 사고의 편린들이 모습을 갖춰간다. 글이란 분명히 그런 측면이 있다. 하지만 쓴다는 행위로 말미암아 의도와 표현 사이의 분열은 가속화되기도 한다. 사고가 백지 위로 유출될 때 언어도 사고를 침투한다. 언어는 존재를 확장시켜주지만 동시에 자아를 침식한다.

두 번째 문장을 내놓았다고 상황이 수습되지는 않는다. 이제 두 문장은 함께 더 큰 해일이 되어 나를 덮쳐온다. 그 해일을 타고 넘으려고 또다시 문장을 이어가면, 해일은 더욱 커지고 거세진다. 그렇게 버거운 한 문장, 한 문장을 이어가다가 나는 분명 자신의 피조물이었을 글 속에서 동요하고 방황한다. 자신을 불러 세우는 목소리가 들려온다. "그만둬. 넌 이미 졌어." "그럼 그만둘까?" "아니, 그만둬도 넌 지는 거야."

1

한 어절, 한 문장씩이다. 한 숨에 한 걸음씩이다.

술술 써내려간다는 사람도 있는데, 자기 가슴에 귀 기울이면 이야기가 흘러나온다는 사람도 있는데, 그렇게 쓸 수 있었던 적은 없다. 그런 그들이 부럽지만 그게 어떻게 가능한지 알지 못한다. 나로서는 대체로 사유의 허기를 달래려고 성급히 표현을 불러들였을 때 사유는 메마르고 표현은 공허해졌다. 나는 조금씩 서서히 쓰는 수밖에 없다.

한 문장을 쓰고, 그 한 문장과 그 앞의 여러 문장을 읽는다. 그리고 이어갈 다음 문장을 고심한다. 밀고 갈까 뒤집을까. 풀까 조일까. 성큼 건너뛸까 촘촘히 파고들까. 매 문장은 분명히 달라질 수 있다. 문장마다 무수한 선택의 세계가 열린다. 다음 문장의 자리를 두고 무한한 문장들이 다툰다. 그러나 대체로 극히 비좁은 폭 안에서 다음 문장을 고를 뿐이다. 그렇게 또 한 문장이 결정된다. 다음 문장이 정해질 때마다 다음 문장일 수 있었던 다른 문장들은 글 위에서 지워진다. 문장이 늘어날수록 침묵에 처한 것들도 늘어난다. 다음 문장이란 쓰는 자신에게조차 아직 알려지지 않은 비밀이다. 써내지 않는 한 무엇이 쓰일지 알 수 없다. 그리고 다음 문장이 반드시 이것이어야 했는지는 써낸 자신조차 답할 수 없는 난문이다.

이게 꼭 다음 문장이어야 했던가. 좋은 글이란 무엇인가 같은 소리를 하려는 게 아니다. 언어화 과정은 복잡하고 불투명하다는 걸 토로하고 싶은 것이다. 말이란 공기처럼 쉽게 들이마시고 내뱉을 수도 있지만, 불순물처럼 사람의 머릿속으로 들어와 이물감을 안기기도 한다. 말을 축적하며 써간다는 것은 그 이물감을 키워가는 행위다. 쓰고 있노라면 나는 자신과의 이화異化를 겪는다. 그렇기에 언어화 경험은 비결정적이고 반성적일 수 있다.

언어는 모르던 것을 이해가능하게 만들지만, 알고 있다고 여기던 것을 의심하게도 만든다. 계속 쓰고 있으면 자기 의도야 자신이 잘 알고 있다는 믿음부터가 점차 의심스러워진다. 무언가를 알기 전에 자신은 자신을 알고 있다는 전제가 먼저 흔들린다. 결국 알고 있어서 아는 것을 적는 게 아니다. 알고자 쓰는 것이다. 얼마나 어떻게 아는지를 알고자 쓰는 것이다.

한 문장을 쓰고 나선, 그 한 문장과 그 앞의 여러 문장을 다시 읽는다. 그래서 쓴다는 행위는 말과의 부대낌 속에서 사고작용을 속속들이 들여다보는 체험이 된다. 자신이 쓰는 글이란 타인에게 건네기 이전에 자신을 관찰하는 광학장치가 된다. 사유를 종이 위로 옮길 때 술어 하나, 접속어 하나, 수식어 하나, 그렇게 사유들을 연결하고 치장하는 이음매 하나마다 거기에 담긴 자신의 표현 의지가 읽힌다. 거기서 정신의 지침을 결정하는 터부, 침전된 기억, 동요하는 감정이 드러난다. 불명료한 인식, 사고의 한계, 의미의 누락, 그리고 욕구와 갈망, 고민과 의심, 포기와 체념이 눈에 밟힌다.

그렇게 한 문장을 쓰고는 그 문장과 그 앞의 여러 문장을 다시 읽는 식이니 문장은 순조롭게 뻗어가지 못하고 맥이 끊긴다. 문장구조는 복잡하게 뒤얽힌다. 방금 써낸 문장은 앞으로 나아가기 위한 징검다리가 되지 못한 채 여기에 머물러 좀 더 생각하라 한다. 쓴다는 것은 뒤로 가는 발걸음이다. 한 걸음 내디뎠다가 두 걸음 물린다.

2

글의 시작만큼은 내 몫이라고 생각했다. 그런데 이렇게 써나가는 글은 어디에 이르러야 끝낼 수 있는가. 글의 끝은 무엇이 어떻게 결정하는가.

어떤 글도 굳이 거기서 마무리되어야 할 필연성을 갖지 못한다. 문장은 아무것도 끝나지 않도록 촉매로서 부단히, 무한히 작용한다. 언어는 주장하기 전에 질의하며 확신하기 전에 회의로 이끈다. 그런데도 글이 끝나려고 한다. 실은 제대로 끝맺은 게 아니라 글과의 육박전에 지쳐 멈춰 서려 하는 것이다. 그때 지금껏 써온 글이 내게 묻는다. 왜 문장을 더 이상 이어나가지 못해 그만두려 하는가. 왜 수사들로 서둘러 마무리지으려 하는가. 왜 추상적 개념에 의존해 적당히 매듭지으려 하는가.

어떤 글도 그렇게 끝내도 될 필연성을 갖지 못한다. 시간도 없고 능력도 안 돼서 이제 더는 못 쓰겠다며, 다음 문장을 지어내지 못하겠다며 쓰면서 생각하기를 글 밖으로 몰아낼 때, 이는 곧 자신의 피조물인 줄 알았던 글에 대한 패배를 선언하는 순간이다. 글은 여전히, 언제나 더 많은 문장을 요구하고 있다. 첫 문장을 떨어뜨려 시작되고 만 글과의 격투는 어차피 패배로 예정되어 있는지 모른다.

하지만, 얻는 게 있다. 버틴 만큼 분명히 글은 예기치 않은 선물을 준다. 첫 번째는 사고다. 정확히는 사고에 대한 사고다. 쓰려면 대상을 인식하며, 아울러 인식하는 자신을 인식해야 한다. 이러한 이중의 인식 속에서 대상에 대해 쓰고 있으면, 대상에 대한 인식은 자기 인식으로 되먹여져, 쓸수록 그 대상은 자신에게 풍요롭게 다가온다. 쓰기를 멈추지 않는 한 대상에게서 는 끊임없이 생각할 거리가 새어나온다. 써서 자신의 내면을 묘사하려는 경우라면 자기 안으로 파고들려다가 어느새 자기 바깥으로 끌려나오게 된다. 문장을 쓰고, 쓴 문장을 읽고, 다시 생각하는 과정은 자신의 바깥으로 나왔다가 돌아가길 반복하는 운동이다. 자신의 고민이 외부와의 관계 속에서 번역되어 되돌아오는 체험이다. 글은 견딘 만큼 그 사고의 체험을 선사한다.

그래서 일단 쓰기로 한 이상 쓸 수 있는 데까지 써보기로 마음먹는다. 쓴다는 것은 자신을 방황과 고투로 내모는 일이나, 글을 속히 마무리하기보다는 끝맺음의 시간을 유예시켜 쓰는 동안 겪을 수 있는 시련에 충실하기로 마음먹는다. 그동안 글 안에서 자라나는 난관과 한계를 기꺼이 반기기로 마음먹는다.

그렇게 인내하고 있으면 글은 두 번째 선물을 준다. 그것은 영감이다. 계속 붙들고 있는 동안 글은 점차 촘촘하고 탄력적인 거미줄이 되어 텍스트 주위에서 서성이던 것들을 잡아챈다. 언어화 과정의 다양한 구성 성분이 직물처럼 교직된다. 텍스트 속에서 사유의 편린은 잡아챈 것들과 뒤얽히고 거기서 영감이 발생한다. 그리고 하나의 영감에 다른 영감들이 들러붙으면 결정체를 이룬다. 그렇게 생겨난 결정체들은 거미줄에 맺힌 이슬처럼 각기 반짝이고 서로를 비추며 텍스트 속의 성좌를 이룬다. 그렇게 짜인 텍스트는 확실히 탄력을 지닌 거미줄 같다. 그 텍스트는 읽는 자의 정신과도 얽혀들려 한다. 상호삼투를 통해 더 큰 의미론적 파장을 일으키려 한다.

3

하루에 수 시간을, 그렇게 몇 날 며칠을, 수십 일을 그 글을 생각하며 기다린다. 문장들, 그 다음 문장들, 더 많은 문장들을.

그 기다림 동안 새로운 문장과 함께 이 글로 향하고 싶은 사람이 떠오른다. 글이 주는 세 번째 선물이자 글을 글로서 실현시켜주는 선물이다. 그 사람 없이는 그 문장들을 그토록 오랫동안 고민하고 있을 수 없다. 그 사람이 있기에 오랜 기다림을 참을 수 있다.

불특정 다수의 독자를 향해. 내게 그런 건 없다. 이런 글로 기대할 수 있는 일이 아니다. 이런 글이 만날 수 있는 독자는 극히 소수다. 그리고 그들 이전에 이 글로 다가가고 싶은 구체적인 누군가가 있다. 사람은 누군가의 앞에서 집중해 정신적 힘을 발휘하려 한다. 여느 때와 다르게 진실된 모습이고자 한다. 이 글 또한 이렇게까지 써서 절실히 가닿고 싶은 자가 있다. 쓰고 있으면 그 얼굴이 드러난다. 오랫동안 쓰고 있으면 그 얼굴이 분명해진다. 쓰고 있어도 그 얼굴이 떠오르지 않는다면, 글은 실패한다. 애초 시작될 필요가 없는 글이었는지 모른다.

그런데 오랫동안 글을 붙들고 있으면, 그 얼굴이 늘어간다. 처음에는 구체적인 한 사람이었는데, 그가 다른 사람을 불러들인다. 또한 나의 글에 참견하려고 기웃거리는 자들도 찾아온다.

어렵잖게 만날 수 있는 거리에 있는 사람도 있다. 나는 그를 아는데 그는 나를 모르는 사람도 있다. 이 사회에 살지 않는 사람도 있다. 지금은 살아있지 않은 사람도 있다. 역사적 인물도 있고 가상의 인격도 있다.

그들은 저마다 다른 식으로 말을 건다. 그들은 다른 현실에서 입장에서 감각에서, 다른 견해로 요구로 어조로 다음 문장에 개입하려고 한다. 문장 하나를 두고 경합을 벌인다. 하나의 목소리가 강해지면 숨어 있던 다른 존재가 주장하기 시작한다. 서로를 불러내고 도발하고 충돌한다. 나는 하나의 문장으로 누군가를 상대하고 누군가를 설득하고 누군가를 위로해야 한다. 그런 여러 힘의 관계 아래서 다중적인 움직임이자 다층적인 고찰이 되고자 하는 문장은 결국 무엇도 온전히 되지 못한 채 분열되고 만다. '그래서, 그러나'가 많은 문장이 되고 만다. 제대로 중구난방이 되고 만다.

하지만 글은, 어떻게든 끝나고 나서 되돌아보면, 글의 구성력은 결국 그 목소리들에 응답하는 힘이었다. 그렇다. 내가 갈구하는 말은 무사태평한 곳에서 얻을 수 없다. 몸부림을 위해서도 타인에 의한 구속이 필요하고, 그것을 벗어나면 말은 자유로움을 얻는 대신 갈 곳을 잃는다. 갈 곳 잃은 말은 서 있는 자리조차 희미해진다. 글이란 결국 말과의 관계 안에서 체험되는, 타인과의 관계다. 그 타인이 글을 이끄는 동력이고 글을 펼치는 장력이다.

'나는 사유한다.' 그 전에 얼마나 많은 것들이 나라는 이름 속에서 사유하고 있는가. '나는 존재한다.' 그 전에 얼마나 많은 것들이 나라는 공동체를 이루고 있는가. '나는 쓴다.' 그 전에 얼마나 많은 것들이 나와 함께 쓰고 있는가. 나는 이 사유를 홀로 할 수 없었고 이 글도 홀로 쓸 수 없었다.

나는 이 책에서 주어 '나'를 자주 사용했다. 하지만 그 '나'들은 글마다 조금씩 다르다. '나'의 비균질성은 타인들이 그 글들에 다가와준 이유, 건네준 관점의 복수성에 상응한다. '나'는 그때마다 그 목소리들을 받기 위한 자리였다. 따라서 '나'라고 적지만 자신을 가리키는 동시에 쓰고 있는 자신이 되물어지는 '나'였다. 상호 텍스트적으로 얽혀 있는 상이한 목소리들의 엮임. 복수의 관점들의 교류, 충돌, 삼투에 힘입은 변형의 계기. 말하면 말할수록 개별적 영역이 해체되고 마는 불안정한 발화의 자리. 올이 풀려나가고 새로이 바느질되는 상상계가 '나'인 것이다. 이 책의 글들은 '나'라는 주어 아래서 작성된 것이 아니다. 쓰는 과정을 통해 그때마다의 '나'가 형성된 흔적들이다.

불특정 다수의 독자. '나'에게 그런 상정은 사치다. 글 속에서 몇몇의 타인과 대화하며 함께 문장을 겪어가려고 노력할 뿐이다. 그리고 그들과 충실히 관계한다면 그 부대낌의 증거가 글의 영혼으로 남아, 이 글이 이 글을 읽는 소수의 누군가와 소통할 수 있기를 바랄 뿐이다.

4

그런데 그 타인들은 맥락 없이 나의 글에 개입하겠다며 다가오는 것이 아니다. 저마다 어떤 현장에서 찾아오며 그 사연과 이유들이 글의 문맥이 된다.

현장現場. 사건의 시간과 공간이 결합된 소중한 단어. 이 책은 그 타인들이 데려온 시간, 공간과의 관계에서 쓰였다. 이 책의 몇몇 글은 나로부터 그 현장으로 뛰쳐나간 것이다. 그 현장에서 말을 구해 나를 거쳐 증폭시키고자 했다. 즉 파장을 일으키려 했다. 자신을 진동시키지 않은 채 파장은 일어나지 않는다. 그 글들에서 '나'는 흔들리는 주어가 되어야 했다.

그리고 몇몇 글은 그 현장을 나에게로 불러들인 것이다. 그때 거기 그들로 하여금 지금 여기 우리에 대해 말하게 하고 싶었다. 그 현장을 글에서 좌표로 재구성해 지금 여기에 기입하고자 했다. 그때 '나'는 번역하는 주어가 되어야 했다. 이것이 현장을 대하는 이 책의 현장성이다.

이 책의 글들은 여러 현장과 관계하며 사회학자로서, 평론가로서, 번역자로서, 기록자로서, 생활인으로서 쓴 것들이다. 내 안에는 분명 여러 거주자가 있다. 타인을 만나 상황에 처해 글을 쓸 때 그중 무엇인가가 끌려나온다. 그리고 나는 사회적 자아이자 역사적 자아이자 서정적 자아이자 분석적 자아로 살아간다. 글을 쓰고자 할 때 어떤 면모가 두드러진다. 이 책의 글들은 이처럼 그때그때 세계와 닿은 자리에서 '로서'로서 쓴 것들이다. 쓰는 자인 나는 여러 '로서'로 존재한다. 하지만 '로서'란 지위처럼 이미 자명하게 있는 게 아니다. 상황에 직면해 그 상황 속으로 진입하는 동안 '로서'는 점차 형성된다.

나는 쓰는 사람이지만 쓰는 영역, 위치가 정해져 있지 않은 경우다. 딱히 연구자도 평론가도 아니다. 어떤 상황에 직면해 그 상황 속으로 들어가고자 쓰는 동안 임시적으로 연구자, 평론가, 번역자, 기록자가 될 따름이다. 따라서 "평론가로서 쓴다"란 '평론가이기 때문에 이 상황에 대해 쓴다'가 아니라 '이 상황에 맞닥뜨려서야 평론가가 되어 쓰려 한다'가 내겐 실질적 의미다. 다시 말해 '로서'란 쓰기를 매개로 해서 나와 상황이 만나는 자리다.

상황에 개입한다는 것은 상황이 내게 개입하기를 허용하는 일이기도 하다. 써서 누군가에게 말을 건넨다는 것은 누군가 말을 걸어오길 기다리는 일이기도 하다. 무슨 일인가 누군가 내 안으로 들어오자 그때그때 다른 '로서'가 자라났다. 이 책은 그 '로서'의 지점들을 한 권의 텍스트로 짜내려는 시도다.

5

이 책은 열 개의 단편으로 짜여 있다. 2011년부터 긴 호흡으로 사고해야 할 상황을 겪을 때마다 한 편씩, 그렇게 십 년간 써온 것들이다.

그런데 이 책을 손에 든 사람이 그중 하나를 거쳐가는 데 어느 정도의 시간이 들까. 아마도 몇 분일 것이다. 길어야 삼십 분을 넘기지 않을 것이다.

하나의 단편으로 읽는 자와 교감하고 교류할 수 있는 시간은 몇 분이다. 그 몇 분은 그 단편이 정녕 글로서 실현되는지가 판가름나는 시간이다. 나는 그 몇 분을 노려야 한다. 우물거릴 여유는 없다. 처음부터 단도직입적으로 문제를 꺼낸다. 첫 문장부터 감정선을 높여 시작한다.

이 책의 단편들을 쓸 때 필요했던 것은 이론적 전거보다 구체적 감정이었고, 그것을 누군가에게서 어떤 현장으로부터 받는 일이었다. 이 책의 단편들은 무언가를 전제하고 쓴 것이 아니라 어떤 상황을 가설假設해서 쓰였다. 그 상황에서 글의 시작을 가능케 하는 감정을 받는다. 감정은 아무리 부조리하게 비칠지라도 문제에, 세계에 응답하는 정신의 몸짓이다. 감정선에 오르지 못하는 글은 꼴을 취해도 피가 통하지 않는다. 타인에게 건네기 이전에 자신에게서 글로서 경험되지 않는다.

다만 자신과 더불어 타인에게 글이 되기 위해서는 자신의 감정에 취해 있어서도 안 되었다. 자신의 감정에 도취된 글은 읽는 자를 동하게 할 수 없다. 글의 감정은 읽는 자가 읽는 동안 자신 안에서 무언가를 끄집어내 그자에게서 실현되어야 한다. 이를 위해 나는 나의 격정을 한꺼번에 쏟아내지 않고 사고력을 정밀하게 사용하고 싶었다. 그런데도, 여전히 문장은 허술하고 구성은 깨져 있다.

나도 그런 글을 쓰고 싶었다. 읽고 있으면 흐트러져 있던 인상들이 가지런히 배열되어 혼란스럽던 현실의 모습이 질서를 잡아가는 글. 문장이 거듭될수록 논리를 더해 읽는 자에게 문제의 체계가 잡혀가는 글. 적확한 인식을 돕는 분석력과 표현력.

내게도 그런 능력이 있기를 바랐다.

하지만 쓰는 자로서 나의 자질이란 언어로 사유와 관계할 때 혼돈을 느끼는 것이다. 나의 의지란 복잡한 정신을 유지하며 정신적 난국을 증언하는 것이다. 나의 용기란 그 과정에서의 흔들림을 인정하고 계속 인정하는 것이다. 내가 잘 쓸 수 있는 것이란 왜 못 쓰는지를 되는 데까지는 쓰는 것이다.

나는 주저하고 있다면 주저하기에 주저한다고 썼다. 그 주저를 피해가지 않으려고 노력했다. 답에 이르지 못하더라도 자신의 고민을 소재 삼아 물음을 형상화하고 싶었다. 힘닿는 데까지 언어와의 교감을 통해 안이한 공감을 깨고 타인에게 실감으로 가닿을 표현에 다가가고 싶었다. 깨진 유리조각들처럼 날카롭고 위험한 단상들의 파편을 문장들로 흩뿌리고 싶었다. 이 책은 알리는 책이 아니다. 묻고 되묻는 책이다.

이제 이 책을 내놓으며 나는 바라고 있다. 읽는 자가 이 책에서 동요하는 인간을, 흔들리는 주어를 경험하기를. 유려하지 못하고 차라리 파탄난 문장에서 결기를 느끼고, 결단과 더불어 주저가 읽히기를. 못 쓰겠다고 쓴 문장을 읽고는 그간 결론인 양 행세하던 것들을 물음으로 용해하기를. 한 문장이 여운으로 남아 다음 문장으로 쉽사리 넘어갈 수 없기를. 그렇게 남는 것들이 읽는 자에게 어떤 심상을 만들어내기를. 그 심상이 읽는 자에게 부정성, 외부성으로 작용하기를. 결국 물음이 물음답게 읽히고 물음이 읽는 자에게서 또 다른 물음으로 증식하기를.

그것은 지나친 바람인지 모른다. 그럼에도 나는 한 명의 독자를 떠올리고 있다. 역시 그 사람 없이는 책을 만들어낼 힘이 나지 않는다. 그에게만은 이 글들이 호오의 평에서 끝나지 않기를. 여기 흩뿌려진 문장들이 불가사의한 각도에서 그를 응시해 나도 생각지 못한 새로운 사유의 단편이 그에게서 자라나기를. 이 글들을 쓰기 위해 읽은 타인들의 글이 나에게 그러했듯이. 그리고 이 글들을 쓰는 일이 나에게 그러했듯이 이 글들을 읽는 일이 그에게 자신과의 불화를 일으키기를. 이 책을 다 바쳐 그 한 사람을 만날 수 있을까.

힘닿는 데까지 썼지만, 이 책의 어느 글 하나 제대로 끝맺은 것이 없다. 마지막 문장을 써내지 못했다. 각 글의 끝에 있는 문장은 잠정적인 것일 뿐이다. 마지막 문장이란 게 있다면, 그것은 읽는 자에 의해 다르게 쓰여질 것이다. 그 사람이 정말 있다면 첫 문장 이후의 문장들은 그렇게 이어져야 했던 이유를 그제야 획득한다. 글로서 실현된다.

*

운동의 운동, 혁명의 혁명, 사고의 사고, 비판의 비판, 희망의 희망.

변화와 관련된 소중한 것들은 한 번 더 거듭되어야 진정 소중해진다.

그리고 물음의 물음.

그렇다. 결국 쓰려던 것은 물음이다.

당신의 물음을 위한 나의 물음이다.

우리가 묻고 되물으며 옮긴 걸음만큼 세계는 이동할 것이다.

1

이 시대의 정신승리법

무력한 자가 무력함을
활용하기 위하여

2011

희생이 생긴다. 희생이 쌓인다.
그때마다 그 희생을 잊지 않으려고 기억하며 긴 복수를 다짐했다.

번번이 패배했다. 그때마다 패배는 이중적이었다.

불행을 뼈저리게 자각하는 자보다 불행에 익숙해진 자는
더욱 불행하다.

진실은 은폐된 게 아니라 과노출되어 바래버렸다.

나는 나의 전장을 이원화한다.

조건이 열악하다면, 열악한 조건을 가능성의 조건으로 전환시킨다.

무력감을 분석하여 침묵하는 무게를 표현하는 무게로
바꿔내는 것이다.

불행한 시대에는 개체가 자신의 불행을 분석해
타인과의 소통을 기도하는 길이 열리는 게 아닐까.

사회의 위기가 고조될수록 각자는 내면세계로 침잠하는
경향이 짙어진다.

사상은 내면세계에서 쌓이는 감정, 이미지의 자기누적에 따른
고정화를 무너뜨리며 거기에 공유가능한 언어를 입힌다.

현실정치와는 다른 위상에서 나의 지구전을 이어간다.

객관적 조건이 바뀌지 않는 이상 주관적 상태부터 바꿔나가는
수밖에 없지 않겠는가.

희생이 생긴다. 희생이 쌓인다.

그때마다 그 희생을 잊지 않으려고 기억하며 긴 복수를 다짐했다. 그게 수년째다. 그렇게 모아둔 희생의 목록을 꺼내려다가도 각각의 희생을 늘어놓다보면 빠뜨리는 게 생길까 봐서 조심스럽다. 너무도 많은 희생이 있었다. 더구나 각각의 희생은 그저 나열되어선 안 될 것들이다. 되돌아보려면 그 희생들은 각기 다른 상념의 시간을 요구한다. 그러나 목록은 점점 늘어나더니 각각의 희생은 무슨무슨 사태라고 이름 붙여 나열하기에도 벅찬 양이 되었다. 목록은 기억할 수 있는 양을 초과해버린 지 오래다.

이중의 패배

긴 복수를 다짐했다. 긴 복수일 수밖에 없었다. 당장 나서서 복수하고픈 마음도 일었지만 두고두고 갚고자 결심했다. 무력한 까닭이다. 복수심을 한꺼번에 행동으로 옮길 방도가 없는 까닭이다. 고함을 쳐도 상대의 귓전에 가닿지 못한다. 나의 반격은 상대의 살갗도 스치지 못한다. 고작 할 수 있는 일이란 핏자국이 인쇄된 신문기사를 읽다가 혼잣말로 저주를 입에 담거나, 간혹 곁에 있는 동료와 분개하는 마음을 말로 섞는 것이다. 그렇게 소심한 저항을 알리바이 삼아 복수심을 행동으로 옮기지 못하는 자신의 무력함을 위로한다. 그런 위로에서는 쓴맛이 난다.

수년 동안 번번이 패배했다. 그때마다 패배는 이중적이었다. 한 번은 상대에게 패했다. 나를 패배시킨 상대는 내가 패배했다는 사실을 알지 못한다. 나라는 존재조차 알지 못한다. 또 한 번은 자신에게 패했다. 상대에게 패하여 상처가 남고, 좀처럼 아물지 않는 상처를 아물지 않도록 기억하려는 노력이 스스로에게 고통을 안긴다. 기억에 힘이라는 말을 붙여 기억력이라고들 하지만, 패배하는 자의 기억력은 스스로에게 원한감정을 짐 지우는 무능력으로 작용한다. 패배하는 자는 쌓여가는 패배의 기억물을 제대로 소화하고 배설하지 못해 그것에 체한다. 그래서 딸꾹질처럼 이따금 악소리가 나오지만, 대체 그 분노가 누구를 향해 어디서 형체를 이루는지 알 길이 없다.

그렇다고 패배하는 자에게 망각이 능력일 리도 없다. 오히려 이 시대는 건망증을 훈련시키고 기억력을 심문한다. 연일 희생이 쌓이니 각각의 사태를 차분히 살피고 있을 겨를조차 갖기 힘들다. 쓰라린 사태도 나날이 반복되면 비극성이 옅어지고, 매일 자잘하게 분노하느라 분노는 휘발성이 짙어진다. 분노가 쌓여 응어리를 이룬다면 바깥으로 토해내 내용물이라도 확인하련만, 분노는 온양되기도 전에 희석된다.

자신을 패배시킨 상대를 향해 분노는 뻗어가야 했다. 하지만 그 길이 막혀버린 분노는 퇴행증세를 보인다. 상대에게 분노가 치밀지만 무력하게 분노하고 있을 뿐인 자신에게도 싫은 느낌이 든다. 분노는 바깥으로 분출되지도 안에서 온전히 형체를 이루지도 못한 채 갑갑함, 우울함, 자기연민, 자기기만, 자기혐오로 점차 변질되고 있다.

내게만 일어나는 증세는 아닐 것이다. 내분을 간직한 자의 표정. 이따금 차오르는 분노를 바깥으로 꺼내지만 죄다 토해내기도 전에 현실의 두꺼운 벽에 부딪혀 체념으로 다시 집어삼킨다. 그러고는 버틴다. 버티는 자의 표정에서는 냉소의 빛이 감돈다. 그게 시대의 낯빛이 되었다.

불행한 시대다. 불행에 물드는 시대다. 그 불행이 제대로 발효된다면 불행의 시대를 고발하고 나아가 거스르는 힘으로 분출할 수 있겠으나, 이 시대의 불행은 대체로 안에서 고이고 부패하여 기억력과 사고력 그리고 정치력을 좀먹는 쪽으로 작용한다. 그 불행에 익숙해져 버렸다. 불행을 뼈저리게 자각하는 자보다 불행에 익숙해진 자는 더욱 불행하다.

정치의 퇴행

신문을 펼치고 텔레비전을 켠다. 오늘은 희생의 소식이 없다. 그러나 분명히 기록되어 있어야 할 희생의 소식이 누락되어 있을 때도 나의 패배감은 지속된다. 어제 발생한 희생이 오늘 벌써 지면에서 종적을 감출 때 나의 패배감은 더욱 짙어진다.

과거에 진실은 폭로를 통해 세상으로 뛰쳐나오곤 했다. 진실은 갑작스럽게 베일을 찢고 나와 세상을 전율케 했다. 그러나 오늘날 진실의 정치학은 검열의 논리에서 포화의 논리로 넘어갔다. 대중매체는 쉴 새 없이 이것저것을 뒤섞어 진열한다.

과다노출되어 음영을 잃은 사진처럼 모든 것은 엇비슷해 보인다. 어느 것이 진실이라는 이름에 값할 만큼 유의미한 것인지 경중을 가리기가 어렵다. 진실은 은폐된 게 아니라 과노출되어 바래버렸다.

검열의 논리에서 포화의 논리로 이행한 후에는 영사막에 자주 올라와야 현실에서 발생한 일이 될 수 있으며, 그렇지 않다면 음화적인 죽음의 상태로 내밀린다. 어제 짤막한 기사로 등장한 희생의 사건은 오늘 세상에서 없던 일인 양 다른 소식들에 파묻혔다. 침묵 속에 잠겨버렸다.

대신 하루도 거르지 않고 전달되는 게 있다. 신문과 뉴스는 오늘도 정계의 드라마를 떠들썩하게 상영한다. 대중매체가 상업적인 것은 당연한 노릇인지 모른다. 그런 대중매체에게 정치란 떼어다 팔 물건일 것이다. 드라마가 그렇듯 대중매체는 속성상 갈등을 부각시키며 시청자의 구미에 맞게끔 소위 현실정치를 각색해 일용할 양식을 제공한다.

텔레비전을 켠다. 뉴스를 본다. 스포츠 뉴스는 일반 뉴스가 끝나고 나오지만, 일반 뉴스의 보도방식은 스포츠 뉴스와 닮아 있다. 공중파의 뉴스 앵커는 오늘도 짐짓 근엄한 말투로 양측을 싸잡아 비난하며 정계의 이전투구를 은근히 즐기고 있다. 케이블 채널로 돌린다. 최근에는 '정치평론가'라는 자들이 부쩍 자주 눈에 띈다. 그들은 뉴스 앵커가 전달만 하고 넘어간 일들을 두고 해석학적 수다를 즐긴다. 그날그날의 정치적 사건이 정치권의 판도에 어떤 영향을 줄지 공들여 해석하고 열변을 토한다.

정치평론가들은 정치를 평론, 이렇게 말해도 좋다면 행동이 아닌 수다의 영역으로 바꿔가고 있다. 그들은 매일 양산되는 정치적 이슈에 순발력을 발휘하고 전문가적 지식을 곁들여 그럴듯한 발언을 내놓는다. 그러나 유심히 들어보면 현실추수적 분석이자 상식적 처방에 그치곤 한다. 대신 그들은 청와대 자리를 두고 벌이는 대권경합에 맞춰 모든 정치적 이슈를 해석해내는 데 탁월한 재능을 발휘한다. 그들은 정치를 좌우 엘리트가 벌이는 대중획득게임으로 중계한다. 정치에 대한 과정의 철학이 되어야 할 민주주의는 권력을 둘러싼 이전투구의 극장으로 변질되고 있다. '정치적 세계'는 '정계'로 축소되고 '정치권력'은 '정권'으로 물신화되고 있다. 우리는 지금 정치와 민주주의의 느린 자살을 목도하고 있는지 모른다.

다시 채널을 돌린다. 이번에는 '증시전문가'라는 자들이 목에 핏대를 세우고 있다. 최근에는 정치평론가와 함께 증시전문가들이 성업이다. 두 직업군은 동시대적 산물로 보인다. 동시대라 함은 소비주의에 물든 시대를 말한다. 소비주의는 인간의 영위를 소비라는 한 가지 몸짓으로 환원하고 지식도 정치도 이념도 신념도 기호嗜好 수준으로 끌어내린다. 그렇게 소비주의에 잠식되어 지식과 정치가 상품화되고 이념과 신념이 무너지는 와중에도 살아남아 활력을 과시하는 게 있으니 바로 증시다.

모든 가치가 빛바랜 회색지대에서 경제는 물신화되어 증시로서 자신의 섭리를 나날이 현현한다. 어느 날은 올라가고 어느 날은 내려가고 어느 날은 올라갔다가 내려온다. 그 단순한 움직임이 진리의 전조등이 되었다. 증시의 등락이 우리의 은총과 영벌을 좌우한다. 하루 동안 벌어지는 어떤 사건도 이 단순한 움직임보다 역동적이지 않다. 아니, 모든 사건은 주가에 반영되어야 비로소 그 의미가 드러난다.

다들 숨죽이는 가운데 증시전문가들은 짐짓 예언자의 언어로 내일의 지수를 말한다. 그리고 코스피처럼 정당 지지율이 등락을 거듭하는 동안 정치평론가는 자못 진지하게 다음번 선거에 있을 일을 예견한다. 그들의 발언에서도 갖은 정치적 사건들은 지지율의 등락으로 반영되어야 그 의미가 드러난다. 정치와 경제 영역 전문가들의 이러한 협공 속에서 우리의 현실감각은 오르내림이라는 이진법 혹은 이쪽이냐 저쪽이냐는 이항대립으로 좁아지고 있다.

몫을 갖지 못한 자의 정치

그러나 소위 현실정치는 한 측 세력이 반대 측을 압도하여 지배해가는 과정이 아니다. 한 측 세력의 입장은 반대 측에 힘입어 담론적 분규가 벌어질 때 정치적 이슈가 되고 영향력을 획득한다. 따라서 담론의 정치화 과정에서 반대 세력들은 서로를 필요로 하며, 세력들 간의 충돌은 교섭을 내장하고 있다. 서로는 적수의 권위를 인정하고 '정치의 몫' 가운데 일정 지분을 상대와 나눈다.

그렇게 분규가 벌어질 때 내게는 지지하는 세력이 있다. 나는 그들이 이기기를 바란다. 그러나 그 분규에서 그저 구경꾼으로 밀려나 있다는 소외감은 가시지 않는다. 또한 대중매체가 보여주는 분규에 시선을 빼앗기고 있으면 대중매체가 보여주는 모습대로만 정치를 보게 될지 모른다는 의구심을 지울 수 없다. 매체는 마치 거울이 그러하듯 자신이 비추지 않는 현실에 대해 우리가 사고할 수 있는 시야를 차단한다. 그래서 무언가를 보는 동안 무언가는 보이지 않게 된다. 그 거울 바깥에서는 나날이 희생이 쌓여가고 있다.

그렇다면 그런 분규에 참여할 지분이 주어지지 않은 자에게, '정치의 몫'을 할당받지 못한 자에게 가능한 정치란 무엇인가. 몫을 갖지 못했다는 몫을 갖고서 해야 할 일이 있지는 않을까. 화면 속의 그들이 유력하다면 나의 몫이란 무력함이다. 내게 허락된 지분이란 씻기지 않는 패배의 기억이며, 그로 인해 아물지 않는 상처다. 그렇다면 그 몫과 지분에 근거해 정치의 당사자로서 나서는 길은 없는가.

물론 나는 패배했다고, 상처 입었다고 말하지만, 법을 빙자한 폭력 앞에 쓰러져간 많은 자들 앞에서, 사회적 타살로 죽고 또 죽어가는 많은 자들 곁에서 패배와 상처를 운운하기란 부끄러운 일이다. 그러나 그들의 희생을 헛되지 않게 하기 위해서라도 나는 나의 별것 아닐지 모를 패배와 상처를 가지고서 정치의 당사자가 되어야 한다.

그런데 그렇게 당사자가 된다 한들 그것으로 무엇을 할 것인가. 무력하다는 객관적 조건은 좀처럼 바뀔 기미를 보이지 않는데, 무력함에 근거하여 얻은 몫으로써 무엇을 할 수 있단 말인가.

여기서 나는 이런 전환을 기도한다. 나는 나의 전장을 이원화한다. 소위 현실정치에서 무력한 나는 현실정치에서 패배가 거듭될 때 그 패배감을 현실정치와는 다른 위상에서 자원으로 축적해간다. 그저 체념하고 있는 게 아니라 무력함을 내적 동력으로 삼아 현실정치를 외면하지 않되 현실정치와는 다른 위상, 굳이 부른다면 사상의 영역이라고 불러야 할 곳에서 성과를 도모한다. 현실정치에서 상대와의 비대칭적 힘관계로 말미암아 패배를 겪어야 한다면, 그 조건을 사상을 단련하는 환경으로 전환하는 것이다.

무력하다는 객관적 조건은 좀처럼 바꿔낼 수 없으니 무력함을 수용하는 주관적 상태라도 먼저 바꾸기로 한다. 비록 무력하더라도 무력한 까닭에 자신이 맛봐야 할 감정만큼은 어찌해볼 수 있지 않겠는가. 무력함에서 초래되는 일차적 패배야 당장은 받아들이는 수밖에 없지만, 일차적 패배에서 이어지는 이차적 패배만큼은, 패배감이 체념으로 번져가 무기력하게 웅크리고 있는 상황만큼은 타개해야 하지 않겠는가. 그래서 자신의 무력함을 직시하되 그 무력함을 동력으로 삼아 사상의 영역에서 길을 내고자 마음먹는다. 조건이 열악하다면, 열악한 조건을 가능성의 조건으로 전환시킨다. 그것이 현재 사상이 거머쥘 수 있는 정치성일 것이다.

이것은 분명히 오진의 역학이다. 무력한 룸펜의 자족하는 관념론이라는 냄새를 풍길지도 모른다. 하지만 나는 이런 전환이 가능하며 또한 값질 수 있음을 역사에서 실증해보인 인물을 알고 있다. 뒤에서 밝히겠지만, 그는 루쉰이다. 그런 존재가 있었다는 사실은 내게 격려와 힘이 된다.

오진의 역학

"비판의 무기는 무기의 비판을 대신할 수 없다." 이것은 마르크스의 말이다. 공감하는 말이다. 혁명을 생각하는 데는 관념으로 족하지만 혁명을 실행하는 데는 무기가 필요하다. 동시에 뼈아픈 말이기도 하다. 내게는 마땅한 무기가 없기 때문이다. 마르크스는 나처럼 관념 속에서 안주하는 룸펜을 향해 저렇게 쏘아붙였을 것이다. '무기의 비판'이라는 혁명의 차가운 진실을 외면한다면 관념 속 혁명은 치기일 따름이다. 그렇다면 내게는 무엇이 무기일 것인가. 무력한 자가 손에 쥘 수 있는 '무기의 정체'란 무엇인가.

아마도 무력한 자가 자신의 현실 조건 바깥에서 무기를 찾아나선다면, 관념적이기는 마찬가지일 것이다. 그렇다면 일단 무력하다는 자신의 조건 속에서 무기를 찾아내는 수밖에 없다. 거기서 무기의 제작에 나서야 한다. 그렇다면 무엇을 무기의 제작을 위한 재료로 삼을 것인가.

현실정치의 벽에 부딪혀 우리가 돌아올 곳은 우리 자신이다. 그렇게 상대와 맞붙어보지도 못한 채 뒷걸음쳐야 하는 자신의 처지를 직시하여 거기서 무기의 재료를 구해야 한다. 상대를 향해 뻗어가지 못한 까닭에 퇴행증세를 보이는 분노를, 번져가는 체념을 활용하는 것이다. 점착성 물질처럼 끈적거리고 석회질 침전물처럼 남아 자신을 침묵으로 가라앉히는 무력감을 분석하여 침묵하는 무게를 표현하는 무게로 바꿔내는 것이다.

이 시대는 감정의 사용법을 생각하게 만든다. 이 시대는 감정을 자주 상처 입힌다. 그리고 민주주의를 퇴행시켜 그나마의 정치적 수단을 빼앗는다. 그렇게 무장해제당한 자에게 남아 있는 것은 감정이다. 이 시대에는 어떻게든 버티며 살아가기 위해서라도 감정을 조정하고, 더 나아가 감정을 활용하는 능력이 요구된다. 바로 오진의 역학이란 울분과 체념이 쌓여 무기력하게 웅크리고 있는 게 아니라 그 감정을 파고들고 분해하여 거기서 활용가능한 자원을 건져내는 일이다.

물론 이렇게 시도해본들 현실정치에서 그렇다 할 성과를 내지 못할지도 모른다. 그래서 우선 사상의 영역이라 할 곳에서 결실을 기대해본다. 내게는 한 가지 믿음이 있다. 무력감을 나만 갖고 있지는 않을 것이다. 자신의 무력감을 제대로 파고들 수만 있다면, 그 분석의 수취인이 자신만은 아닐 것이다. 불행한 시대에는 개체가 자신의 불행을 분석해 타인과의 소통을 기도하는 길이 열리는 게 아닐까. 거기서 공동의 무기를 벼려낼 수 있지 않을까.

그런 기대를 가져보지만, 말처럼 쉬운 일은 아닐 것이다. 불행한 시대는 불행한 사람들을 한데로 모으기보다 저마다의 불행으로 각자를 침잠시키고 서로를 흩어놓는다. 서로의 불행은 좀처럼 서로에게 공유되지 않는다. 불행한 시대에 바깥으로 뻗어가지 못한 분노는 내면세계에 침전되고 차츰 두께를 더해 체념으로 응고된다. 그리하여 사회적 연대감을 부식시킨다. 대중매체는 같은 사태를 보도하고 동일한 정보를 뿌려대지만 역설적이게도 사회적 연대감을 잃은 개인들은 대중매체에 무방비로 노출된 채 오히려 고립되는 경향이다. 표정은 비슷하게 굳어가지만, 서로가 지닌 불행의 무게를 나눠 갖지 못하기에 당면한 위기를 함께 헤쳐갈 힘을 모아내기가 힘들어진다. 그래서 불행한 시대의 공기는 무겁고 갑갑하다.

홀로 버티는 자들은 굳은 표정으로 침묵에 잠겨 있다. 대중매체가 쏟아내는 떠들썩한 수다와 그들의 무거운 표정 주위를 감도는 갑갑한 침묵이 선명하게 대조될 때 그 낙차 속에서 정말이지 위기가 느껴진다. 그런데 사회의 위기가 고조될수록 각자가 내면세계로 침잠하는 경향 또한 짙어진다. 대중매체가 뿌려대는 소음 앞에서 각자는 그것에 싫증 내며 자신의 내면세계로 철수한다. 그러고는 외부세계를, 즉 현실사회의 변동을 소위 현실정치에 내맡기고는 외부세계가 내면세계를 동요시키지 못하도록 자신을 불감증으로 잠가둔다. 그래서 불행한 시대에 공동의 불행을 뚫어낼 힘을 마련하기란 더욱 어려워진다.

불행한 시대의 사상

그러나 불행한 시대에는 결국 불행이 시대의 자원이지 않겠는가. 그것을 밑천으로 삼아야 하지 않겠는가. 그것이 유일한 자원은 아니겠지만, 불행의 감정이 개체의 내면세계에 머무르지 않고 바깥으로 분출된다면 사회적 감염의 힘을 지닐 테니 유용한 자원임은 분명할 것이다. 그렇다면 불행의 감정이 각자의 내면세계에서 응고되지 않고 사회적 용법을 지니도록 끄집어내는 데 오늘날 사상의 한 가지 역할이 있지 않겠는가.

사상을 정의하는 방식은 여러 가지가 있겠지만, 사상이란 그것이 어떤 양상으로 표출되든 고유성에 입각하되 거기에 번역가능성을 주입하는 영위라고 생각한다. 구체인 채로 보편으로 육박하려는 정신적 영위인 것이다. 사상은 내면세계에서 쌓이는 감정과 이미지의 자기누적에 따른 응고화를 막고, 그 감정과 이미지에 공유가능한 언어를 입힌다. 아울러 사상은 그 작업에 나서기 위한 자원을 바깥에서 구하지 않는다. 바깥에서 자명한 틀을 빌려와 안에서 일어나는 일의 의미를 정리하는 게 아니라 안에서 공동의 표현을 발효시킨다. 그렇게 안을 통해서 안을 넘어서는 전망을 추구하는 것이 사상일 것이다.

만일 사상이 그러한 것이라면, 불행한 시대에 사상은 개체의 불행을 분석하여 그 구체성을 훼손하지 않으면서도 번역가능한 요소를 추출해 활용가능한 형태로 가공해내야 할 것이다. 얼룩진 반점처럼 점점이 떨어져 있는 서로의 불행들을 이어내며 교감의 다리를 놓아야 할 것이다. 그것이 지금 요구되는 사상의 영위일 것이다.

지난 수년 동안 어떤 시간은 세로로 쌓였다. 패배가, 패배의 기억이, 패배로 인한 분노가 쌓여왔다. 그렇게 축적된 부정적인 것들을 공동의 에너지로 전환시키는 길이 있지 않을까. 내가 간직한 분노가 우리를 위해 증언하는 게 있을 것이다. 분노를 바깥으로 꺼냈는데도 남아 있는 갈증과 허탈이 이 시대에 의미하는 게 있을 것이다. 그렇게 개체에게 침전된 감정이 지닌 사회적 용법이 있는 게 아닐까. 그것을 밝혀내야 한다.

그러나 개체의 감정이 개체의 감정인 채로는 곧바로 공동의 무기로 삼을 수 없을 것이다. 감정은 부조리하다. 그 부조리에 조리를 채워가야 한다. 그것이 무력한 위치에서 거머쥘 수 있는 사상의 역할이자 가능성일 것이다. 무력한 자에게는 무력함을 철저히 파고드는 것이 능력이며, 병든 자에게는 병의 무거움을 철저히 의식하는 것이 일종의 건강함이지 않겠는가.

결국 나는 현실적 패배만큼이나 정신적 패배가 두려운 것이다. 또다시 체념에 잠겨버리는 이차적 패배만큼은 어떻게든 막아내고 싶은 것이다. 패배를 반복해야 한다면, 패배하는 방식이라도 진보해야 하지 않겠는가. 그래서 현실정치와는 다른 위상에서 나의 지구전을 이어간다. 만약 현실정치에서 또다시 낙담해야 한다면 "그렇지만 조금은 이겼다"라고 말할 수 있는 영역을 찾아 거기서 자신의 승리를 조금씩 축적해나간다. 현실정치에서 패하기 전에 한발 앞서 패배의 결과를 계산해보며, 그로써 패배하되 조금의 승리를 거둘 길을 찾는다. 계속되는 패배감을 맛보면서도 현실에 무릎 꿇지 않는다. 누적되는 패배감이 체념으로 굳어가도록 내버려두지 않는다.

이것은 어쩌면 아큐가 곧잘 보여줬던 '정신승리법'에 불과할지 모른다. 맞다. 나는 이런 오진의 역학을 아큐에게서 배웠다. 아큐는 이러했다. 건달에게 두들겨 맞고 나서는 상대가 못돼먹은 놈이라서 그런 일이 생겼다며 자신을 위로한다. 노름판에서 된통 당하면 자기 뺨을 힘껏 때리고는 남을 때렸다는 착각 속에 빠져 평안을 되찾는다. 남들이 자신을 벌레 취급하면 자신이 남들보다 자신을 더 잘 경멸할 수 있다며 자신의 위대함을 만끽한다. 그는 확실히 남다른 능력을 갖고 있었다.

흔히들 아큐의 정신승리법은 현실을 직시하지 못하고 외면하는 태도라고 비판받는다. 확실히 그러할 것이다. 그러나 그가 현실을 외면한 것은 현실이 그를 소외시켰기 때문이며, 그가 현실을 직시하지 않았던 것은 직시해본들 자신의 무력함만이 확인될 뿐이기 때문이었다. 아큐는 나처럼 무력했다. 그래서 내게 아큐의 정신승리법은 일 점 구제의 여지가 있어 보인다. 아니, 그 이상으로 소중하다. 무력한 자에게 가능한 어떤 저항의 양식을 보여주기 때문이다. 무력한 자의 저항은 일단 아큐적이지 않겠는가. 객관적 조건이 바뀌지 않는 이상 주관적 상태부터 바꿔나가는 수밖에 없지 않겠는가.

무력한 자의 문학

그러나 아큐의 태도는 사태가 어찌되든 그 표면에 적당히 승리를 발라두는 정신적 도금주의이며, 망상에서 비롯되는 자기도취일 것이다. 확실히 그러할 것이다. 아큐의 정신승리법을 그대로 사용할 수는 없다. 따라서 아큐에게 배우되 아큐보다 한 걸음 더 나아가야 한다. 그리고 그 걸음은 아큐와는 반대 방향을 향해야 한다. 객관적 조건에 자신의 주관적 상태를 내맡기지 않되 현실을 외면하거나 자신의 패배를 적당히 덮어두기 위해서가 아니라, 자신의 현실을 살아가고 자신의 패배를 파고들기 위해 정신승리법을 활용해야 하는 것이다.

바로 그러한 시도를 루쉰 자신이 보여줬다. 『아큐정전』도 그 일환이었다. 흔히들 루쉰이 『아큐정전』을 쓴 이유는 아큐를 희화하여 중국인의 비굴함을 드러내기 위해서였다고 말한다. 맞는 말일 것이다. 그러나 그 비굴함은 루쉰 자신이 갖고 있었다. 세간의 평가처럼 루쉰의 손으로 형상화된 아큐는 분명히 추악한 중국인의 대명사였다. 그러나 루쉰이 바로 그런 중국인이었다. 그렇지 않다면 루쉰은 아큐를 위한 정전을 쓰는 데 자신의 가장 긴 소설을 바치지 않았을 것이며, 여느 작품과는 다른 자세한 심리묘사가 『아큐정전』에서 등장하지도 않았을 것이다.

루쉰은 무력하기에 자기 안에서 자라나는 비굴함과 추악함을 추출해 그것을 아큐에게 담았다. 루쉰에게 아큐는 자신의 무력하고도 어두운 면이 집약된 인간상이었다. 아큐를 형상화하기 위해 루쉰은 자신을 응시해야 했을 테고, 그 과정에는 분명히 고통이 따랐을 것이다. 루쉰은 아큐를 통해 자기 안에 있는 부정적 요소들을 바깥으로 끄집어냈다. 그리고 아큐를 조소하여 자신을 조소하고 아큐를 증오하여 자신을 증오했다. 그렇게 자신을 씻어냈다. 루쉰은 그렇게 문학을 했다. 이것은 무력한 자의 문학이지만, 무력한 자만이 할 수 있는 문학이기도 하다.

「꽃 없는 장미2」라는 루쉰의 잡감이 있다. 그 잡감은 아홉 절로 구성되어 있는데, 4절에 이르면 갑자기 논조가 바뀐다. 글을 쓰던 중에 루쉰이 3·18 사건의 소식을 접했기 때문이다. 문장은 도중에 이렇게 바뀐다. "더 이상 '꽃 없는 장미' 따위를 쓰고 있을 때가 아니다. … 지금 듣자하니 베이징시에서는 이미 대살육이 자행되었다고 한다. 내가 이런 무료한 글이나 쓰고 있을 때 많은 청년들이 총탄에 맞고 칼에 찔렸다. 오호라, 사람과 사람 사이에는 영혼이 통하지 않는가 보다."

3·18 사건은 일본을 비롯한 서방 열강의 부당한 요구를 받아들인 중국 정부에 항의해 학생과 시민들이 거리로 나섰다가 군대에 진압당해 희생된 일이었다. 4절 이후로 루쉰은 격분하여 그 학살을 고발한다. 그리고 8절에서 이렇게 적는다. "이것은 일의 끝이 아니라 일의 시작이다. 먹으로 쓴 거짓말은 결코 피로 쓴 사실을 덮어 가릴 수 없다. 피의 빚은 반드시 같은 피로 갚아야 한다. 지불이 늦어지면 늦어지는 만큼 이자는 늘어나지 않을 수 없다."

그러나 루쉰은 청년들이 흘린 피를 적의 피로 갚아주지 못했다. 그들의 피를 먹물로 기록하는 수밖에 없었다. 무력했기 때문이다. 아마도 마지막 9절에서 이어진 문장은 당장 박차고 일어서지 못하는 자신을 향한 쓰라린 자조였을 것이다. "이상은 모두 빈말이다. 붓으로 썼으니 무슨 소용이 있겠는가."

그럼에도 루쉰은 붓을 내려놓지 않았다. 청년들을 희생시킨 상대가 외면하고 있는 핏값을 자신의 부채로 삼아 조금씩 갚아나가고자 했다. 칼을 들지 못한 대신 붓을 쥐고 그 붓으로 자신에게 고통을 가하며 스스로를 파고들어 갔다. 3·18 사건 이후로도 루쉰에게는 암흑 같은 시대가 이어졌다. 거기서 루쉰은 바깥의 빛이 닿지 않는 자기 현실의 어둠을 구석구석 더듬으며 길을 내고자 했다. 희생이 쌓일수록 자신의 현실을 파고드는 붓끝은 날카로움을 더해갔다.

루쉰의 문학은 현실에서 자신의 뜻을 실현하는 길이 막히고 희망이 깨졌을 때 출현할 수 있었다. 루쉰의 문학은 비대칭적 구조로 인해 한계를 갖지만, 그 한계를 통해서만 구조의 와해에 이르려는 고투였다. 현실정치의 진폭이 클수록 그의 문학은 깊이를 더해갔다. 현실에서의 패배를 문학에서 조금씩 갚아나가며, 루쉰은 자신을 패배시킨 상대보다 역사에서 오래 살아남았다. 그렇게 무력한 자가 무력함에 근거하여 살아가는 법을 실증해냈다.

루쉰은 자신을 태웠다. 그러나 한꺼번에 불사르지 않았다.

울분과 격정이 차올랐지만 자신을 서서히 연소시켰다. 그 향은 멀리 퍼져 우리의 시대로까지 이르고 있다. 그리고 지금 우리에게는 루쉰이 그러했듯이 희생들을 위한 희생이 요구되고 있다.

2

후쿠시마 사태
그리고 스침의 시간

2012

가깝고도 먼 나라. 일본은 곧잘 그렇게 묘사된다.
상투적 표현이지만 이런 수식에는 어떤 진실이 담겨 있는지 모른다.

3월 11일 이후의 날들에서 한국사회가 일본을 대하는
기존의 원근감은 동요했다.

확실히 현대 사회에서 대중매체는 사건을 창조하고 또 그만큼
낡아빠지게 만드는 유일한 능력을 갖고 있다.

가혹한 환경은 억센 사상을 낳을 것이다. 현실의 진폭이 클수록
현실에 자신을 투입하고 현실에서 자신을 깨뜨리며 사상은
단련되어갈 것이다.

지금 일본에서 진행 중인 것은 대량생산-대량유통-대량소비-
대량폐기를 유도하는 현대 사회체제와의 싸움이며,
무한한 성장을 실현해줄 무한한 에너지 사용이 지구상에서
가능하다는 자본주의적 망상과의 싸움이며, 지금 축배를 들고
뒤처리는 미래세대에 맡기자는 반윤리와의 싸움이다.

3·11은 여느 역사적 사건의 발발일, 특히 여느 재해의 발발일과는
달리 기억되어야 할 것이다. 1주년, 2주년이 쌓여가더라도 시간의
누적분만큼 3·11로부터 멀어져갈 수는 없다.

그의 연극은 부조리극이다. 그러나 그가 텐트 안에서 부조리한
상황을 만들어내는 까닭은 텐트의 바깥 세계, 소비자본주의야말로
인간의 결핍을 소비로 메우는 부조리이기 때문이다.

절망은 희망의 반대말이 아니라 희망을 구해 나서야 할 토양인지
모른다.

모래알은 떨어지면서 서로 스친다. 스치며 모래입자가 변한다.
그것은 아픔을 동반한다. 그 스침만이 우리의 시간이며,
곁에 있는 존재와의 마찰 속에서만 우리는 희망을 사고할 수 있다.

3월 11일, 지진이 일본 도호쿠 지역을 강타한 날 일본의 지인들에게 안부를 묻는 메일을 보냈다. 하루 이틀에 걸쳐 다들 답장을 보내줘 일단 안심할 수 있었다.

나는 도쿄에서 2년 가까이 생활한 적이 있다. 그사이 규모는 크지 않더라도 이따금 지진이 일어났다. 뉴스에 지진 속보가 올라오는 것은 낯설지 않은 일상의 풍경이었다. 그러나 이번 지진은 참담한 피해를 내며 일상을 무너뜨렸다. 나는 이미 도쿄 생활을 정리하고 떠나온 뒤였다.

3월 12일, 고등학생들과 만날 일이 있어 도호쿠 지진을 화제 삼아 강의를 시작했다. 그리고 당부했다. "인터넷에 일본의 사태를 희화화하거나 피해자들에게 상처가 될 댓글은 쓰지 말아주세요."

내가 도쿄에서 체류하던 2008년에는 중국 쓰촨에서 지진이 일어났다. 그해 내내 일본 언론 공간에서는 중국이 화두였던 것으로 기억한다. 소위 중국산 독만두 사건으로 그해를 시작해, 봄에 티베트 사태가 발발하고, 여름에 베이징 올림픽이 개최되고, 봄과 여름 사이에 쓰촨 지진이 발생한 것이다.

쓰촨 지진 이후 나는 한국의 포털사이트를 지켜봤다. 한국 네티즌들 가운데는 "쌤통이다" "더 죽어야 한다"라며 중국인을 조롱하는 자들이 적지 않았다. 그러면 한국어를 할 줄 아는 중국 네티즌이 그런 댓글을 번역해 중국 사이트에 올려 한국인에 대한 반감이 격앙되는 일도 있었다. 하지만 지진의 무서움이 무엇인지 아는 일본인들의 글은 대체로 중국인을 위로하는 논조였다. 그때 일이 떠올라 고등학생들에게 당부한 것이다. 그러나 비방조의 댓글이 자칫 일본인을 화나게 할 수 있으니 쓰지 말라고 한 것은 아니었다. 그런 뒤틀린 적대감이 무엇보다 자신을 먼저 해칠지도 모른다고 강조했다.

3월 13일, 후쿠시마 원전의 긴박한 사태가 속보로 오르기 시작했다. 연일 보도가 이어지면서 사태의 심각성이 드러났다. 다시 지인들이 염려되었다. 그러나 지진이 발생하자 바로 피해를 물어봤던 때와 달리 선뜻 메일을 보내기가 조심스러웠다. 시시각각 변하는 원전 사태 아래서 어떤 표현을 골라야 할지 고민이 들었다. 어제와 오늘이 다르고 내일이 또 어떻게 달라질지 모르는 상황에서 괜찮은지 물어보아도 상대가 답하기란 쉽지 않으리라 짐작했기 때문이다.

그렇게 망설임이 길어지는 동안 한국 언론 공간에서 일본의 사태를 대하는 반응은 전과 다른 양상을 보였다. 특히 사태 초기에는 쓰촨 지진 때와 분위기가 달랐다. 신문도 인터넷도 민족감정을 부추기기보다는 인간애를 중시하는 논조였다. 어쩌면 일본 도호쿠 지역이 중국 쓰촨보다 실감의 거리가 가까워서였는지 모른다. 이번에는 지리적 인접이 정서적 유대로 옮겨가는 듯했다. 여기저기 모금 운동이 번져가고 언론사들도 일본 돕기에 거들고 나섰다.

물론 일본의 사태를 대하는 반응이 단색은 아니었다. 3월 12일, 나는 『조선일보』 기사를 보고 경악했다. 이번 지진으로 일본의 내수가 되살아나 장기적으로는 경기가 부양할 것이라는 내용이었다. 그날은 지진이 발발한 다음날이었다. 사람 목숨이 오가는 다급한 마당인데 너무도 여유를 부리는 기사를 보고는 화가 치밀었다. 『조선일보』만이 아니었다. 뉴스에서는 어김없이 일본 사태가 한국 주가에 어떤 영향을 줄 것인지가 줄곧 메인으로 올라왔다. 언제부턴가 뉴스를 보면 주가는 전국민이 기르는 자식처럼 의인화되어 모두가 그 성장을 염려하는 것 같다. 연구실의 동료에게 아마도 우리는 지구 종말 때까지 주식을 할 테고 그때는 종말테마주가 인기일 거라고 씁쓸하게 말했다.

다만 전반적으로는 일본을 향한 안타까운 시선, 나아가 고통을 나누려는 태도가 기조를 이뤘다. 그간 언론 공간에서 어떤 소재로든 일본이 화제로 부상할 때면 일본은 한국인의 민족감정을 발산시키는 가장 편리한 회로로 기능했으나 이번에는 그 구도에서 벗어날 기미가 보였다.

일본의 시민 정신을 상찬하는 기사도 이어졌다. 참담한 상황 앞에서도 동요하지 않고 질서를 지키는 일본인들의 모습을 세계가 주시하며 감탄하고 있다는 내용이었다. 이런 보도에는 일본인들이 싫더라도 배울 건 배워야 한다는 훈계조가 곁들여지기도 했다. 그러나 나는 이런 보도가 한편으로 불편했다. 일본에서 체류한 경험에 비춰 보건대 일본 매스컴에서도 "세계가 우릴 지켜보고 있다"라는 논조가 기승을 부리며 문제 상황을 덮어둘 것이 뻔했기 때문이다.

아무튼 한국 언론 공간에서는 동정 어린 분위기가 조성되었다. 그러나 그 분위기는 채 3월을 넘기지 못했다. 신문과 뉴스를 보건대 일본인을 위로하는 분위기는 그들의 피해를 바다 건너 구경할 수 있을 때까지만 이어지는 것 같았다. 방사성 물질이 바다 건너 한국까지 날아올지도 모른다는 사실이 알려지고 그 우려가 현실화되자 '일본발 재앙'에 대한 두려움이 동정의 감정을 대신하기 시작했다. 결국 애도의 분위기는 우리가 피해 당사자가 아니라는 여유가 있을 때 유지될 수 있었던 것이다.

한 달도 되지 않는 기간에 일본의 사태에 대한 보도는 폭증하고 유동하고 바람의 방향에 따라 크게 회전하더니 결국 독도 문제로 안착했다. 일본을 대하는 기존 프레임은 여전히 건재했고 쉽게 되살아났다. 그렇게 방사능비를 동반한 바람은 잠시 자리를 잡고 있던 '가까운 일본'을 밀쳐냈다.

가깝고도 먼 나라

가깝고도 먼 나라. 일본은 곧잘 이렇게 묘사된다. 상투적 표현이지만 이런 수식에는 얼마간의 진실이 담겨 있는지 모른다. 흔히 '가깝다'는 지리적 거리에서 그렇다는 것이며, '멀다'는 일본과의 민족감정에서 간극이 크다는 의미다.

그러나 일본에서 지내는 동안 나는 '가깝다'와 '멀다'에 관한 다른 원근감을 경험했다. 어느 사회든 관심을 갖고 그곳 사람들 속에서 머물러 본다면 그 사회는 가까운 곳이 될 수 있다. 현지인이 살아가는 모습에서 뜻밖의 친근함을 발견하거나 자신과 고민이 닮은 사람을 만날 수 있을 것이다.

하지만 그 사회와 사람들에게 관심 이상을 갖는다면 가까워지는 만큼 멀어지기도 한다. 진정 그 사회를 소중히 여긴다면 함부로 다가가 멋대로 의미를 부여하거나 끄집어낼 수 없다. 그 사회에 매력을 느낄수록 그 사회는 이렇다 저렇다 말하고 싶어지지만 진정한 애정이라면, 애정의 대상이 타사회라면 인식의 거리도 생겨난다. 진정한 애정이라면 대상에 관한 자신의 인식이 결국 대상의 본질을 알아낸 것이 아니라 자신이 원하는 대로 대상을 연출한 것이었음을 직시하게 될 것이다. 즉 자신의 관심사에 따라 대상을 확대하거나 축소하고 미화하거나 왜곡했던 것이다. 따라서 진정한 애정을 갖는다면, 대상을 멋대로 좋아할 수 없다. 그것이 이웃나라를 대할 때 '가깝고도 멀다'는 말의 진정한 의미가 되어야 한다고 생각한다.

3월 11일 이후의 날들에서 한국사회가 일본을 대하는 기존의 원근감은 동요했다. 한편으로 일본은 기대보다 가까웠다. 후쿠시마 원전 사태가 불거지자 방사성 물질이 한국으로 유입될 것인지에 관심이 쏠렸고, 정부는 한국이 편서풍 지대에 속한다는 근거를 들어 유입 가능성은 거의 없다고 발표했다. 그러나 3월 27일, 정부는 강원도에서 방사성 제논이 발견되었다고 공표해야 했다. 방사성 물질이 캄차카반도와 시베리아를 거쳐 한국으로 유입된 것이다(당시 제논 검지기는 강원도에만 있었는데 북한의 핵실험을 모니터링하기 위한 용도였다).

방사성 물질이 대기 중으로 방출된 상황에서는 어느 곳도 충분히 '멀 수 없었다'. 더구나 한국은 일본에서 가장 가까운 나라였다. 지금 내가 거주하는 서울에서 후쿠시마까지는 약 1,240km에 불과하다. '불과하다'라고 표현하는 까닭은 1986년 체르노빌 원전 사고 당시 방사성 물질이 2,000km 이상을 날아가 중부유럽과 북유럽에 떨어졌기 때문이다. 일본은 가까웠다.

다른 한편에서 일본은 여전히 멀었다. 3월 11일 이후 일본 상황이 매일 기사에 오르고 후쿠시마 사태가 실시간으로 보도되었지만 일본인, 일본사회에 관한 시선은 여전히 패턴화되어 있어 인식의 거리를 좁히지 못했다. 일본인의 차분한 대응에 찬사를 보내는 논조도 기존의 일본인상을 강화할 따름이었다. 질서정연한 일본인상은 이면에 있을 혼란과 갈등을 가리는 효과를 낳았다. 나는 그런 일본인상이, 배려 없고 늘 불평만 늬까리는 듯한 중국인상과 대비되면서 한국에서 고착되었다고 생각한다.

지진과 해일은 사람을 가리지 않았지만, 후쿠시마 사태 이후 피난은 모두에게 주어지는 공평한 권리가 아니었다. 일본의 다른 지역이나 해외에 연고가 있는 자와 없는 자, 집을 떠나서 지낼 만한 경제적 여력이 있는 자와 없는 자, 그렇게라도 해서 떠날 의지가 있는 자와 삶의 터전을 차마 버리지 못해 머무는 자. 상황이 절박하고 이동이 절실해지면 그 전에는 가려져 있던 복잡한 차이들이 드러난다. 그것이 일본사회의 현주소를 읽어내는 핵심적 요소일 것이다. 그러나 급박한 상황에서 벌어진 일들은 기존의 인식 패턴으로 회수되었으며, 그러다 결국은 독도 문제로 돌아왔다. 파국적 규모의 지진이 일어났지만 일본인, 일본사회를 대하는 인식에는 균열이 생기지 않았다. 그런 의미에서 일본은 여전히 멀다.

한 사람의 일본인

후쿠시마 원전 사태가 이어지는 동안 표현을 고심하며 일본의 지인들에게 다시 메일을 보냈다. 그분들이 답장을 보내주셨는데 그중 한 분의 편지를 허락을 구해 여기 옮겨둔다.

> 정성 어린 메일을 보내주셔서 감사합니다. 기쁜 마음으로 답장을 드립니다.
> 계속 걱정을 끼치고 있군요. 이쪽 상황을 속히 메일로 알려야 한다고 생각하면서도 매일매일 시간을 흘려보내고 있습니다. 언제나 따뜻한 우정을 보내주는데 사려 깊지 못한 행동을 이해해 주시기 바랍니다.
> 후쿠시마 원전은 이웃나라를 전혀 배려하지 않고 일을 저질렀습니다. 귀국으로부터 중국으로부터 러시아로부터 정말이지 여러 도움을 받아 놓고는 무단으로 오염수를 바다로 흘려보내고 오염도를 측정해 놓고도 발표하지 않습니다. 몹쓸 짓을 거듭하고 있습니다. 사과의 정도를 벗어나 있는 사태에 가슴 아프도록 죄송하게 생각합니다.
> 귀국에서 "일 년 후에는 반경 50km 내에 사람이 살 수 없게 된다"라는 보도가 나왔다니 다시 마음이 괴로워집니다. 실제로 그런지 저는 알지 못합니다. 그 보도가 사실이라면 일본의 언

론은 이미 유해무익한 것이겠죠.
어디가 끝인지, 앞일이 무엇인지 전혀 알지 못한 채 그저 하늘에 기도하며 현장에서 분투하는 것이 지금 할 수 있는 전부입니다. 여진도 그치지 않으니 해외에서 사람들이 오지 않는 것도 당연합니다.
제가 사는 곳은 후쿠시마 원전까지 200km 떨어져 있습니다. 그 사이에 도카이무라 원전이 있습니다. 이제야 이 원전이 1960년 안보투쟁 무렵에 건설되기 시작한 것임을 알았습니다. 비키니 환초에서 자행한 미국의 수폭 실험으로 일본의 참치 어선단이 방사능을 뒤집어쓴 이후 일본에서는 핵실험을 반대하는 기운이 고조되었습니다. 1954년 도호쿠의 태평양 연안은 1960년 5월 칠레 지진의 해일로 큰 피해를 입기도 했습니다.
이런 상황이었는데 당시 도카이무라와 후쿠시마에서 건설되는 원자로에 반대하는 소리는 어째서 커지지 않았는지, 안보조약 체결에 반대하는 목소리와 어째서 합류되지 않았는지 아버지께 물어보고 싶어집니다.
체르노빌을 떠올립니다. 당시 제 딸은 세 살이었습니다. 일본에서도 큰 소란이 났습니다. "밖에서 놀지 마라! 모래에 손대지 마라! 비에 젖지 마라!" 좋은 계절인데도 집안에 틀어박혀 있던 일을 기억합니다. 당시에는 소련을 향한 비난이 쏟아졌습니다. 거리가 이렇게나 멀리 떨어져 있는데도 일본은 패닉이었습니다. 지금 귀국의 걱정은 거기 비할 바가 아닐 것입니다. 지금 러시아에서는 검지기를 사용하고 중국과 타이완에서는 물자 입국을 거부하고 유럽에서도 비슷한 일이 벌어지고 있습니다. 25년 전 우리도 그렇게 했습니다.

히로시마에서 나가사키에서 "원폭은 허락할 수 없다"고 염원해온 것은 대체 어찌된 것인지, 적어도 그렇게 염원해온 사람들에게 나는 어떤 행동을 해왔는지, 그걸 생각하면 규탄할 수도 피난할 수도 없습니다.

어찌해야 좋을지 몰라 웅크리고 있을 뿐입니다. 무력감을 곱씹을 뿐입니다. 자기 자리에서 구원의 손길을 내밀어주는 따뜻한 이웃들에게 무력함을 사죄할 뿐입니다.

일찍이 있었던 역사에 이제야말로 응할 때인데, 미안합니다.

이러한 일본에 아끼지 않고 힘을 써주는 당신들의 강한 의지와 진심에 깊이 감사드립니다.

— 2011년 5월 4일 혼다 히로코

나는 일본에서 체류하는 동안 혼다 히로코 씨를 알게 되었다. 이 편지에서 언급된 "아버지"는 이미 역사 속 인물로 다케우치 요시미라는 사상가다. 나는 그의 글을 번역하고 행적을 좇던 중에 유족분을 만난 것이다.

여기 유족분의 편지에 이어 그분의 아버지인 다케우치 요시미의 문장을 잠시 빌려오고 싶다. 이웃나라를 대할 때 내가 간직하려는 거리감을 그의 문장이 시사하고 있기 때문이다. 다케우치에게 이웃나라는 중국이었다. 그는 중국연구자였다. 그러나 그에게 중국은 그저 자기 바깥의 연구대상이 아니었으며, 그의 중국연구도 중국에 관한 확실한 지식을 움켜쥐는 데 그 목표가 있지 않았다.

내가 먼저 가져오고 싶은 문장은 「지나와 중국」이란 글에 있다. 이 글은 1937년부터 2년간 베이징으로 유학한 다케우치 요시미가 당시의 심경을 담은 것이다. 먼저 이 글은 제목이 암시하듯 '지나'와 '중국'이라는 말을 구분하고는 그 유래를 설명한다. '중국'은 중화中華나 화하華夏처럼 오래전에 생긴 말이다. 한편 '지나'는 보다 나중에 출현한 말로 외국인이 중국을 부르던 소리를 한자로 옮겨 적은 것이다. 일본에서는 다이쇼시대를 거치면서 지나라는 말에 멸시의 뉘앙스가 배었다.

그런데 다케우치는 이 글에서 도리어 '중국'보다는 '지나'라는 말에 느끼는 애착을 토로한다. 마침 당시 일본의 지식계 안에서는 중국인을 업신여기는 말이니 '지나' 대신 '중국'을 사용하자는 주장이 나왔다. 선의도 있었겠고 교착상태에 빠진 중일전쟁을 타개하려는 계산도 있었겠다. 하지만 다케우치는 묻는다. 그게 진정 중국인들의 마음을 알고서 하는 소리인가. 그리하여 이 글의 전반부에서 그는 '지나'와 '중국'이라는 말의 유래를 밝히지만, 그와 어울리지 않게 후반부에는 베이징에서 인력거를 타고 거닐던 때의 감상이 반복된다. 다음은 그 사이에 나오는 문장이다.

> 그런데 나는, 일찍이 중국이라고 입에도 담고 붓으로도 적었던 나는, 지금 입에 담고 붓으로 적기가 영 꺼림칙하다. 이런 변

화는 언제쯤 일어났던가. 2년간 베이징에 살게 되면서부터, 나는 지나라는 말에서 잊고 있던 애착을 느끼기 시작했다. 벌써 익숙해진 말인데도 문득 입으로 꺼내면, 이제 와서 뭔가 불편한 중국이라는 울림. 말이란 이토록 부질없이 사람을 놀리는가.… 나는 어떤 이치가 있어 중국을 싫어한 게 아니다. 나는 지나가 내게 어울린다고 직감했다. 지나야말로 내 것이다. 다른 무엇보다도 그게 지금 내 심정에 들어맞는다.… 나는 다만 말의 옛 가락을 사랑하며 그것을 변변찮은 생의 위안으로 삼고 싶을 따름이다. 이 마음의 풍경을 어찌 전해야 좋단 말인가!

본인이 지나와 중국의 유래를 기껏 설명해놓고도 "어떤 이치가 있어" 지나를 고른 것이 아니란다. '이치'를 설명하는 대신 이후에는 인력거로 거리를 거닐던 때의 감상을 늘어놓는다. 인력거를 타면 "감동 없는 지상"에서 벗어나 잠시나마 해방감을 맛본다. 사고의 힘이 되살아난다. 그러다가 문득 생각한다. 인력거꾼, 목덜미로 땀이 번져 오르는 이 사람, "비참하고 안쓰럽고 그런데도 사람을 부끄럽게 만드는 집요한 본능이 넘쳐흐르는 생명체"에게 "나는 무엇을 해줄 수 있을까". 그렇듯 조리 없는 자문이 몇 차례 거듭되다가 바로 내가 옮겨보고 싶었던 그 문장이 이어진다.

그들(일본의 지식인)이 지나인을 경멸하건 하지 않건 내게는 다르지 않다. 그들은 아이들을 어르듯 지나인을 동정할 수 있다고 믿는지 모른다. 하지만 지나인에게 그만큼 경솔한 짓은 없다. 동정받아야 할 것은 한 사람의 지나인을 사랑하거나 한 사람의 지나인을 증오하지 못하는 그들 자신의 빈곤한 정신이다. 만약 지나라는 말에 지나인이 모멸을 느낀다면 나는 모멸감을 불식하고 싶다. 언젠가 지나인 앞에서 망설이지 않고 상대의 비위도 신경 쓰지 않고 당당히 지나라고 말할 자신감을 기르고 싶다. 나는 지나인을 존경할 생각은 없다. 다만 지나에 존경할 만한 인간이 살고 있음을 안다. 일본에 경멸해 마땅할 인간이 살고 있듯이. 나는 지나인을 사랑해야 한다고 믿지 않는다. 그러나 나는 어떤 지나인을 사랑한다. 그들이 지나인이어서가 아니라 그들이 나와 같은 슬픔을 늘 몸에 간직하고 있어서다.

감히 헤아려 본다면, 다케우치가 말한 "같은 슬픔"이란 세계의 주변부인 아시아에서 근대화를 겪는 자들의 아픔일지 모른다. 아니, 그보다 개인적인 감상일 수도 있겠다. 베이징 유학에서 그는 중국을 자기 바깥에 놓인 대상이 아니라 자신의 심정과 대면하는 매개로 경험했으며, 중국인을 만나며 자신의 고통과 슬픔을 대상화할 수 있었다. 그리고 이 대목에서 '중국'과 '지나'라는 말의 어감은 중국에 대한 정치적으로 올바른 입장과 중국인에 대한 개인적인 정감만큼의 거리에서 대응하고 있다.

나는 위의 문장을 따라 적어본다. "동정받아야 할 것은 한 사람의 지나인을 사랑하거나 한 사람의 지나인을 증오하지 못하는 그들 자신의 빈곤한 정신이다." "나는 지나인을 사랑해야 한다고 믿지 않는다. 그러나 나는 어떤 지나인을 사랑한다. 그들이 지나인이어서가 아니라 그들이 나와 같은 슬픔을 늘 몸에 간직하고 있어서다."

일본에서 체류하는 동안 내게는 그 '한 사람의 일본인'들이 생겼다. 비록 역사 속 인물이지만 다케우치 요시미가 그 한 사람이고, 그의 유족분이 그 한 사람이며, 또한 몇몇의 그 한 사람들이 있다. 그들 사회의 일부가 돌이킬 수 없이 파괴되었다.

죽음, 죽음들

3·11로부터 1년이 지났다. 상황은 여전히 진행 중이다.

3월 11일로부터 한 달 후, 지진과 해일로 인한 사망자는 14,000명을 넘었고 행방불명자도 12,000명에 달한다고 보도되었다. 1995년 한신 지진은 6,000명의 사망자를 냈지만 한 달 후 집계된 행방불명자는 세 명에 불과했다. 이번 지진에서 이처럼 엄청난 수의 행방불명자가 발생한 까닭은 많은 사람이 해일에 휩쓸려 바다로 떠내려갔기 때문이다. 1년이 지난 지금, 여전히 행방불명 목록에 속해 있는 자는 이제 사망자 안에 포함시켜야 할 것이다.

도호쿠 지진에 이어진 후쿠시마 사태는 체르노빌에 비견되는 심각한 재앙을 초래했다. 몇몇 과학자는 체르노빌이 아닌 후쿠시마를 인류 최악의 핵 참사로 기록해야 한다는 의견을 냈다. 일본 정부가 국회에 제출한 조사 결과에 따르면 후쿠시마 원전 사고로 유출된 방사성 세슘의 양은 15,000TBg에 달하는데, 이는 히로시마 원폭 당시 유출된 양보다 무려 168.5배가 많은 것이라고 한다. 사실 나는 0.5배까지 계산해내는 저 통계가 미덥지 않다. 오히려 통계에 대한 과신이 후쿠시마 사태를 낳은 한 가지 원인이라고 생각한다.

사태 발생으로부터 한 달이 지나자 후쿠시마 원전 사고의 국제원자력 사고등급은 체르노빌 때처럼 '7등급'으로까지 올라갔다. 등급은 7까지밖에 없다. 그리고 그 의미를 언뜻 알아듣기 힘든 '계획 피난 구역' '긴급시 피난 준비구역'이 설정되고 '옥내퇴피'屋內退避 '자발적 피난' 명령이 내려졌다. 10만 명의 이재민들은 머물 수도 떠날 수도 없는 애매한 상황에서 피폭의 위험에 노출되어 있다.

원전결사대로 여론의 주목을 모았던 노동자들 가운데 피폭 사망자가 발생했다. 방사선이 직접적 원인이 되어 죽음에 이른 자는 아직 소수다. 그러나 1년 동안 200여 명의 이재민이 스스로 목숨을 끊었다. 나는 후쿠시마 30km 인근에 살던 93세 여성이 목숨을 끊은 이야기를 들었다. 그는 "무덤으로 피난 갑니다. 죄송합니다"라는 유서를 남겼다고 한다.

그 이야기를 접했을 때 5년 전 오키나와 평화기념관에서 봤던 한 영상물이 떠올랐다. 그 영상물에서는 한 여성이 갑자기 절벽 위의 숲에서 뛰쳐나온다. 그러더니 사력으로 달려 그대로 절벽에서 뛰어내린다. 아마도 그는 죽었을 것이다. 15분 간격으로 반복 재생되는 영상물의 한 장면이었다. 나는 그 수초의 장면이 안긴 충격으로 한 시간 넘도록 발걸음을 옮기지 못한 채 같은 자리에 서 있었다. 다시 그 여성이 숲에서 뛰쳐나오더니 바다로 떨어진다. 절벽에서 그를 기다리는 것은 처참한 죽음이었다. 그런데도 그는 일순의 망설임도 없이 숲에서 달음질치던 그대로 절벽을 뛰어내렸다.

오키나와 전투 당시에 찍힌 이 실사물에서 그는 미군에게 쫓기고 있었을 것이다. 미군에게 잡히면 죽을 거라 생각했고 그래서 도망치다가 절벽에서 뛰어내려 죽었다. 앞에도 뒤에도 결국 죽음뿐인데 대체 미군이 오키나와에서 어떠한 만행을 저질렀기에, 혹은 미군에게 붙잡혀선 안 된다는 일본군의 세뇌가 얼마나 지독했기에 서슴없이 절벽에서 뛰어내렸을까. 물음만이 가능할 뿐 나는 그 공포를 가늠할 수 없었다.

그리고 93세의 할머니가 스스로 목숨을 끊었다. 이제껏 한 세기 가까이 살아오셨지만 더 이상 살 기력을 잃으셨던 것일까. 그 생의 마지막 말은 "죄송합니다"였다.

많은 농민도 자살했다. 원전에서 나온 방사성 물질이 관동 지역 전역으로 쏟아져 대지가 한순간에 오염되었다. 방사성 물질이 퇴적된 땅에서 일하는 농민은 나날이 피폭당하고 있으며, 공들여 길러낸 야채는 옥소와 세슘이 검출되어 출하가 금지되었다. 땅이 더럽혀지자 농민은 생존의 근거 그리고 생존 자체를 상실했다. 땅을 버릴 수 없고 전망을 찾을 수 없는 농민들이 스스로 목숨을 끊고 있다.

후쿠시마와 상대적으로 떨어진 도시에서 살아가는 자들에

게도 죽음의 그림자가 드리웠다. '죽음의 그림자'는 내부 피폭의 현실에서 결코 문학적 수사가 아니다. 숨 쉬는 공기, 마시는 물, 먹는 음식으로 사람들은 피폭당한다. 방사능 먼지가 아스팔트 위를 떠다니고 있다. 물은 가려서 마셔야 한다. 기준치를 넘은 채소가 유통되고, 후쿠시마산 볏짚을 먹인 소에서 방사능이 검출되고, 먹이사슬을 고려하건대 생선도 이제 안전하지 않다. 죽음을 곁에 둔 채로 일상을 살아가야 한다.

나아가 피해는 사회 곳곳으로 번져가고 있다. 이미 여러 기업들이 지진 재해를 이유로 노동자를 해고했다. 재해지의 기업만이 아니라 전국에서 해고가 진행되고 있다. 방사성 물질이 아이들을 먼저 노리듯 해고는 열악한 노동조건에 처한 자들을 먼저 향한다.

그리고 도시 빈민에게 향해야 할 지원이 끊기고 있다. 복구를 위해서는 조 단위의 천문학적 비용이 소요될 것으로 예상되기 때문이다. 정부는 재원 마련을 위해 복지 예산을 삭감하고 있다. 재해 난민에게 사용될 '부흥 자금'은 노숙자와 같은 종래의 사회적 난민에 대한 지원과 바꿔치기될 것이다. 부흥에는 선별이 따르게 마련이며, 거기서 외면된 자들은 기민으로 유랑하며 방사능 도시를 헤맬 것이다.

오래된 적

그러나 복구니 부흥이니 하는 명목으로 천문학적 비용을

지출하더라도 복구도 부흥도 이뤄낼 수 없을 것이다. 핵폐기물인 우라늄-238의 반감기는 40억 년이다. 그것이야말로 진정 천문학적 수치다. 우라늄-238이야 극히 미량이더라도 흩뿌려진 플루토늄은 종류에 따라 반감기가 88년에서 2만 년에 이른다.

그리고 후쿠시마 사태는 아직 끝나지 않았다. 원자로 안에는 여전히 대량의 핵분열 생성물질이 존재하며 그것들은 스스로 발열하고 있다. 그 열을 냉각시키지 못해 원자로가 녹아내렸던 것이다. 이제 겨우 원자로를 냉각시키는 1단계에 다다랐으며 원자로의 연료봉을 제거하기까지는 10년 이상이 소요되리라는 보고가 나왔다.

하지만 실상이 무엇인지는 알 수 없다. 인간은 방사능 앞에서 너무나 무력하다. 원자로가 녹고 원전이 폭발할 때는 대량의 증기가 피어올랐다. 이와 함께 방사성 물질이 유출되었다. 그런데 인간이 방사성 물질에 관해 경험할 수 있는 거의 유일한 대상은 증기였다. 정작 증기는 방사성 물질이 퍼져나가는 걸 막으려고 주입한 물들이 분해되며 생긴 현상이다. 지진이나 해일과는 달리 방사성 물질은 어떠한 감각적 자극도 동반하지 않는다. 보이지도 만져지지도 않고 냄새를 맡을 수도 없다. 방사성 물질 앞에서 인간의 오감은 처절할 만큼 무능하다.

그리고 지진이나 해일과는 반대로 원전 사태는 사회를 갈기갈기 찢어버렸다. 지진이나 해일의 가공할 모습과 그로 인한 참담한 피해 장면은 재해민을 돕겠다는 연대의식을 불러일으켰지만, 원전 사고로 흩뿌려진 방사성 물질은 형체가 보이지 않기 때문에 각 개인을 고독한 싸움으로 몰아넣었다.

일본 시민에게는 오로지 숫자로 환원된 데이터만이 방사능의 실체를 가늠할 수 있는 유일한 정보로 주어지고 있다. 그러나 그 데이터가 아무리 과학적으로 작성되었다고 한들, 그 수치가 자신에게 무엇을 의미하고 자신이 어떠한 행동에 나서야 하는지는 불분명하다. 방사성 물질은 무형이기에 더욱 두렵다. 그리하여 신체에 축적될지 모르는 방사성 물질을 둘러싸고, 방사성 물질에 관한 해석을 둘러싸고 생존의 정보전이 벌어진다.

빗물에서 요오드가 검출되고 공기 중에서 세슘이 나온다. 매일매일이 공방전이다. 수돗물과 채소의 방사능 수치를 확인하며 하루를 돌봐야 한다. 사람들은 진실과 거짓이 뒤엉킨 회색지대에서 혼란에 빠진다. 방사능은 미지의 대상이기에 사람들의 판단은 일관될 수 없고, 행동을 결정해야 할 때마다 고독한 결단이 요구되며, 입장 차에 따라 대립과 갈등마저 생겨난다.

이 공방전에서 정부와 미디어는 오히려 회색지대를 넓히는 데 일조하고 있다. 정부는 자신들이 발표한 수치나 해석 말고는 근거 없는 소문일 뿐이니 동요하지 말라고 당부한다. 그러면서 "기준치 이하라서 인체에 영향이 없다"라고 발표한다. 하지만 정부가 안전을 운운할수록 불안은 고조된다. 기준치는 1시간 혹은 하루라는 임의적 기준에 근거하고 있으며 장기에 걸친 누적에 관해서는 아무것도 장담해주지 못한다.

매스미디어도 믿기 어렵다. 후쿠시마 사태의 책임 당사자인 도쿄전력은 1년 광고비로 약 200억 엔을 뿌려대는 일본의 3대

광고주다. 현재 광고공공기구라는 단체는 정부를 거들면서 "소문을 믿지 말자, 사재기를 멈추자"라며 빈번하게 광고를 내보내는데 이 단체의 대표가 도쿄전력 사장이다. 그리고 위험을 팔아번 돈으로 키워낸 원전파 어용학자들이 미디어에 출연해 정부와 도쿄전력의 주장을 옹호하고 나선다.

이런 광경은 역사를 거슬러 올라가 그 유래를 들춰낼 수 있다. 그리고 그 장면에서 혼다 히코로 씨가 편지에 적은 그 물음과 만나게 된다. 히로시마와 나가사키에 원자폭탄이 투하되어 30만 명이 목숨을 잃은 피폭국가에서, 그리고 패전 후 "핵무기를 만들지도 갖지도 반입하지도 않는다"는 비핵 3원칙을 채택한 사회에서 어떻게 전후에 바로 원전이 건설되고, 나아가 일본은 54기의 원전을 보유한 원전대국으로 성장할 수 있었는가.

혼다 씨의 편지에 등장한 도카이무라 원전은 일본 최초로 1963년에 세워졌다. 이를 위한 단초로서 10년 전인 1954년에 원자력연구개발 예산이 국회에서 통과되었다. 이때 예산은 2억 3천 5백만 엔이었는데 핵분열의 원료가 되는 우라늄 235에서 따온 상징적 숫자였다. 그리고 1955년에는 원자력기본법이 제정되었다.

히로시마, 나가사키의 피폭으로부터 불과 10년 만에 일본은 원자력을 받아들일 기반을 마련했던 것이다. 그리고 이 대목에서 '핵의 평화적 이용'이라는 슬로건이 등장했다. 즉 원리적으로 핵발전과 핵무기 개발은 별개의 과정이 아니지만, 슬로건상에서 핵의 군사적 이용과 평화적 이용, 즉 원폭과 원전을 구분해낸 것이다(현재 일본이 재처리를 통해 분리한 플루토늄 양은 4,800kg이고 사용된 핵연료에 들어 있는 양은 140,000kg이 넘는다. 핵탄두를 1,000개 넘게 만들 수 있는 양이다. 북한은 대략 45kg의 플루토늄을 갖고 있다고 알려져 있다).

'핵의 평화적 이용'이라는 슬로건은 어떻게 피폭국가에서 활개를 칠 수 있었을까. 전후 성립된 냉전체제에서 소련과 핵경쟁에 나선 미국은 일본에 원자력을 추진하도록 권했다. 그리고 정치인-행정관료-산업계-매스컴-학계로 짜인 '원자력 마피아'가 '핵의 평화적 이용'이라는 슬로건을 사회에 유포시켰다. 그때 중추적 역할을 담당한 자가 당시 『요미우리』의 사장이었던 쇼리키 마츠타로다.

혼다 씨의 편지에도 언급되었듯이 1954년 원자력연구개발 예산이 국회를 통과하기 전인 1953년에는 미국에 의한 비키니 환초의 수폭실험으로 참치잡이 어선 제5후쿠류마루가 피폭당하는 사건이 발생했다. 이로써 고조되는 반핵, 반미여론을 내리누르고자 쇼리키는 『요미우리』의 힘을 통해 '핵의 평화적 이용'을 국민들에게 세뇌하는 역할을 맡았다.

그런데 역사를 더 거슬러 올라가면, 쇼리키는 1925년 관동대지진 당시 경찰청 장관이었다. 지진이 발생한 후에 조선인들이 우물에 독을 타고 폭동을 일으킨다는 소문이 돌아 6,600여 명의 조선인이 학살당했다. 그 소문은 흉흉해진 민심을 다스리려고 부러 퍼뜨린 것임이 드러났는데, 쇼리키는 거기에 관여했다고 알려진 인물이다. 즉 식민주의의 역사 속에서 피로 얼룩진 자가 전후 일본 매스미디어의 중추에 있었으며, 원자력을 밀어붙였던 것이다. 오늘날 원전추진파의 정치가들 가운데서도 이런 역사적 유래가 있는 자들이 많다. 현재 일본의 시민들은 오래된 적과 상대하고 있다.

원전과 자본주의

3월 15일, 도쿄도지사인 이시하라 신타로는 "쓰나미를 잘 이용해 사욕을 깨끗이 씻어내야 합니다. … 이건 역시 천벌입니다"라고 말했다. 패전 시기의 1억총참회론에 버금가는 책임회피 논리였다. 그런데도 4월 10일에 실시된 도쿄도지사 선거에서 이시하라는 4선에 성공했다.

그러나 이 선거 결과만 두고 일본사회가 우경화되었다는 등의 판단을 한다면 섣부른 일이다. 3·11 이후에 치러진 광역단체장·광역의원 선거나 기초자치단체장·기초의원 선거에서는 집권 민주당이 참패하고 원전반대파가 부상하기도 했다. '원전 폐쇄'를 요구하는 시위도 빈발하고 있다.

너무나 큰 희생을 치르고서야 일본사회에서 원전 정책은 전환기를 맞이하려 하고 있다. 일본만이 아니다. 3·11 이후 프랑스에서 태국에서 미국에서 이스라엘에서 변화의 조짐이 보이고 있다. 이 전환은 근본적이라 할 것이다. 아니 근본적이어야 할 것이다. 원자력은 그저 하나의 발전發電 방식에 불과한 게 아니기 때문이다.

원자력에너지, 아니 핵에너지라는 말을 잠시 사용하자. 핵에너지는 생명에 적대적이다. 원전은 태양의 에너지 산출방식을 지구의 생태권 속에서 인공적으로 실현시킨다. 핵분열로 끄집어낸 에너지는 지구생태계에서 자연스럽게 발생할 수 없으며, 따라서 생태계와 공존할 수 없다. 본래 에너지는 유기체가 외부환경과 상호작용하는 동안 투입과 산출 과정을 거쳐 발생한다. 외부환경이 유기체의 내부로 들어오면 에너지 현상이 일어난다. 화석연료란 생명체 내에서 일어난 에너지 현상의 부산물이 오랫동안 응축-발효-응고되어 화석화된 산물이다. 그런데 원전은 에너지 현상을 생명 현상과 분리시키고 있다.

물론 화석연료를 사용하면 수만 년 동안 묻혀 있던 대량의 탄소가 한꺼번에 방출되어 생태계의 탄소순환을 교란시킨다. 그것이 인류에게 심각한 재앙을 초래하고 있다. 조금 강하게 말해 인간이 인류 멸망의 원인을 제공한다면, 그건 지구온난화이거나 핵개발일 것이다. 그런데 핵은 또 다른 종말의 시나리오를 지닌 지구온난화로 인해 한 시기 동안 르네상스를 맞이했다. 석유가 고갈되는 시대에 저탄소 에너지라는 신화가 확산되며 원전이 늘어났다. 하지만 후쿠시마 사태 이후 원자력 발전은 사양산업으로 접어들 기미를 보이고 있다.

원자력 발전소는 핵분열로 원자로에서 물을 끓여 터빈을 돌리는 장치로 핵분열 과정에서는 온실가스가 발생하지 않는다. 그러나 원자력 발전의 전과정을 보면 적잖은 온실가스가 배출된다. 발전소를 짓고 우라늄을 채굴-운송-제련-농축해 발전소를 가동하고 핵폐기장을 짓는 데는 엄청난 양의 화석연료가 들어간다. 또한 원전에서 냉각수로 사용된 후 배출되는 초당 7톤 정도의 온배수溫排水는 주위 바다의 온도를 4~5도 올리며 해양 생태계를 교란시킨다. 원전이 (점진적이거나 때로는 파국적으로) 세계의 파괴를 초래한다는 점에서 원전 폐쇄 움직임은 근본적 사건이다.

또한 원전 폐쇄는 자본주의의 동학에 맞선다는 의미에서도 근본적 사건이다. 더 이상 식민화할 외부를 갖지 않는 자본주의는 외부를 물질 내부에서 발견했으며, 그것이 핵에너지다. 아마도 '핵연료 리사이클' 구상은 자본이 바라왔던 영구기관의 꿈일 것이다. 재처리를 통해 사용 후 핵연료에 남아 있는 우라늄과 플루토늄을 뽑아내 고속증식로를 가동하면 다시 연료가 증식되기에 영구적인 발전發電과 발전發展을 꾀할 수 있다는 구상. 물론 그것은 일본의 고속증식로 몬주의 쓰라린 실패 사례에서 확인되었듯이 불가능한 판타지다. 그러나 원자력 발전은 여전히 제한 없는 개발주의 망령의 토양이 되고 있다(한국수력원자력의 홈페이지에는 앞으로 우라늄을 쓸 수 있는 기간이 60년인데 재처리하면 60배, 즉 3,600년간 쓸 수 있다는 문구가 있다).

원전 폐쇄는 단지 발전의 형태를 바꾸는 일일 뿐 아니라 사회체제를 전환하는 의미를 지닌다. 따라서 지금 일본에서 진행 중인 원전 폐쇄는 대량생산-대량유통-대량소비-대량폐기를 유도하는 현대 사회체제와의 싸움이며, 무한한 성장을 실현해줄 무한한 에너지 사용이 지구상에서 가능하다는 자본주의적 망상과의 싸움이며, 지금 축배를 들고 뒤처리는 미래세대에 맡기면 된다는 반윤리와의 싸움이다.

끌 수 없는 불

지난 1년간 일본사회는 변해왔다. 후쿠시마 사태 이후 정기점검 중인 원전 재가동에 제동이 걸리면서 전체 원전의 90%에 가까운 48기가 현재 가동을 멈춘 상태다. 가동 중인 나머지 6기도 정기점검을 위해 운전이 중단될 예정이다. 그리고 2050년까지 모든 원전을 폐쇄하는 안이 나왔다. 물론 앞으로 어떻게 될지 장담할 수는 없다. 대체로 인간의 분노와 기억은 체제의 관성을 넘어설 만큼 오래 지속되지 못한다.

이웃나라 한국은 어떠한가. 현재 한국에는 21기의 원전이 가동되고 있다. 일본에 비하면 개수가 절반에 불과하지만 국토면적 1km²당 원자력 발전 용량을 비교하면 180kW/km²로서 일본의 130kW/km²를 능가한다. 게다가 이명박 정부는 2008년 '저탄소 녹색성장'을 명분으로 2024년까지 추가로 13기를 증설해 원자력 발전 비중을 60%까지 끌어올린다는 계획을 내놓았다. 그러면 한국은 세계에서 원전 밀집도가 가장 높은 나라가 된다. 3·11 이후에도 이 계획은 수정된 바 없다. 오히려 2020년까지 6조 원을 원전에 쏟아붓겠다고 밝혔다. 이명박 정부는 원전의 대안을 모색하기는커녕 원전을 유일한 대안으로 삼고 있다.

한국에서 원전의 필요성을 강조할 때면 "기름 한 방울 안 나는 나라"라는 상투구가 늘 따라붙는다. 하지만 기름 한 방울 안 나는 수많은 나라 가운데 한국만큼 원전에 의존하는 나라는 드물다. 정부는 고작 전력산업기반기금의 1% 미만을 재생에너지 개발에 사용하며, 훨씬 많은 액수인 100억 원을 매해 '원자력 에너지는 값싼 에너지, 안전한 에너지, 깨끗한 에너지'라고 홍보하는 데 지출하고 있다.

그러나 원자력 에너지는 값싸지도 안전하지도 친환경적이지도 않다. 친환경적이지 않음은 앞서 언급했으며 후쿠시마 사태 이후에는 반환경적임이 증명되었다. 또한 원자력 에너지는 값싸지도 않다. 원자력 발전의 전력단가가 낮은 까닭은 전력생산 이전과 이후의 과정을 제하고 계산하기 때문이다.

이명박 정부가 UAE 원전 수주에 환호했듯이 원전을 건설하려면 1기당 4~5조 원의 비용이 들어간다. 또한 원전은 가동 중에도 비효율적이다. 원전 1기는 1,000MW~1,500MW 규모로 발전소 가운데 가장 크고, 일단 가동을 시작하면 출력을 조절하기가 어렵다. 따라서 시간대와 계절에 따라 잉여전력이 발생한다. 전력은 생산하는 동시에 소비하지 않으면 전력망이 불안해진다. 그런데 원전은 출력 조절이 어렵기 때문에 원전이 개발되면 전력 과소비를 부추기게 되며, 이것이 전력의 수요를 늘려 다시 원전을 짓는 악순환을 야기한다. 밤에 전기를 싸게 공급하는 심야전력정책은 원자력 발전 비중이 급격히 늘어난 1980년대 중반에 도입되었다.

그리고 원전을 가동하면 핵폐기물이 발생한다. 어느 나라도 핵폐기물에 관한 근원적 해결책을 찾아내지 못했다. 재처리해서 사용할 게 아니라면 핵폐기장을 건설해야 한다. 그리고 어느 나라도 재처리 작업에 성공하지 못했다. 결국 원전을 건설할 때처럼 안전한 곳을 찾고 거기 묻어두는 수밖에 없는데, 대체로 원전이 건설될 때처럼 안전한 곳보다는 정치적 반대가 적은 곳에 핵폐기장이 들어선다. 거기에 수명이 30년에 불과한 원전을 해체하려면 1기당 1조 원에 육박하는 비용이 들어간다. 이것들이 원자력 발전의 경제성 계산에서 누락되거나 축소되기 때문에 원자력 에너지는 값싼 에너지로 둔갑할 수 있는 것이다.

무엇보다 핵폐기물은 매립된 후에도 '끌 수 없는 불'로 남는다. 핵폐기물은 썩지 않는 위험한 쓰레기다. 단군 할아버지가 핵폐기물을 묻었다면 우리는 아직까지 그걸 관리하고 있어야 한다. 우리는 우리 시대의 문제를 대책 없이 미루고, 우리 시대에 처리 못 한 폐기물을 미래 세대에게 떠맡기고 있다. 아니, 먼 미래의 일도 아니다. 고리 1호기는 6년 후인 2018년에 폐쇄가 예정되어 있다. 그러나 어떻게 처리할 것인지를 아직도 결정하지 못한 상태다.

물론 이상은 큰 고장과 사고 없이 원전을 사용했을 때의 이야기다. 후쿠시마 사태로 반경 30km 이내의 주민들은 삶터를 떠나야 했으며, 체르노빌의 경우 사반세기가 지난 지금도 접근이 제한되어 있다. 한국의 경우 가령 고리 1호기의 주변 30km 이내에는 300만 명 이상이 거주하고 있다.

원전추진파는 희박한 사고 위험성 때문에 원전을 포기하자는 주장은 문명을 과거로 되돌리자는 것이라며 비난한다. 그러나 원전 1기당 사고확률이 0.1% 미만이라 하더라도 전세계에 450여 기의 원자로가 있으니 거기에 450을 곱해야 할 것이다. 그리고 원전 사고는 실제로 일어난다. 1979년 쓰리마일, 1986년 체르노빌, 1999년 도카이무라에 이어 2011년 후쿠시마까지 10년 꼴로 대형사고가 터지고 있다.

2011년 그리고 2012년의 3·11

현재 한국 정부는 13기의 원전을 증설할 계획을 세웠을 뿐 아니라 원전 수주라는 야무진 꿈을 꾸고 있다. 2009년 UAE에 원전을 수출하고 나서는 2030년까지 80기를 수출해 세계 3대 원전강국으로 도약하겠다는 '원자력발전 수출산업화 전략'을 수립했으며 지식경제부는 원전수출진흥과를, 한국전력은 원전수출본부를 신설했다.

후쿠시마 사태가 터졌지만, 한국 정부는 지금이 경쟁자 일본을 물리치고 원전수출산업의 선두주자로 나설 기회라고 여기는 모양이다. 실제로 일본이 원전 건설 계획을 접으려는 터키 등지로 손을 뻗고 있다. 후쿠시마 사태로부터 교훈을 얻지 못하고 있다.

정부만이 아니다. 1년이 지났을 뿐이나 언론을 보면 후쿠시마 사태는 이미 현안에서 지워졌다. 이 사태의 본질은 끝나지 않는다는 데 있는데도 말이다. 그런데 돌이켜보면 망각은 이미 후쿠시마 사태 직후, 떠들썩하던 그때부터 시작되고 있었는지 모른다.

1년 전 이맘때, 평소 잘 보지 않던 뉴스를 챙겨 봤다. 뉴스는 '일본 사태 특집'을 꾸려 지진과 해일, 원전 사태의 쓰라린 피해 영상을 보여줬다. 그러나 방송사들의 피해 보도는 점차 경쟁적 양상을 띠기 시작했다. 기록하고 기억해야 할 장면이지만 피해자보다는 피해의 스펙터클에 초점을 맞춰 영상적 자극을 제공했다. 피해자에 관해 보도할 때면 불행의 장면들이 파편화되어 있어 전체상을 알기 어려웠다. 그런 장면을 반복해 보다 보면 그 많은 불행과 고통을 엿보고도 견딜 만해진다. 이미지의 포화상태에 이르면 충격은 점차 엷어진다. 뉴스는 일본 상황의 비참함을 보여주지만 "이건 봐야 할 영상이다"라기보다 "이건 그저 영상일 뿐이다"라고 말하는 것 같았다.

신문도 열심히 들췄다. 신문은 변동하는 일본사회를 깊이 파고들기보다 원전결사대 등의 영웅 만들기 서사나 재해지에서 전해오는 미담을 주로 유통시켰다. 그런 기사들은 참담한 현실을 아름답게 덧칠하면서 결과적으로 통각을 무디게 만들었다. 그리고 이제 소식 자체가 끊기고 있다. 여진이 발생하거나 후쿠시마 원전에서 사고가 재발할 때만 보도가 드문드문 이어진다. 사실 여진이란 것도 진도 5에서 7에 이르는 규모지만, 3월 11일의 진도 9는 우리의 통각을 자극하는 데 치러야 할 대가를 엄청나게 올려놓았다.

확실히 현대 사회에서 대중매체는 사건을 신속히 드러내고 또 머잖아 낡아빠지게 만드는 능력을 갖고 있다. 뭐든 가벼운 흥밋거리로 바꾸고 뭐든 쉽게 소화할 수 있는 형태로 가공한다. 그리고 경중이 아닌 신선도에 따라 정보의 가치를 매긴다. 후쿠시마 사태도 예외는 아니었다. 아무것도 해결되지 않았는데 상품가치를 잃자 서서히 망각 속으로 추방되고 있다.

나는 떠나가는 관심을 조금이라도 붙잡고 싶었다. 비록 사건의 현장에 있지 않지만 뭔가 해야 했다. 사건의 현장에 있지 않은 채 이곳에서 할 수 있는 작업이란 일본이 치른 막대한 희생을 헛되이 흘려보내지 않고 그 희생의 하중을 이식하는 것, 아울러 그 희생을 사상의 차원에서 의미화해서 일본을 대하는 기성의 인식 패턴에 작은 균열이라도 내는 것이었다.

그래서 작년 12월부터 『사상으로서의 3·11』이라는 책의 번역에 착수했다. 이제 곧, 올해 3월 11일에 출간할 예정이다. 그런데 출간일에 맞춰 작업을 서두르는 동안 이런 의문이 들었다. "왜 3월 11일에 이 책이 나와야 할까." 물론 곧 다가올 3월 11일은 도호쿠 지진 1주년이며, 『사상으로서의 3·11』이라는 제목의 책에 더할 나위 없이 어울리는 날일 것이다.

그러나 3·11은 여느 역사적 사건의 발발일, 특히 여느 재해의 발발일과는 달리 기억되어야 한다. 1주년, 2주년이 쌓여가더라도 시간의 누적분만큼 3·11로부터 멀어져갈 수 없다. 3·11은 이제 막 시작된 사건의 날이며, 그 사건은 끝을 알 수 없기 때문이다. 그래서 여느 1주년이라는 의미에서 이 책의 출간일을 3월 11일로 잡는다면, 그건 3·11이라는 사건의 본질에서 벗어나는 일인지 모른다. 3·11 이후 우리에게 편안한 회고의 시간은 허락되지 않는다.

부조리를 둘러싼 쟁탈

나는 지금 3월 11일보다 그로부터 한 달 뒤인 4월 11일을 말하고 싶다. 그날 어느 일본인들이 서울 한복판에 텐트를 세우고 연극을 할 것이다. 통상 한 편의 연극은 극장에서 반복 상연되지만, 그들은 한 편의 연극을 공연하기 위해 한 장소에 텐트를 세우고, 한 차례의 공연이 끝나면 텐트를 걷고 떠난다. 나는 그들의 연극이 후쿠시마를 경유해 올 것임을 알리고자 한다.

그들 가운데 사쿠라이 다이조 씨가 있다. 극작가이자 배우다. 일본에서 체류하는 동안 그와 교류했다. 그는 텐트연극에 관한 자신의 가설을 들려줬다. 그에게 텐트는 극장의 대용물이 아니다. 텐트의 얇은 천 한 장으로 현실공간의 일부를 잘라내 거기에 함몰을 만든다. 그 함몰 속에서 공연함으로써 바깥 현실을 허구화한다. 텐트 속에서 시간의 서열은 뒤바뀌고, 공간은 엿가락처럼 늘어나거나 뒤틀리고, 가로였던 세계는 세로로 세워진다. 기성의 논리는 전복된다. 이게 텐트연극에 관한 그의 가설이다. 그래서 그의 연극은 부조리극이다. 그러나 그가 텐트 안에서 부조리한 상황을 만들어내는 까닭은 텐트의 바깥 세계, 소비자본주의야말로 인간의 결핍을 소비로 메우는 부조리이기 때문이다. 그는 텐트를 세워 부조리를 두고 소비자본주의와 쟁탈전을 벌인다.

4월 11일에 합동공연을 하는 두 극단 '야전의 달'과 '독화성'은 '바람의 여단'이라 불렸던 극단이 그 전신이다. '바람의 여단'은 1982년에 창설되었다. 1980년 광주, 그로부터 2년이 지난 뒤 사쿠라이 씨는 광주를 체험하고 일본으로 돌아갔다. 그리고 이웃나라에서 '역사화되지 않은 역사'를 자국에서 실현하고자 극단을 만들고 텐트를 짊어지고 전국으로 공연을 다녔다.

'바람의 여단'의 첫 작품 「도쿄말뚝이」(1983)의 마지막 공연지는 아라카와 강가였다. '바람의 여단'은 관동대지진 때 살해당해 아라카와를 가득 메우고 있는 조선인의 뼈를 파내는 데서 연극을 시작하려 했다. 수백 명의 경찰기동대는 그들이 강가로 들어가지 못하도록 막았다. 대치상태는 일주일간 계속되었다.

같은 해 「수정의 밤」(1983)에서 주인공은 조선인 종군위안부였다. 그녀는 위안소에서 아이를 낳지만 기를 수 없어 변소에 버린다. 그러고는 정신이 나가 위안소에서 쫓겨나 산속 동굴에서 살아간다. 한편 강제징용당해 천황의 어소御所를 짓던 조선인 노동자는 탈출해 변소 속으로 숨어든다. 그는 거기서 갓난아이와 만나 천황 흉내를 내는 놀이를 한다. 그러다가 아이를 버린 어머니가 똥으로 뒤범벅된 조선인 노동자를 만난다. 어머니는 그 노동자를 천황이라고 착각해 "갓난아이를 돌려주세요"라고 직소한다. 노동자는 천황의 말버릇을 흉내 내며 대꾸한다. 조선인에게 천황 역을 맡긴 문제작이었다.

이렇게 활동을 시작한 '바람의 여단'은 10년간 텐트를 통해 지워진 조선의 시간을 일본사회 안으로 들이고자 했다. 그들은 텐트로 죽은 자들을 불러낸다. 거기서는 역사 속에 있었지만 역사화되지 않은 자들이 출현한다. 말소되어가는 조선의 기억을 일본사회로 소환하는 것이 그들에게는 광주의 계승이자 '반일'의 행동이었다.

다케우치 요시미에게 지나와 중국이 다른 의미였듯이 그들에게 조선과 한국은 같지 않다. 사쿠라이 씨는 언젠가 이렇게 말했다. "한국에서 조선이 점차 지워지고 있다. 그래서 내가 서 있을 곳도 사라지고 있다." 나는 그의 발언을 이해하고 싶었고 그들의 연극이 한국에 오기를 기다리고 있었다.

원래 이번 공연은 작년 봄으로 예정되어 있었다. 그러나 3·11로 인해 무기한 연기되었다가 1년이 지나서야 성사되는 것이다. 그사이 그들은 원전 재해지에 가서 텐트를 세웠다. 재해민이 모여든 텐트 안에서 그들은 이 말로 공연을 마무리했다. "오메데또 고자이마스(축하합니다)." 사쿠라이 씨는 이 말을 하려고 공연을 기획했다고 말했다. 함께 우는 일은 차라리 쉬웠다. 그러나 삶이 파괴된 그곳에서, 전력이 끊겨 어둠 속에 잠긴 그곳에서 굳이 그들은 이렇게 말했다. "오메데또 고자이마스."

스침의 시간

희망希望의 희希는 바라다는 뜻과 함께 드물다는 뜻도 담고 있다. 어쩌면 절망은 희망의 반대말이 아니라 희망을 구해나서야 할 토양인지 모른다. 절망은 나아갈 길이 끊긴 상태다. 그들은 절망에서만 가능한 길을 내려 하고 있으며, 그 길이 있음을 실증해 보이고자 텐트를 짊어지고 전전하는 중이다.

얼마 전 사쿠라이 씨를 만난 자리에서 물었다. "재해민들 앞에서 왜 '축하합니다'라고 말했나요." 그가 답했다. "재해지에서 우리는 인간의 생존과 근대 자본주의가 대결하는 원점으로 돌아갈 수 있었고, 싸울 대상을 만났고, 성장할 수 있는 기회를 얻었다." 그는 삶과 죽음의 기로에 놓이자 사람들의 사고와 표현에 전에 없던 중량감이 실리고 있다고 힘주어 말했다.

나도 한 여고생이 쓴 글에서 그걸 느꼈다. 제목은 「진실」이다.

도와주세요.

후쿠시마현 미나미소마시의 여고생입니다.

저는 쓰나미로 친구들을 잃었습니다. 제 친구들은 부모를 잃었습니다.

둘도 없는 제 친구는 연료가 없어 피난하지 못하고 있습니다.

전화와 메일로 서로를 격려하는 수밖에 없습니다.

친구는 방사능의 공포와 싸우고 있습니다. 하지만 이제 포기하고 있습니다. 겨우 열여섯 살인데 죽음을 각오하고 있습니다.

서서히 죽음을 느끼고 있습니다. 만약 살아남더라도 살면서 방사능의 공포에서 벗어날 순 없겠죠.

정치가도 국가도 매스컴도 전문가도 원전의 윗사람들도 모두 적입니다. 거짓말쟁이들입니다. 텔레비전을 봐도 원전 이야기는 나오지 않습니다. 반복되는 쓰나미 영상, 매스컴의 매정한 인터뷰, 입에 발린 애도의 말, 피해를 "천벌"이라고 둘러댄 정치가. 정치가라면 급료나 통장이라도 털어서 행동에 나서야 합니다. 명령만 해대지 말고 안전한 곳에서 내다보기만 하지 말고 현지에서 몸으로 도와야 합니다.

우리는 버려졌습니다. 틀림없이 후쿠시마는 격리될 것입니다. 안전에 의해 버려졌습니다. 나라에 의해 버려졌습니다.

우리들, 피해지의 인간들은 피해자를 버린 나라를 두고두고 용서치 않을 것입니다. 원망할 것입니다.

이 글을 보시는 분들에게 전하고 싶습니다. 소중한 사람을 언제 잃을지 알 수 없습니다. 지금 옆에서 웃고 있는 사람이 갑자기 사라지는 일을 상상해보시기 바랍니다. 그리고 그 사람을 지금보다 더욱 소중히 여기시기 바랍니다.

청춘을 보내야 할 학교가 시체 안치소가 되고 말았습니다. 운동과 클럽활동을 했던 체육관에는 다시는 움직일 수 없는 사람들이 누워 있습니다.

어떻게 해야 진실을 한 사람이라도 더 많은 이들에게 알릴 수 있을지…

한 사람이라도 봐주시면 다행일 것입니다.

미안합니다. 그리고 고맙습니다.

사쿠라이 씨는 내게 말했다. "일본으로 와라. 일본은 소비사회이고 관리사회이고 대중문화사회로서 현대에서 전형적인 장소였다. 그게 부서지고 있다. 모두들 동요하고 있다. 그리고 일본은 세계사가 새롭게 쓰여질 장소가 되고 있다. 너는 쓰는 인간으로서 그것을 봐라. 와서 그것을 겪어라. 그리고 사상적 전환점으로 삼아라. 거기서 같이 몰락하자."

경험한 적 없는 강한 제안이었다. 그렇기에 결국 나는 그의 제안에 응할 것이다. 그러나 지금 당장은 일본으로 가지 못한다. 2, 3년 늦어지더라도 사태는 여전히 진행 중일 것이다. 3·11 이후, 언제 가더라도 그리 늦는 건 아닐 것이다.

그러나 나는 사건의 현장 바깥에 있다. 그저 시간을 흘려보낸다면 상황으로부터 조금씩 멀어질 것이다. 지금의 조바심과 무력감을 어떤 식으로든 간직해두지 않는다면 이 감정들은 서서히 가라앉을 것이다. 3·11은 한순간 내가 얼마나 부차적인 것들을 신경 쓰며 살아가고 있는지를 돌아보게 했다. 하지만 그때가 지나자 3·11도 그 자각도 잊히고 있다.

물론 원전 사태로 인한 피해는 앞으로도 이어지며 문제가 끝나지 않았음을 우리에게 상기시킬 것이다. 그러나 파국은 조금씩 진행된다. 하나둘씩 나쁜 변화가 생기겠지만 전보다 조금 더 나빠졌을 뿐이며, 처음에는 위화감을 느꼈을 법한 광경도 생활의 관성 속에서 어느 틈엔가 익숙해질 것이며, 나중에는 대수롭지 않게 받아들일 것이다. 1년이 지났을 뿐인데 통각은 꽤 많이 무뎌졌다. 시간이 그저 흘러가도록 내버려둬서는 안 된다. 매스미디어가 짜주는 일상의 시간이 아닌 다른 시간을 경험해야 한다.

사쿠라이 씨의 작품 가운데 「변환·부스럼딱지성」(2008)이 있다. 그 연극은 모래시계 이야기로 희망과 절망을 다룬다. 우리는 모래시계 속에 있는 한 알 한 알의 모래다. 모래시계가 뒤집히면 우리는 시간의 누적을 표시하며 그저 위에서 아래로 떨어진다. 모래시계는 체제다. 모래시계가 표시하는 시간은 우리 자신의 시간이 아니다. 체제의 시간 속에서 우리 삶은 내버려지고 있다. 이것은 절망이다.

그러나 모래알은 떨어지면서 서로 스친다. 스치며 모래입자가 변한다. 우리의 신체가 바뀐다. 그것은 아픔을 동반한다. 그 스침만이 우리의 시간이며, 곁에 있는 존재와의 마찰 속에서만 우리는 희망을 사고할 수 있다. 그는 연극에 이런 메시지를 담았다.

스침의 시간. 스치는 모래알은 더 이상 나라 단위로 나뉘지 않는다. 바로 3·11 이후의 사태는 우리에게 국가의 경계를 넘어선 더 큰 모래시계의 존재를 알려주고 있다. 자본주의-원자력 체제라는 모래시계 속에서 모래알들이 쏟아지고 있다. 비록 거기서 생기는 고통은 재해지와 인근에 거주하는 자들에게 가중되었지만, 우리는 이미 그들의 고통을 알고 있으며, 원하든 원하지 않든 그들과 스치고 있다. 그 스침의 시간 속으로 진입하고, 그들과의 마찰 속에서 정신과 신체의 변형을 기꺼이 겪는 것. 바로 3·11 이후 사상의 과제일 것이다.

3

세월호와 역사를 사는 자들

2014

'우리'는 균열이 가 있고 전만큼 미덥지 않다.

상황이 지속적으로 움직이는 경우, 현재 상황을
현재의 시각에서만 바라본다면 상황을 유실하고 말 것이다.

한 사회의 성숙 정도는 사회적 희생이 발생할 경우 그 희생을
헛되이 흘려보내지 않고 희생의 하중을 사회 구성원에게
세분해 이식하는지로 측정할 수 있다.

말이 무거워지는 시간이다.

망각의 일정표가 있다.

미디어는 악을 투명하게 감춰두고 있다.

어떠한 위기론은 현실상태를 추인하는 상투적 수단이다.

어떤 정치적 변화도 하루하루 바뀌는 주식시세와 매일같이
쏟아지는 사건사고의 주기보다는 길다.

'내면성'이라는 명목 아래 외부 문제를 정치의 세계에 내맡기고
자신의 책임은 면제시킨다.

그 결과 개인의 고립화와 더불어 정신의 쏠림현상이 일어난다.

따라서 그러한 유족들이 존재하고 움직이는 한 사회는 균열이 나고
현실은 찢겨야 한다.

역사란 그런 자들이 살아가는 시간이지 않을까.

어제 작성해 오늘 발표하는 글이 아니다. 내게는 그런 능력이 없다. 발표가 예정된 후 줄곧 글을 의식해왔다. 상황은 움직이고 있다. 글을 어떻게 시작해야 할지, 어느 방향으로 전개해야 할지 상황과 함께 동요해왔다. 상황을 되돌아봐야 하나, 따라잡아야 하나, 앞질러야 하나. 어떤 형태로 상황 속에 글이 놓이기를 기도해야 하는가.

상황이 나아지길 바라며 거기에 힘을 보태고자 글을 준비한다. 글이 발표될 무렵 상황이 크게 나아졌다면 글은 의의를 잃는다. 그래도 되지만 그리될 것 같지는 않다. 발표 시점에 글이 의의를 갖는다면, 상황이 그다지 나아지지 않았기 때문일 것이다. 그런데 그런 상황이라면 이런 글이 발표되어봤자 기능하기는 어려울 것이다. 그렇다면 왜 쓰고 발표해야 하는가. 어떤 용도를 기대해 글을 써낼 것인가.

'우리'의 균열

최소한의 이유라도 확보해두고 싶다. 먼저 스스로에게 쓴다는 과제를 부여해야 그나마 긴 호흡으로 상황을 차분히 사고할 수 있다. 내 경우는 그렇다. 쓰지 않으면, 이따금 분통을 터뜨리다가 그마저 그만둘지 모른다. 한편 사고한 내용을 발표한다면 나는 이런데 다른 사람은 어떤지를 물을 수 있다. 이것이 이 글이 쓰이고 발표될 최소의 이유이자 기대하는 최대의 용도다.

"우리는"이라며 자신 있게 문장을 꺼내지 못하는 것은 그렇게 호명하고 싶은 '우리'가 균열되었기 때문이다. 사태 초기에는 진도 앞바다와 팽목항에 있는 자들을 바라볼 때 환기되는 '우리'가 있었다. "나는"이라고 발화하더라도 '나'는 일인칭 단수에 머무르지 않고 심상을 공유하는 여럿의 '나'들을 가리키고 있었다. 하지만 이제 '우리'는 형해화되었다.

수개월이 지난 지금도 미디어는 그들에 관해 보도하지만, 본다는 행위는 변질되었다. 초기에 본다는 것은 보는 자를 목격자로 소환했으며 느끼고 기억하고 증언하기를 요구했다. '나'는 거기에 호응하는 주어였기에 단지 자기를 지시하는 데서 머물지 않았다. 하지만 이제 '나'들은 시청자로 돌아가 관전하고 있다. 발화할 때 '나'라는 주어도 굳이 필요치 않다. 주어를 앞에 두어야 할 만큼 의지 담긴 술어가 뒤에 이어지지 않기 때문이다. "잊지 않겠습니다"도 행동을 낳는 다짐이었던 것이 이제 그 자체로 행동의 최대치가 되었다. 기억하는 것이 최대의 행동이다. 통곡은 고립당해 절규로 독해지는데 함성은 벌써 가라앉았다.

이제 "그들은 지금 저렇다"라는 사실 기술이 "우리는 이래야 한다"라는 의지 진술을 끌어내지 못한다. 적어도 '우리'는 균열이 가 있고 전만큼 미덥지 않다. 실상 이것은 '우리'의 생리인지 모른다. 사회적으로 달아오른 운동은 늘 분화의 계기를 품고 있다. 다양한 배경의 사람들이 참여한 경우라면 더욱 그렇다. 어느 때인가 운동이 절정을 지났다는 인식이 생겨나면, 그 인식은 빠르게 확산되어 실제로 운동이 가라앉게 만든다. 운동이 고양되는 동안에는 서로 다른 목소리도 공동의 화음을 이루지만,

'우리'에 금이 간 다음에는 같은 현실이라도 체감하는 방식이 갈라진다. '우리'라는 말은 점차 온기를 잃고 메말라가고 있다.

그리하여 "그들은 저렇다"가 "우리는 이래야 한다"를 추동하지 못한다면, "그들은 저렇다"를 "나는 이렇다"로 옮기고 그로부터 "너는 어떻느냐"라고 물으며 우리를 다시 기워내는 수밖에 없다. 나는 그렇게 생각한다. "우리는"이라고 말할 자신과 근거를 상실했더라도 "나는"이라고 말할 자신과 근거는 노력해 만들어 낼 수 있다. 다만 "나는 이렇다" 또한 "그들은 저렇다"에서 직접 파생되지 않는다. "나는"이라고 말하려면 상황 속에 자신을 둬야하고, "이렇다"라고 말하려면 사실 기술에 머무를 수 없으니 자신의 의지를 실어야 한다. 그 노력에 힘입어 "너는"을 물으며 '우리'를 조금씩 기워낸다. 이 글이 쓰이고 발표되어야 할 이유를 여기서 구하고자 한다.

세월호 사태의 일반화를 위한 메모

다음은 세월호 사태가 발생한 지 열흘쯤 지난 시기에 작성한 메모다. 제목은 「세월호 사태의 일반화를 위한 메모 — 지금 필요한 말은 무엇인가」였다. 현재 상황에 대해 말하기 위해 사태 직후 당시 상황을 어떻게 바라보고 또 내다보았는지를 돌아보고 싶다. 상황이 지속적으로 움직이는 경우, 상황을 (특히 뉴스 보도에 따라) 현재 시점에서만 바라본다면 오히려 놓쳐버리고 말 것이다. 나는 예전 글을 지금 읽는 행위가 상황을 움켜쥐는 데 조금이나마 보탬이 되리라 믿고 있다. 세월호 사태 초기에 나왔던 다른 글들도 다시 읽어 보길 권하고 싶다.

전제

한 사회의 진보 정도는 사회의 발전 과정에서 생겨나는 사회적 타살을 최소화하는지로, 한 사회의 성숙 정도는 사회적 희생이 발생할 경우 그 희생을 헛되이 흘려보내지 않고 희생의 하중을 사회 구성원에게 세분해 이식하는지로 측정할 수 있다.

상황

막대한 희생이 생겼고 엄청난 양의 감정이 떠돌고 그로 인한 잠재적 에너지가 발생했다. 재난사고라는 형태의 희생인 까닭에 먼저 슬픔이, 거기서 분노가 생겨나고 있다. 또한 사건의 서사는 시시각각 바뀌고 감정의 강도와 양상도 변해가고 있다. 시점視點의 조정이 부단히 요구된다.

말의 용법

말문이 막힌다는 것을 많은 사람이 동시적으로 경험하고 있다. 말이 무거워지는 시간이다. 그런데 사건의 당사자는 분노 어린 격한 말을 토해내지만, 사건의 직접적 당사자가 아닌 자들로서는 애도를 위한 고운 말만이 가능하다면, 지금은 말의 단절이 심화되는 시간이기도 하다. 따라서 말에 담기는 감정, 말이 환기하는 운동성을 면밀하게 주시하고 고심하며 말을 찾는 긴장이 요구되는 시간이다.

지금 필요한 말

당장 필요한 말이 있고, 반 년 뒤, 일 년 뒤, 오 년 뒤 필요한 말이 있다. 반 년 뒤, 일 년 뒤에는 반드시 회상과 자성의 말이 필요하다. 그러나 반 년 뒤인 연말 즈음에는 월드컵, 올림픽 등을 거치고 나서 이 사건은 올해의 10대 뉴스 중 하나로 안착해 있을지 모른다. 일 년 뒤 이맘때쯤에는 유족이 외롭게 일인시위를 하고 있을지 모른다. 그 상황을 방지하려면 당장 나와야 할 말들이 있다.

당장이란 슬픔이 사회적 감정으로서 지속되는 시간대를 뜻한다. 이 시간을 애도의 말로만 채운다면, 슬픔의 감정이 가라앉았을 때 말도 일상의 것으로 돌아갈 것이다. 그렇다면 최소한 곧 일어날 감정의 변질, 말의 변질을 미리 앞서 짚어두는 말이 필요하다. 우리는 시간과 함께 떠내려갈 테니 어느 쪽으로 얼마나 떠내려 왔는지를 확인하기 위한 부표가 필요하다.

망각의 일정표가 있다. 가령 지방선거의 결과를 확인하는 순간 지금의 감정은 분명 변질될 것이다. 여당이 패배한다면 지금 분노하는 사람들은 부채의식을 얼마간 게워낼 것이며, 여당이 승리한다면 분노의 감정은 "역시" "결국"이라는 체념으로 흘러갈 것이다. 현실정치는 이 감정과 에너지를 횡령할 것이다. 이윽고 월드컵을 맞이할 것이다. 경험상 예선 세 경기는 분노와 슬픔을 매차례마다 반감시키기에 충분하다. 적어도 당장, 앞두고 있는 국민적 이벤트들로 번져갈 망각을 미리 짚어두는 부표 같은 말이 나와야 한다.

일반화해야 한다

부표 같은 말이 필요한 이유는 먼저 망각의 속도를 늦추기 위함이다. 이 사건의 일차적 감정은 슬픔이다. 슬픔의 시간대(미디어가 조정하고 사회여론이 반응하는)가 지나가면 슬픔이라는 감정의 지속 여부는 희생자와의 거리가 결정할 것이다. 달리 말해 슬픔이라는 감정으로는 망각을 막아내기 어렵고, 망각을 늦추려면 유족이 아닌 자들, 지금은 지켜보는 자들의 당사자성을 소환해야 한다. 그렇지 않으면 미디어가 중계하는 검찰의 활약을 지켜보다가 지방선거, 월드컵을 맞이할 것이다.

보다 나쁜 상황을 가정한다면 세월호 사태가 블랙홀처럼 다른 사회적 사건, 희생들로 향해야 할 관심을 빨아들인 채 사회적 통각의 역치만을 올려놓을 수 있다. 슬픔과 분노의 사회적 감정이 일어나는 데 치러야 할 희생의 정도를 끌어올려 놓는 것이다. 그렇다면 세월호 사태에 대한 망각은 기억해야 할 다른 사건(세월호 사태보다 희생이 덜해 보이는)에 대한 망각으로 번져갈 수 있다. 따라서 세월호 사태는 일반화되어야 한다.

일반화의 방향

기본 방향 : 현실의 사건은 역사의 호흡을 주입하지 않는다면 시간이 지남에 따라 점차 잊히고 만다. 가능성의 폭에서 옮겨

줘려면 현실의 사건을 사상사의 위상에서 사건화하고 다른 사건을 해석할 때 활용할 수 있도록 사상사적 유산으로 정착시켜야 한다. 그러려면 현실에서 드러난 문제의 소재만이 아니라 배후, 나아가 구조로 인식이 심화되어야 한다. 세월호의 문제만이 아니라 세월호를 둘러싼 문제, 세월호를 통해 드러난 문제로 인식이 심화되어야 하는 것이다.

(1) 첫째 단계 : 재난사고이니 다른 재난사고들을 참조해 세월호 사태를 해석하고, 세월호 사태를 앞으로 찾아올 재난사고를 파악할 수 있는 형태로 가다듬는다.

(2) 둘째 단계 : 세월호 사태를 초래한 갖가지 요소, 배후관계를 문제로 삼아 세월호 문제를 세월호를 둘러싼 문제로 확장한다.

(3) 셋째 단계 : 세월호 사태를 다른 사회적 타살의 문제와 결부지어 일반화한다. 즉 세월호 문제는 세월호 사태에 국한된 문제가 아니라 사회적 모순이 세월호 사태를 통해 드러난 문제다. 따라서 세월호 승객의 희생을 다른 사회적 타살에 의한 희생들로, 세월호를 세월호들로 번역해내는 방향이다. 이 방향으로 나아가지 않으면, 반정부적 공감대가 형성되더라도 현존하는 여러 사회적 희생은 구제될 수 없다. 이 방향은 부모, 친구 심정에서의 슬픔을 넘어선 감정을 필요로 한다. 하지만 이 방향의 일반화는 사회적 분위기로서만 잠재할 뿐 대중운동으로는 전개되지 않고 있다.

감정의 행방

이 방향의 일반화를 추동하는 기본 감정은 분노다. 그런데 분노는 슬픔에서 파생된 감정으로서 슬픔의 사회적 유통기한과 함께할 가능성이 크다. 더구나 분노는 전에도 여러 차례 겪어 보고 그 끝이 어찌되었는지를 경험해본 감정이기에 전에 그랬듯이 감정 자체가 점차 형해화될 공산이 크다. 그리고 슬픔과 분노는 여전히 외부 대상을 향한 감정이라는 점에서 재생력이 약하다. 반면 가령 부끄러움이라는 감정은 타자를 매개해 자신을 향한다. 부끄러움으로 이어지지 않는 분노는 시간이 지나면 강도가 약해져 안이한 연민만을 남길 것이다. 연민은 부끄러움과 달리 상황 바깥에 있는 자가 품는 감정이다. 정신의 안쪽을 거쳐간 감정이라야 오래 지속될 수 있다.

그렇다고 부끄러움이 자책감에 꺼내는 "지켜주지 못해 미안해"라는 식이어서는 안 된다. 그처럼 정치의 빈곤에 따른 개별 수준의 윤리적 고백이 아니라 정치적 책임을 구성하도록 이끄는 부끄러움이어야 한다. 그렇다면 박근혜와의 싸움뿐 아니라 박근혜적인 것과의 싸움, 자신 안에 있거나 자신 주위에 있는 박근혜적 요소와의 싸움이 필요하다. 박근혜를 비판하는 것만으로 정치적 책임이 면제되어서는 안 된다.

일반화의 쟁점

희생의 번역, 희생의 하중의 이식은 어려운 과제다. 희생자들의 죽음은 사회적으로 어떻게 계열화될 것인가. 그 계열화의 방향에 따라 상이한 사회적 에너지가 발생할 수 있기 때문에 이를 둘러싸고 앞으로 경합이 벌어질 것이다. 정부는 되도록 여느 재난사고로 통례화하고자 애쓸 것이며, 한편에서는 용산 참사와 같은 사회적 타살과 결부시키려는 시도도 나올 것이다. 더 나아가 죽음이 아닌 죽어감으로서의 밀양 싸움 등과 관련지을 수도 있을 것이다. 하지만 섣불리 비약한다면 그 자체가 윤리적이지 않고 사회적 반발을 부를 것이다. 따라서 시간이 걸리더라도 깊이 고찰해야 하며, 그로써 나중에라도 말이 나와야 한다. 일단 그 고찰은 현상적으로는 차이가 나더라도 그 문제들을 파생시킨 사회구조에 관한 반성적 성찰뿐 아니라, 지금 사람들을 움직이게 만드는 (불균질한) 과거 체험의 환기 작용을 분석하고 그 속에서 서로 공유할 수 있는 지점을 포착해내는 것까지를 포함한다.

일반화의 난제

희생이 당사자들에게 고착되어 다른 이들의 체험과 맺어지지 못한다면 희생은 사회화되지 못한다. 희생 속에서 번역가능한 요소를 끄집어내 역사에 정착시킴으로써 그 희생이 시간에 떠내려가지 않도록 만들어야 한다.

이것이 일반화의 기본 방향이지만 여기에는 난제가 있다. 이념 내지 방향을 잃은 감정은 맹목적이다. 반면 감정으로 뒷받침되지 않는 이념은 공허하다. 그런데 여기에 덧붙일 것은 그릇된 이념 내지 방향 설정은 감정을 변질시키거나 말라버리게 만든다는 사실이다.

사회적으로 격앙된 감정이 이 사태를 사회적 사건으로 만들었다. 덧없이 죽어간 자들에게 섣불리 의미를 부여하려는 시도는 격앙된 감정에서 유리되어 반발을 부를 것이다. 사건의 구체성을 훼손하려 든다면, 오히려 일반화에 실패하고 말 것이다. 그만큼 말은 더욱 성실해져야 한다.

모호해진 현실

그로부터 5개월이 지났다. 상황은 여전히 진행 중이다. 아직 열 구의 시신이 수습되지 않았고, 유족들은 진상규명이 가능한 특별법 제정을 요구하며 농성 중이고, 대중운동이 일었다가 가라앉았고, 교황의 방한으로 잠시나마 희생자들에 대한 사회적 관심이 환기되었고, 의회정치는 기능부전인 채다. 지방선거는 집권 여당의 승리였지만 진보교육감이 대거 등장했고, 월드컵은 대단한 위력을 발휘하지 못했으며, 이제 아시안 게임이다.

분명한 것은 세월호라는 말이 드리우는 그림자가 짧아지고 있다는 사실이다. 말문이 막히고 말이 조심스럽던 경험은 지난 일이고, 슬픔과 분노는 더 이상 대중적 감정이라고 말하기 어렵다. 잠시 중단된 오락프로그램은 진즉에 재개되었고, 중단된 적 없던 프로야구에서는 선수들이 어느새가 유니폼에서 노란 리본을 뗐다. 그사이 미디어에서는 유병언이 선발로 등판해 4회까지 틀어막고, 중간계투로 김엄마, 신엄마, 운전기사 양 씨가 한 회, 그리고 문창극과 김수창이 한 회씩 이어던

지며 대중적 관심을 유족들에게 빼앗기는 일 없이 경기를 마무리해가고 있다.

군대 내 학살, 싱크홀 등 여러 사회 문제도 잇따랐다. 소위 '세월호 정국' 중에 발생한 이 사건들, 특히 싱크홀과 원전 사고 등은 세월호 사태와 닮은 점이 뚜렷하지만, 이 사건들은 연이어지며 세월호 사태의 문제성을 부각시켰다기보다 오히려 상쇄시키고 가려버렸다(문제가 현상적으로 드러난 소재라면, 문제성은 해당 문제의 사회적 의미라고 일단 구분해두자). 문제 돌려막기, 희생자 교체가 쉴 새 없이 이어지더니 어느 문제도 문제성이 제대로 드러나지 않고 어느 희생도 희생으로 제대로 기억되지 않았다.

뉴스(JTBC 뉴스나인은 빼자. 대중매체로서의 사명감과 집념에 시청자로서 고마움을 느낀다. 잡지를 비롯한 다른 매체에도 이런 집념이 있기를 바란다)는 옴니버스식으로 문제들을 나열하고 있다. 매일 숱한 문제가 변덕스럽게 쏟아지고, 대단한 속보인 양 숨 가쁘게 발설된 말은 곧 소멸된다. 하루의 뉴스를 받아들이려면 전날의 뉴스를 잊는 데서 시작해야 한다. 쏟아지는 사건들은 바닥없는 심연이며, 거기에 계속 노출되는 것은 엄청난 정신적 소모다. 더욱이 굵직한 사건과 소소한 이슈가 사정없이 뒤섞여 현기증마저 일으킨다. 그리하여 문제의 범람이 오히려 문제의 파악을 어렵게 만든다. 대중매체는 악을 투명하게 감춰두고 있다.

일차원적 현실

하지만 대중매체만을 탓할 일은 아니다. 현실은 이것저것이 무분별하게 뒤섞여 모호해질 뿐 아니라, 보다 심각한 문제로서 단순화되어가고 있는데, 거기서 주도적 역할은 정부가 맡고 있다.

정부는 세월호 사태 초기부터 "대한민국은 세월호 이전과 이후로 나뉜다"라며 근본적 개혁을 운운했다. 하지만 근본의 구체를 밝히지 않는 걸 보니 공허한 수사로 그칠 모양이다(그래서 우리는 근본의 근본을 따져물어야 한다). 확실히 5개월이 지난 지금 정부는 유족들에게 등 돌린 채 민생을 들먹이며 '경제 개혁'에 매진하고 있다. 진정성에 이어 개혁, 민생까지 대통령의 입에서 나오는 말들은 하나둘씩 부패하고 있다(나는 말로 작업하는 인간으로서 저들이 부패시키는 자유, 평등, 진실, 진보, 사회, 문화, 민주주의 등의 말들을 저들로부터 지켜내고 싶다. 역사적으로 얼마나 힘들게 성취한 말들이었던가. 저 말들을 저들이 헐값으로 만들면 그만큼 우리 삶이 빈곤해진다). 그리고 이제 위기론 공세다. 우리는 경험적으로 알고 있다. 어떤 위기론은 지금을 전환기로 바꿔내기 위한 무기지만, 어떤 위기론은 적대관계를 희석하는 장치이며, 어떤 위기론은 현실상태를 추인하는 상투적 수단이다.

정부가 위기론을 내놓는 것은 예정된 수순이었다. 하지만 농성하는 유족들을 압박하려고 "경제맥박이 낮아지고 있다"

"경제회생의 골든타임이 끝나가고 있다"라는 수사를 동원하리라고는 사태 초기에는 상상하기 어려웠다. 그러면서 정부는 유족들의 특별법 제정 요구를 비현실적이라고 일축한다. "현실적으로" "현실을 받아들여야" 한단다. 그러면서 정작 위기론을 곁들인 정부의 현실론은 '그래야 한다'는 당위명제가 되어 현실의 검증을 회피하고 있다. 현재 정부의 현실론은 유족들의 현실을 사회 속에서 서서히 지워가고 있다.

여기서 잠시 우회하자. 일본의 정치학자 마루야마 마사오가 쓴 「현실주의의 함정」을 꺼내오고 싶다. 이 글은 정부가 내놓는 현실론이 왜 위력을 갖는지를 이해하는 데 좋은 참고가 된다. 마루야마는 패전 이후 1950년대 일본에서 군사무장의 동향이 일자 그것을 비판하려고 이 글을 작성했다. 그러나 그는 군사무장 문제를 직접 거론하기보다 군사무장론이 왜 현실에서 설득력을 얻는지 분석했다. 마루야마가 군사무장 반대론을 내놓았을 때 가장 자주 받았던 비판이 "그런 주장은 현실적이지 않다"였기 때문이다.

여기서는 군사무장론에 관한 구체적 언급들을 제쳐두고, 그가 제시한 현실론의 세 가지 속성만을 취해오자. 첫째, 현실의 소여성所與性이다. 즉 현실은 주어진 것이자 만들어내는 것이지만 현실론은 주어진 측면만을 강조한다. "현실이니 어쩔 수 없다"라는 말이 그렇다. 둘째, 현실의 일차원성이다. 현실은 다층적 차원에서 입체적으로 구성된다. 하지만 현실론은 어느 한 측면만을 부각하고 나머지 요소들을 현실에서 밀어낸다. 그렇게

"현실을 직시하라"는 질타 속에서 현실이 지닌 복잡함은 가려지고 만다. 셋째, 현실의 지배 권력적 속성이다. 지배 권력이 선택하는 방향이 현실적이며, 거기에 반하면 '관념적'이거나 '비현실적'이라는 것이다. "현실을 따르라"라는 말이 그렇다.

이런 마루야마의 분석을 응용한다면 정부의 현실론이 작동하는 방식을 파악하기가 수월해진다. 첫째, 현실의 소여성은 현실론의 논거 내지 전제로 사용된다. 가령 선택된 특정한 현실을 '위기론'이나 '추세론' 등의 형태로 가공해 "이러한 현실이기 때문에"라며 판을 펼친다. 둘째, 현실의 일차원성은 현실의 다양한 면모를 경제값으로 환원한다. 'A를 위해 B를 희생한다'는 논리가 여기서 나온다. A의 자리에는 경제 성장이 버티고 있고 B의 자리에는 인권, 생태 등 현실을 이루는 다양한 요소가 올라온다. 셋째, 정부에 대한 비판은 '비현실적'이라며 내몰린다. 유족들처럼 다른 현실을 선택하려 들면 '사회 분열'을 조장한다고 매도당한다.

정부의 현실론과 대중의 현실감각

그러나 대중이 정부의 현실론을 일방적으로 받아들여 정부의 현실론이 현실로 굳어가는 것은 아니다. 현실론은 무언가를 현실이라고 언명하는 권력의 힘으로부터 나오지만, 그걸 현실로서 수용하는 짝패가 없다면 현실론은 현실로서의 지위를 얻지 못한다. 현실론은 대중이 어떤 특정한 현상 내지 담론을 현실로서 취사선택하는 실감구조와 맞물려야 위력을 발휘할 수 있는 것이다. 이것을 정부가 내놓는 현실론과 구분해 '대중의 현실감각'이라고 불러두자.

여기서 마루야마 마사오의 글을 하나 더 끌어오고 싶다. 그는 「현실주의의 함정」에서 십 년 가까이 지난 시기에 「현대에서의 인간과 정치」라는 글을 썼다. 이 글은 파시즘이 기승을 부리던 1930·40년대 나치 독일을 분석하고 있다. 하지만 그는 이 글에서도 철저한 권력통제, 탄압과 폭행, 숨 막힐 듯한 상호감시체제가 아니라 그 시대를 살아간 독일인들의 실감구조를 문제 삼았다. 마루야마의 물음은 이것이다. 일반 독일국민은 나치의 통치 아래서 12년을 보냈다. 하지만 그 12년 동안 독일사회 내부에서는 나치에 대한 대규모 저항이 일어나지 않았다. 공포에 짓눌렸기 때문인가? 하지만 공포에 떨면서 전국민이 내리 12년간의 생활을 지속할 수는 없는 노릇이다. 더구나 일반 독일인에게 나치의 등장과 활동은 대단한 위기와 공포로 여겨지지 않았다. 심지어 홀로코스트와 같은 대학살이 있는지도 모르는 채 12년을 지낸 독일인도 많았다. 바깥에서 보았을 때는 끔찍하기 그지없는 저 시대를 안에서는 어떻게 받아들이며 살아갔던가?

이 글은 「현실주의의 함정」만큼 명료한 정리를 내놓고 있지 않다. 하지만 논지를 좇아가면 대중의 현실감각을 구성하는 두 가지 계기를 짚어낼 수 있다. 하나는 변화의 점진성이다. 마루야마 마사오가 인용한 밀튼 메이어의 진술을 다시 옮겨보자.

> 만약 나치 전체 체제의 최후의 최악의 행위가, 최초의 가장 작은 행위의 바로 직후에 일어났다면 수백만의 사람들이 견딜 수 없을 만큼 충격을 받았을 것입니다. 1933년에 유태인이 운영하는 가게가 아닌 곳에 '독일의 상점'이라는 개시가 붙은 직후에, 1944년의 유태인에 대한 가스 살인이 잇달아 일어났더라면. 그러나 물론 사태는 그런 식으로 진행되지 않았습니다. … 전체 과정을 처음부터 멀리서 지켜보지 않는다면, 이런 모든 '작은' 조치가 원리적으로 무엇을 의미하는지 이해하지 못한다면, 사람들은 마치 농부가 자신의 밭에서 농작물이 자라나는 모습을 보는 것과 비슷한 상황에 놓입니다. 어느 날 문득 정신을 차리고 보니 농작물이 자신의 키보다 훌쩍 웃자라 있는 것입니다.

하나둘씩 나쁜 변화가 생겼지만 전보다 조금 더 나빠졌을 뿐이었다. 그래서 별스럽지 않게 받아들일 수 있었다. 혹은 처음에는 위화감을 풍겼을 법한 광경도 어느 틈엔가 익숙해졌다. 그리하여 시간이 쌓이면서 사회의 풍경은 몹시 바뀌었지만, 그리고 자신도 어느덧 처음 있던 자리로부터 많이 멀어졌지만 낯설거나 위험해 보이지 않았다.

또 하나의 계기는 독일인들이 보여준 '평상심'이다. 생활의 구석구석까지 파고드는 나치의 선전과 통제에도 불구하고 내면생활 혹은 내면성의 영역은 동요하지 않았다. 외적 환경은 달라졌지만, 사적 영역은 꿈쩍하지 않은 채 독일인들은 내면과 표면을 분리하는 이중생활을 유지할 수 있었다. 물론 다수의 독일인은 나치의 프로파간다에 적응해갔다. 하지만 그렇다고 나치나 파시스트가 된 것은 아니다. 자신의 안전을 위해 그리했다. 그렇게 하루하루 나름의 생활을 영위해갔다. 이것이 점진성과 연결된다. 즉 나치의 12년은 하루하루의 일상이 12년간 연장된 것일 따름이었다.

그러나 마루야마 마사오는 나치 독일의 특수성을 지적하려고 이런 분석을 내놓은 게 아니다. 이 글의 제목은 「현대에서의 인간과 정치」다. 마루야마는 독일 상황의 예외성이 예외적이기에 오히려 현대사회의 일반적 면모를 잘 보여준다고 생각했을 것이다.

그렇다면 그의 분석을 대중의 현실감각에 대한 분석으로 가져와 재구성해보자. 첫째, 현실감각의 '호흡'을 지적할 수 있다. 즉 어떤 정치적 사안이 지닌 지속성에 비하건대 일상의 시간은 호흡이 짧다. 어떤 정치적 변화도 하루하루 바뀌는 주식시세와 매일같이 쏟아지는 사건사고의 주기보다는 길다. 그리하여 큰 전환이 발생해도 매일매일 일상의 시간으로 잘게 나누어 간직한다면 대수롭지 않게 받아들일 수 있다. 게다가 어떤 사건이 처음에 안겼던 충격은 시간이 지나면서 옅어지기 마련이다.

둘째, 개별화·고립화의 경향은 현실 사안을 한 개인이 일상을 영위하며 감당할 수 있는 형태로 변형시키고 크기로 축소시킨다. 이것은 책임의 문제와 연관된다. 마루야마는 나치 시대에 외부 환경의 거센 변화도 독일인의 단단한 내면을 상처 입히지 못했다고 말했다. 이데올로기도 프로파간다도 쉽사리 침범할 수 없는 이 내면의 영역에서 어쩌면 대중의 억센 생존능력을 읽어낼 수 있을지도 모른다. 하지만 이 내면의 영역이 자신에게 유리할 것 같은 현실 이미지들을 수용하고 그것들이 침전되고 두께를 더해 응고된 산물이라면, 그 내면의 영역은 사회적 연대감을 부식시키고 결과적으로 대중에게서 '대중으로서의 정치적 능력'을 앗아간다. '내면성'이라는 명목 아래 외부 문제를 '정치의 세계'에 내맡기고 자신의 책임은 면제시킨다. 가령 공적 사안에는 관여하지 않고 자신의 생활을 일상의 영리활동이나 오락활동에 국한시킨다. 정치에 관심이 없다는 뜻이 아니다. 정치 기사를 보고 열광도 분개도 하지만, 자신이 책임지고 노력해야 할 대상으로 삼지는 않는다. 그리하여 "현실이 말야"라며 대화를 나누지만, 그때의 현실은 각자가 받아들이고 재생산한 어떤 이미지나 파편에 머물며, 함께 책임질 사안이 되지 못한다.

이러한 두 가지 계기로 말미암아 자신이 사건의 당사자임에도 사태의 추이에서 멀찌감치 거리를 두거나, 상황의 내부에 있는데도 관조자의 시점을 취하는 일이 가능해진다. 현실의 시간과 현실의 무게가 개인들의 일상 속에서 잘게 쪼개진다. 그 결과 개인의 고립화와 더불어 정신의 쏠림현상이 일어난다. 현실감각의 불통으로 서로의 실감은 공유되지 않고, 당면한 현실을 함께 헤쳐나갈 힘을 모아내기는 힘들어진다. 그런데 역설적이게도 사회적 연대감으로 지탱되지 못하는 개인들은 미디어에 무방비로 노출되어 오히려 비슷한 행동의 양상을 보인다. 그리하여 사회적 책임을 공유하지 않는 개인들 사이에 의사擬似 일체감이 형성된다. 그것은 사회적 연대감과 다르다. 사회적 연대감이 공동의 책임을 환기시킨다면, 저 일체감은 "남들도 그러니까"라며 자신의 행동을 합리화하는 데 쓰인다. 그리고 무엇보다 남들도 그런다는 생각이 정작 변해가는 자신의 모습을 자각하지 못하게 만드는 인식론적 장애로서 작용한다. 간단히 말해 둔감해진다. 정부의 현실론은 이런 토양에서 특히 위력을 발휘한다.

문제의 일반화와 정밀화

물론 짧은 호흡과 개별화 경향은 현실감각의 속성 중 일부에 불과하다. 하지만 지금 이러한 면모들이 두드러지고 있지는 않은지 묻고 싶다. 경제위기 전과 비교하자면, 우리는 어느덧 아무렇지도 않게 삭막한 풍경 속에서 살고 있는 게 아닐까? 세월호 사태의 초기 국면을 상기하자면, 우리는 불감증으로 자신을 걸어 잠근 채 너무나 잘 지내고 있는 게 아닐까?

이따금 뉴스 보도가 양심을 건드리더라도 짧은 순간의 신경적 동요가 일 따름이며, 마음먹고 형제애의 술을 마셔봤자 피상적 취기에 그친다. 눅눅한 슬픔이 뜨거운 분노를 거쳐 증발된 자리에는 모호한 연민만이 남았다. 연민은 변하기 쉬운 감정이라서 행동으로 이어지지 않는다면 머잖아 시들고 만다. 그리고 연민을 느끼는 동안 우리는 저 막대한 고통을 초래한 원인에 자신은 연루되지 않았다고 믿고 있을 수 있다. 연민은 우리의 무능함뿐 아니라 무고함도 증명해준다.

이제 다급한 시기는 지났다. 싸움은 길어지고 있다. 강한 감정이 다수의 행동을 불러일으키던 때는 지나갔다. 그런데도 여전히 싸우려는 자들에게는 인식의 확장과 더불어 심화가 요구된다. 한편으로는 문제의 일반화가 필요하지만, 다른 한편으로는 문제의 정밀화가 필요한 것이다. 문제의 일반화에 나서지 않는다면 유족이 아닌 자들은 당사자성을 만들어낼 수 없다. 또한 문제의 정밀화를 거쳐야만 유족이 아닌 자들도 당사자로서 실천가능한 지점을 포착할 수 있다. 문제가 지나치게 커서 손댈 수 없는 규모로 인식되면 손 놓고 방관하게 된다. 따라서 일반화는 필요하지만 추상화는 경계해야 한다.

그런데 이론과 실천, 사상과 행동이 만나는 지반이 부재하고, 변화의 주체와 추진력이 결여된 까닭에 일체의 정치적 책임은 정치권에 위임하고는 정치권을 싸잡아 비난하는 것으로 자신의 정치적 책임을 다했다고 여긴다. 그리하여 정치의 폐허 위에서는 과녁을 제대로 향하지 못하는 비판과 모호한 인간애로 중화된 애도의 말들만이 떠돈다.

얼마 안 있어 세월호 뒤에는 '사고'라는 말이 붙게 될 것이다. 사태라는 현재시제가 아니라 사고라며 책임 소재를 모호하게 만든 채 과거 속에 박제해두는 표현이 사용될 것이다. 그렇게 현안에서 밀려날 것이다. 한동안은 정서를 환기하는 세월호 참사, 배후를 떠올리게 하는 세월호 학살이라는 표현도 사용되었지만, 그 표현들은 이미 사회적으로 유통될 만한 기반을 잃어가고 있다.

대신 그나마 세월호 문제라는 표현이 있긴 하지만, 이 또한 문제적이다. 앞에 어떤 명사를 두고 뒤에 '문제'를 다는 경우, 그 명사와 문제 사이에는 암묵적으로 '의'가 생략되었다고 간주되며, '의'는 흔히 소유격으로 여겨진다. 그런 조어방식은 문제가 세월호에 귀속된 것처럼 보이게 만든다. 더구나 문제의 원인을 세월호에서 벌어진 일로만 한정할 수도 있다(가령 재일조선인 문제, 장애인 문제는 그들에게 국한된 문제이자 마치 그들이 야기하는 문제처럼 들리곤 한다. 실상은 재일조선인-일본인-한국인의 문제이고 장애인-비장애인의 문제인데 말이다). 그리고 점차 '세월호 문제'는 유족들이 일으키는(일으킨다고 하는) 사회 분란을 가리킬 때 사용되는 추세다.

역사를 사는 자들

그리하여 지난 5개월간 분노는 마모되고 고립당했다. 하지만 분명히 적어둬야 한다. 분노는 그 과정을 거쳐 단련되었다. 유족들은 지금 길고 치열한 싸움을 결의하고 있다.

권력은 선을 긋고 벽을 세워 그들을 이단시하고 시민들을 서서히 벽에서 먼 곳으로 이동시킨다. 정부의 현실론, 위기론이 맡는 기능은 대체로 그러한 것이다. 그리되면 벽 바깥의 외침은 벽 안쪽에서는 거의 들리지 않게 된다. 대신 정부는 벽 안쪽의 주민들을 향해 "안타깝게 숨진 자들을 애도하고 모두 힘을 모아 안전한 대한민국을 만들자"라고 말한다. 유족들도 그리되기를 바랄 것이다. 하지만 "안타깝게"부터 모든 어절 하나하나를 제대로 따져 구체화해야 할 저 문장은 실상 유족과 다수 주민 사이의 선 긋기용으로 사용된다. 그때 문장의 실질적 의미는 "이제 적당히 하자"가 된다. 그러고는 진상규명을 위한 특별법 제정을 요구하는 유족들을 고립시키며 '반정부 세력' '사회 분열 세력'으로 내몰고 있다.

그런데 곱씹어보면 '사회 분열 세력'은 그다지 틀린 표현이 아닌 듯하다. 유족들에게는 지금 현실이 현실 같지 않고 말이 말 같지 않고 정치가 정치적이지 않고 사회가 사회적이지 않다. 불가능한 요구가 아닌데도 유족들의 주장은 비현실적이라고 매도 당했다. 이 사회가, 이 현실이 유족들의 존재를 사회 분열적이라고 내몰고, 유족들의 요구를 비현실적이라고 낙인찍었다. 따라서 그러한 유족들이 존재하고 움직이는 한 사회는 균열이 나고 현실은 찢겨야 한다.

현재 궁극적인 정치적 대립은 결코 정부 여당과 야당 사이에 있지 않다. 정치란 사회적 경험과 판단을 구성하고 규정하는 영역이다. 이 영역에서는 무엇을 사회적 경험으로 간주할지, 누가 그것을 정할지, 어떻게 판단의 논리를 만들지를 둘러싸고 분쟁이 일어난다. 현재 궁극적인 정치적 대립은 세월호 사태를 사회적 현실로서 확산시키려는 측과 그것을 통례화해 덮으려는 측 사이에 존재한다. 지금은 사실조차 위기에 놓여 있다. 배가 침몰된 자리에는 항로변경설, 암초충돌설, 구조결함설, 구조변

경설, 내부폭발설 등 갖가지 설이 떠다니고 있다. 진상규명에 대한 요구가 그 자체로 가장 급진적인 요구가 될 수 있을 정도로 현실은 불안정한 상태다.

어느 문학평론가가 현실에 동요를 일으키는 사건의 수준을 위험risk–재난disaster–위기crisis–파국catastrophe으로 구분하는 이야기를 들은 적이 있다. 이것들은 규모의 차이일 뿐 아니라 정도의 차이, 위상의 차이라고도 이해할 수 있을 것이다. 정도로 보자면 그 심각함이 임계상태를 넘어설 때 원래 상태로 돌아오지 못하고 파국으로 치닫는다. 위상으로 보자면 어떤 사건은 현상적 사건이자 구조적 사건, 나아가 파국적 사건이 될 수도 있다. 그렇다면 현실에서 드러난 위험은 파국의 일부이자 전조 그리고 징후로도 볼 수 있을 것이다.

규모 면에서 세월호 사태는 여느 교통사고를 넘어선 재난 수준의 사건이었다. 그 규모는 대체로 사건일에 정해졌다. 그렇다면 정도와 위상의 차원에서 세월호 사태는 어디에 이를 것인가. 세월호 사태는 무엇의 전조이고 징후일 것인가. 그것은 세월호 침몰 이후 전개되는 현실이 결정할 것이다.

현실이란 미분하면 결국 힘관계다. 그 힘관계는 위에서 보면 적대성, 옆에서 보면 비대칭성으로 이루어져 있다. 적대적이되 비대칭적이다. 지금 상황이 그러하다. 하지만 유족들은 질 수 없다. 다시 말하지만 현실이 현실 같지 않고 사회가 사회 같지 않아 그 현실과 사회 속으로 돌아갈 수 없기 때문이다. 이러한 같잖음과 맞서는 까닭에 하루하루는 기존의 현실을 나날이 재생산하는 일상일 수 없다. 그들은 오늘을 보내는 것이 아니라 처절한 의지로 5개월 전의 과거와 미래를 이어내려 하고 있다. 역사란 그런 자들이 살아가는 시간이지 않을까.

4 재난 이후

2015

재난과 재생 간의 새로운 관계식을 만들어내야 한다.

재난은 일어난 것이 아니라 일어나고 있는 것이다.

심각한 사회재난이 일어나면 언론은 말하곤 했다. "한국사회의
구조적 병폐와 모순이 적나라하게 드러났다." 그런데 과연 그랬던가.
단 한 번이라도 그 병폐와 모순을 온전히 마주한 적이 있었던가.

현실의 복잡다단한 정치과정을 일거에 뭉뚱그리고 단절적 해결과
비약적 이행을 선언하는 언술은, 대체로 그 해결과 이행의 주체,
동력, 조건, 절차에 관한 분석을 결여해 세속의 실천을 관념의 전위로
대신하고 만다.

재난 이후를 스스로 개척하지 못했기에 우리는 여전히 재난 이전을
살아가는 수밖에 없다.

시시각각 변화하는 현재 속에서 사고는 판단으로, 판단은 행동으로
이어져야 한다. 그러나 판단의 기준은 전과 같지 않다.
재난은 일상을 무너뜨릴 뿐 아니라 일상의 가치기준도 깨뜨린다.

현재는 과거의 소여가 아닌 미래의 기점이 된다.

자신이 붙들어야 할 일부, 파편을 찾아내야 한다.

거대한 재난 앞에서 미력하고 미약해서 패배하지만,
패배할수록 미시의 눈을 연마해간다.

패배자는 승리자가 갖지 못한 것을 얻을 수 있다.
바람과 현실 간의 괴리. 의식과 존재 간의 어긋남.

재난.

이렇게 적어놓은 두 글자는 곧 재난의 이론, 재난의 수사를 불러들여 문장으로 불어나려 한다. 왜일까. 어떤 구체적 사태를 가리키기 위한 말에서 상황, 표정, 목소리, 몸짓보다 왜 파국, 몰락, 예외상태, 구원 같은 추상어들이 먼저 떠오르는 것일까.

재난. 이 떨리는 말이 그 추상어군 속으로 가라앉기 전에 속히 발 디딜 전제를 마련해둬야겠다.

"한 사회의 진보 정도는 사회의 발전 과정에서 생겨나는 사회적 타살을 최소화하는지로, 한 사회의 성숙 정도는 사회적 희생이 발생할 경우 그 희생을 헛되이 흘려보내지 않고 희생의 하중을 사회구성원에게 세분해 이식하는지로 측정할 수 있다."

세월호 참사가 발생한 지 열흘쯤 지나 그 사태를 겪고자 마련해둔 전제였다. 그로부터 일 년이 지났다. 하지만 이 전제는 내게 여전히 유효하다. 여기서 시작하고 싶다.

그리고 이제 막 글을 시작했지만, 이 글이 어디에 이를지 짐작할 수 있다.

"재난과 재생 간의 새로운 관계식을 만들어내야 한다."

재난을 사고하려는 이 글에서 이 결론을 피해가긴 어렵다. 오히려 힘닿는 데까지 어떻게든 다가가야 할 결론이다. 하지만 막상 적어놓고 보니 뻔하다. 당연한 말로 들린다. 그렇다면 여기서 이 글의 과제가 정해진다. 저 전제에서 출발해 이 결론에 다다를 무렵 이 결론이 공론空論이 아닐 수 있어야 한다. 그럴듯한 큰 원칙의 재확인에 그치지 않아야 한다. 그것은 어떻게 해야 가능할까. 아마도 나는 이 글에서 재난과 재생의 관계식을 구체화해내지 못할 것이다. 기껏해야 구체화의 방향을 더듬는 데서 그칠 것이다. 그런데도 글이 마무리될 무렵 "재난과 재생 간의 새로운 관계식을 만들어내야 한다"라는 문장을 꺼냈을 때 그것이 공허한 소리가 되지 않으려면 어떤 사고의 과정을 거쳐야 하는가. 그 모색이 이 글을 작성하는 이유다.

재난, 쇠약해지는 말

그 과정에 본격적으로 나서기 전, 재난을 사고하려는 글을 이런 서두로 시작한 사정을 먼저 밝히고 싶다.

재난의 이론이라면 최근의 리베카 솔닛, 나오미 클라인부터 아감벤, 랑시에르, 바디우, 지젝까지, 거슬러 올라가면 블로흐, 벤야민, 하이데거까지 소중한 사상적 자산이 많다. "재난과 재생 간의 새로운 관계식을 만들어내야 한다." 이 착상도 그들에게서 얻었다. 그러나 그들의 사유에 기대어 안주하려는 자신의 타성을 경계해두고 싶다. 재난에 관한 이론이라면 정치철학에서도 최전선의 사유일 텐데, 그것을 기성품으로 가져와 헐값에 소비하는 행태를 범할까 봐서 우려되는 것이다. 그런 편의적 사용이라면 재난을 면밀히 사고하기 어려울뿐더러, 그들의 사유를 충실히 이해할 수도 없을 것이다.

재난이 유동적 사태를 가리킨다면, 재난에 관한 말 또한 재난 바깥에서 기성의 개념어를 들여오기보다 재난 안에서 발효되어 바깥으로 비어져 나와야 할 것이다. 재난이라고 말할 때 그건 그저 하나의 명사를 발음한 것에 그치지 않는다. 거기서는 구체적인 여러 동사가 움직인다. 그런데 저 사상가들의 고유명이 권위를 동반해 거론될 때면 오히려 재난이 파국, 폐허, 몰락 같은 강력한 추상명사에 붙들리고 휘둘리는 장면을 종종 목격한다. 그 결과 참담한 지경을 일컬을 터인 재난이란 말이 쇠약해지고 있다. 현실감을 잃어 창백해지고 온갖 사고실험에 놀아날 만큼 만만해지고 있다.

이런 것도 느낀다. 재난을 둘러싸는 말들, 가령 파국, 폐허, 몰락, 해체, 비상시, 예외상태 같은 말들이 점차 공허해지고 있다. 그 전에 진보를 구성하는 말들, 가령 역사, 해방, 혁명, 진리, 정의, 자유, 민주주의 등이 부패했다(단적인 사례로 진보는 정치진영을 가리키는 용어로 협소화되고, 민주주의는 권력자를 선출하는 문제로 환원되었다). 이곳의 지식계에서 파국 계열의 말은 역사, 해방 등 진보 계열의 말에 대척하며 등장한 듯했다. 진보의 여정이 자기파괴적 종언에 치달았음을 고발한 듯했다. 하지만 현재 파국 계열 말의 형해화는 진보 계열 말의 부패 위에서 진행 중이다(그 위로 안이한 인간주의에 물든 희망, 꿈, 긍정, 열정, 창조, 진정성, 힐링 같은 말의 계열이 위기와 불안을 가리며 피어나고 있다). 그렇다면 대척관계라기보다 실은 의존관계였던 게 아닐까. 파국 계열의 말은 진보 계열의 말을 공략한다지만, 실상 그 에너지를 진보 계열의 말로부터 공급받고 있던 게 아닐까. 그리하여 진보 계열의 말이 부식되자 파국 계열의 말은 빠르게 형해화하고 있는 게 아닐까. 만약 그렇다면 재난을 사고하려는 이 글은 또 하나의 과제와 마주하게 된다. 파국에 관한 문제의식을 경유해 다시금 진보의 가능성을 모색하는 것이다.

재난 재고

이제 본격적으로 재난에 관한 사고에 나서보자. 재난. 이 말 하나를 차분히 곱씹는 데서 시작하고 싶다.

먼저 이 말은 왜 필요할까. 아마도 사고, 사건이라는 말로는 형용하기 어려운 사태를 가리키기 위해서일 것이다. 재난disaster의 어원은 '잘못된dis-별astro', 즉 별의 불길한 모습을 뜻하는 라틴어에서 유래했다. 하늘에서 비롯된 심각한 무엇. 재난에는 어떤 운명론적 뉘앙스도 가미되어 있다.

재난의 뜻이 무엇인지 사전을 찾아보았다. 대체로 "특별하고 예기치 못한 자연적·인위적 원인에 의해 인간의 사회생활과 인명이 급격히 교란되고 피해를 입는 경우 그 원인과 결과"라고 정의되어 있었다. 덧붙여 자연재난으로 지진, 해일, 홍수, 가뭄 등이, 인공재난으로는 방사능 오염, 기름 유출, 전력 마비, 폭발 사고 등이 통상 열거되었다. 이런 정의에서 확인할 수 있는 재난의 특징은 예측불가능성, 돌발성, 피해의 심각성이다. 이것이 재난에 관한 상식일 것이다. 그런데 나는 이 상식이 의심스럽다.

하나하나 곰곰이 살펴보자. 첫째, 예측불가능성이다. 재난은 예기치 않게 엄습해오는가. 분명 재난이 언제 일어날지는 예측하기 어렵다. 하지만 재난이 일어나리라는 사실은 예견할 수 있다. 어떻게 일어날지는 알기 어렵지만, 어떻게든 일어나리라는 것만큼은 자명하다. 이제 재난은 밖에서 닥쳐온다기보다 안에서 배양되기 때문이다. 2008년 8만 명 이상의 인명을 앗아간 쓰촨성 대지진은 진원지 주변에 있던 지핑푸 댐의 물 무게 탓이었다. 2011년 도호쿠 지역의 지진과 쓰나미는 후쿠시마 사태로 번져 걷잡을 수 없는 피해를 초래하고 있다. 점점 잦아지고 규모가 커지는 태풍은 지구온난화의 결과다. 남한 하천의 생태 변화는 4대강 사업이 야기했다.

매일 새벽 골목골목 흘러넘치는 막대한 쓰레기에서는 차곡차곡 갖춰져 가는 재난의 조건이 보인다. 어느덧 매해 "관측 사상 최고"를 되풀이하는 기상캐스터의 말에서는 재난의 현현이 들린다. 자본주의는 자연과 인간을 끝없이 빨아들여 가동되더니 이제 자기붕괴를 양식으로 삼아 자기종말을 연기하고 있다. 그 과정에서 지진, 해일, 태풍 등 천재지변과 빈부격차, 난민화, 테러, 폭동, 범죄, 전쟁 등 사회 문제가 복합적이고 연쇄적으로 결합해 전에 없던 강력한 재난이 일어나고 있다. 재난은 예측불가능할지언정 예외적이지 않다. 말기로 치닫는 자본주의가 확대재생산하는 구조적 위기다.

둘째, 돌발성이다. 재난은 불현듯 닥쳐오는가. 현상적으로는 확실히 그렇다. 하지만 현상이 현실의 전부는 아니다. 히로세 준은 후쿠시마 사태에 관한 글인 「원전에서 봉기로」에서 현실을 두 층위로 구분한다. 먼저 현상적 현실이 있다. 여기서는 사물이

정지했는지 운동하는지, 사태가 안정적인지 불안정적인지가 눈에 보인다. 한편 잠재적 현실이 있다. 그것은 에너지의 상태로 존재하며 알아차리기 어렵다. 가령 물이 응고점인 섭씨 영도 아래로 냉각되었는데도 고체화되지 않고 액체 상태로 머무는 경우가 있다. 이처럼 전이점을 지나도 상전이相轉移가 일어나지 않을 때의 상태를 준안정metastability이라 부른다. 그런데 응고점 아래서도 액체로 머물던 물은 미미한 외부 자극에도 즉시 빙결한다. 눈사태를 떠올려보자. 눈사태는 경사면 위에 쌓여 있던 눈이 외부에서 진동이 조금 가해지자 한꺼번에 쏟아지는 현상이다. 이러한 준안정 상태 이면에 있는 에너지는 눈에 보이지 않다가 일거에 표출된다.

여기서 과냉각수와 경사면 위의 적설은 겉으로 드러나지는 않지만 잠재적 에너지의 과포화라는 문제를 품고 있었다. 외부에서 자극이 주어져 이 문제가 단숨에 해결될 때 빙결과 눈사태가 일어나는 것이다. 그렇다면 지진과 해일은 현상적으로는 문제의 발생이지만 실은 문제의 해소이기도 하다. 지진은 지각 사이, 해일은 물결 안에 과포화된 잠재적 에너지가 현상적 현실로 드러나는 사태이기 때문이다. 지진과 해일은 발생하고 나서 멈춘다. 문제는 발생함으로써 해소된다.

하지만 잠재적 에너지의 과포화가 사라지지 않는다면 일시적 해소에 그치고 만다. 지진과 해일은 다시 찾아올 수 있다. 더구나 잠재적 에너지의 과포화를 사회구조적으로 유발해서 발생하는 인공재난은 일시적 해소일 뿐이다. 건물 붕괴, 가스 유출, 원전 사고, 감염 확산 등은 일어나고 다시 일어난다. 문제의 발생이라 여긴 재난이 실은 문제의 해소지만 일시적 해소이며, 과잉된 문제는 미해결인 채 이어진다. 이처럼 재난은 돌발적으로 닥쳐온 뒤 이윽고 끝나는 것이 아니다. 서서히 배양되어 불현듯 표출되지만, 이번 재난은 다음 있을 재난의 징후다. 재난은 일어난 것이 아니라 일어나고 있는 것이다.

셋째, 피해의 심각성이다. 재난은 여느 사고, 사건 이상의 큰 피해를 낳는 사태를 가리킨다. 그러나 재난이 외부에서 닥쳐올 뿐 아니라 내부에서 생산되며, 일어난 것이 아니라 일어나고 있으며 일어날 것이라면 피해의 심각성은 어떠한 시간대에서 측정되어야 하는가. 흔히 재난은 단시간에 파괴적 결과를 초래하는 사태를 일컫는데, 그렇다면 당장은 대단해 보이지 않지만 지속적으로 피해를 양산하는 사고, 사건은 재난으로 봐야 하는가 그렇지 않은가.

자연재난과 비교하건대 현대 인공재난의 중요한 특징은 피해의 지속성, 때로는 불가역성에 있을 것이다. 아무리 엄청난 태풍도 그로 인한 피해가 후쿠시마 사태보다 심각하다고 말하기는 어렵다. 원전 붕괴 때 막대한 피해가 초래되었을 뿐 아니라 방사능 유출로 피해는 지속된다. 태풍 피해와 달리 복구는 불가능하다. 후쿠시마 사태는 지진, 쓰나미 그리고 방사성 물질이라는, 말 그대로 땅, 바다, 하늘에 걸친 것이었으며 언제가 이 사태의 끝일지 알 수 없다. 임계점을 넘어 일어났으며, 그렇다면 앞으로도 일어나고 있을 것이다.

하지만 지금 생각해보고 싶은 재난의 유형은 따로 있다. 후쿠시마 사태와 견줄 수 없고 당장은 대단해 보이지 않지만, 임계점을 넘어선 불가역적 사건이 여기저기서 일어나고 있다. 내게 이 사건들은 양이 아니라 질의 차원에서 재난적이라고 여겨진다.

작년에 있었던 일이다. 여고생이 유흥비를 마련하려고 친구와 짜고 평소 알고 지내던 지적장애인 남성을 범행대상으로 골랐다. 여관으로 유인해 성관계가 있었던 것처럼 사진을 찍고는 돈을 내놓으라고 협박했으나 응하지 않자 여관방에 가두고 옷을 벗겨 그의 성기를 옷걸이로 때리고 항문에 칫솔을 꽂고 커피에 침을 뱉고 담뱃재를 넣어 마시게 했다. 실신하자 담뱃불로 팔을 지졌고 끓는 물을 배에 부었다. 의식을 잃은 그를 장기매매업자에게 팔려고 차에 싣고 다녔다. 비슷한 시기에 여중생이 자신들의 성매매 사실을 다른 사람에게 알렸다는 이유로 선배를 붙잡아다가 냉면 그릇에 부은 소주를 먹이고는 구토를 하면 그 토사물을 다시 먹였고, 화분으로 머리를 내리쳤다. 사망하자 시신을 불태운 뒤 시멘트로 묻었다.

이 사건들을 접하며 무언가가 부러졌다고 느꼈다. 돌이킬 수 없는 지경에 이르렀다고 여겼다. 언론이 떠든 것처럼 여중생, 여고생이 저지른 범행이어서가 아니었다. 오히려 인터넷신문 기사가 "평범한 여고생이 어째서?"라는 식으로 선정적 제목을 뽑고는 본문에서는 학생비행, 청소년 문제, 윤리교육 부재 등 상투적 용어들로 통례화하는 방식이 너무나 못마땅했다. 끔찍한 사건과 희생이 생겼으나 가십거리 이상의 무엇도 되지 못했다.

그들은 여고생이지만 평범한 사람이 아니라서 사람을 죽일 수 있었던 것일까. 아니, 이 사회에서는 평범한 누군가도 잔혹한 범죄를 저지를 수 있다고 보는 편이 맞을 것이다. 이 사건은 드러난 눈사태와 같다. 이와 같은 사건은 지금도 어딘가에서 일어나고 있으며 배양되고 있다. 층간소음으로 이웃을 살해했다는 뉴스를 처음 접했을 때도, 맹목적 파괴충동이 '묻지마 범죄'라고 활자화되었을 때도 곪은 게 터져나왔구나 싶었다. 이후 그런 보도를 자주 접하게 되었고, 이제 별스러운 뉴스거리도 되지 않고, 나는 무뎌졌다. 이런 사건들은 원전 폭발처럼 대단해 보이진 않지만, 이런 사건들이 터져나오게 만든 조건은 불가역적이고 따라서 심각하다고 여겨진다.

올해는 부모가 자식을 죽이는 사건이 이어지고 있다. 수년 전 유산 상속을 노린 자녀가 부모를 계획적으로 살해한 범죄가 잇따른 이후, 이제 부모가 유아를 때려죽이고는 유기하다가 발각되고 있다. 이 사회에서 다음번에는 대체 무슨 일이 벌어질까.

나는 이런 사건들까지 재난에 포함시켜야 한다며 재난의 재정의를 주장하려는 것이 아니다. 다만 당장의 피해 규모로만 재난과 사건을 가르면, 사건은 피해가 대단치 않으니 심각해 보이지 않고, 재난은 머잖아 지나갈 일이니 주목할 게 못 된다. 그래서 양자 모두가 보이지 않게 될까 봐서 두려운 것이다.

파국론에 대하여

심각한 사회재난이 일어나면 언론은 말하곤 했다.

"한국사회의 구조적 병폐와 모순이 적나라하게 드러났다."

그런데 과연 그랬던가. 단 한 번이라도 그 병폐와 모순을 온전히 마주한 적이 있었던가. 그랬다면 저 상투구가 이토록 번번이 등장할 수는 없었을 것이다.

재난은, 확실히 그래야 할 것이다. 그 피해와 희생이 헛되지 않도록 우리는 교훈을 얻어야 하며, 그건 재난으로 드러난 사회의 병폐를 직시하는 데서 시작되어야 할 것이다. 다만 사회의 병폐 이면에 있는 구조적 모순은 표면이 조금 벗겨졌다고 적나라하게 드러나는 게 아니다. 잡아뜯고 뚫고 들어가 닿아야 한다. 그로써 재난은 탈구의 계기가 되어야 한다. 지금의 사회관이 흔들려야 한다. 탈구란 기존의 상징질서로 봉합할 수 없는 사건들이 출현해 담론이 탈안정화되는 상태다. 사건과 담론이 어긋나 기존의 의미체계가 한계를 노정한다. 비상사태emergency에서 무슨 일인가 일어난다emerge. 이를 재난의 유산으로 삼을 수 있는지가 결국 관건이다.

그런 의미에서 파국론은 소중하다. 파국. 판局이 깨지는破 사태. 카타스트로피. 아래kata로 뒤집힘strephein. 파국에는 반전의 계기가 있다. 기존 질서가 깨지고 뒤집혀 생겨날 새로운 시공간이 있다. 그래서 파국은 파괴이자 창조이며, 끝이자 시작이며, 절망이자 희망이다. 나는 파국론을 대략 이렇게 이해하고 있다. 그리하여 내게 파국론은 점점 파괴적인 재난이 일어나는데도 전에 했던 말을 또 하는 저 나른한 언론과는 대척점에 있는 소중한 시각이다. 사회에 실제로 존재하는 부정성을 거짓 긍정으로 적당히 희석하는 게 아니라 제대로 직시한다면 사유는 부정성을 띠는 수밖에 없다. 세월호 참사를 떠올려보자. 언론은 기껏해야 (사회구조의) 부정성을 (사회현상의) 비극으로 각색해 덮어두었다가는 이따금 망각을 고발하지만, 그 고발의 상투성이 이미 망각에 속해 있다. 파국론은 다르다. 부정성에서 적대성을 도출하고 화해와 치유라는 가상에 현혹되지 않는다.

그런데, 의구심도 든다. 파국론은 실천적으로 파국의 기다림 말고 무엇을 하자는 것일까. 파국의 기다림은 현실적으로 무엇을 대가로 치르고 있는가.

나는 얼마 전 소위 파국론을 꺼내는 논자들을 향해 이렇게 쓴 적이 있다.

> 그리고 파국, 몰락, 종언.
>
> 지금 이렇게 자주 호출하면 앞으로의 상황은 어떤 개념으로 감당할지가 궁금하다. 물론 '파국의 실재화', '파국의 현현' 같은 표현이 여전히 가능할 테며, 그에 앞서 내가 이해하는 파국과 그들이(혹은 그들마다) 말하는 파국이 다를 테며, 진단으로서의 파국과 요청으로서의 파국을 구분해야겠지만, 마지막 카드를 너무 서둘러 꺼내는 게 아닌지 묻고 싶어진다. 저런 극적極的/劇的 개념이 도리어 사고를 비약으로 이끌지는 않을지, 현실 속의 소소하나 소중한 차이들을 무화하지는 않을지 우

려가 드는 것이다.

사카구치 안고의 말이다. "뭐든 오십 보 백 보지만, 난 오십 보와 백 보는 굉장히 다르다고 생각해. 굉장히는 아닐지 모르지만 어쨌든 오십 보만큼은 다르지. 그리고 그만큼의 차이가 내게는 결국 절대라고 여겨져. 나로서는 그 안에서 선택할 뿐이니 말야." 나는 이런 현실감각 쪽을 더욱 신뢰한다.(「토론회에 대한 토론문」)

그때의 문제 제기를 여기서 이어가고 싶다. 먼저 파국이라는 결정적 절멸에 견준다면 일상의 재난들은 별스러워 보이지 않는다. 더욱이 내게는 어떤 퇴행의 징후인 사건들이 더없이 소소해 보인다. 다시 말하건대 나의 전제는 이것이다. "한 사회의 성숙 정도는 사회적 희생이 발생할 경우 그 희생을 헛되이 흘려보내지 않고 희생의 하중을 사회구성원에게 세분해 이식하는지로 측정할 수 있다." 파국론은 이 전제에 비춰보건대 저 너머에서 내게 오라고 손짓하는 듯하지만 정작 내디뎌야 할 첫걸음조차 알려주지 않는다. 문제가 지나치게 커서 손댈 수 없으면 손 놓고 방관하게 된다. 현실의 복잡다단한 정치과정을 일거에 뭉뚱그리고 단절적 해결과 비약적 이행을 선언하는 언술은, 대체로 그 해결과 이행의 주체, 동력, 조건, 절차에 관한 분석을 결여해 세속의 실천을 관념의 전위로 대신하고 만다.

더구나 파국론은 메시아적 시간의 도래를 상정해 종언, 구원, 예언, 계시와 같은 묵시록적 언어를 채용하는데, 각 단어들이 띠는 열기와는 반대로 기다림의 문장이란 파국 앞에서 우리가 할 수 있는 유의미한 행위란 없다는 무기력한 냉소로도 읽힌다. 파국의 임박을 설파할 때도 긴박감보다는 당장 행동에 나설 필요는 없다는 여유감이 느껴진다. 그동안 파국에는 못 미치는 재난은 일어나고 다시 일어난다.

재난 이후

파국론의 문제의식은 분명 소중하다. 우리는 몰락 속에서 반전의 계기를 얻어야 한다. 하지만 파국론은 실천의 제언으로서 모호하다. 우리에게 메시아적 시간의 도래를 기다릴 여유는 없다. 지난 재난이 닥쳤을 때 우리에게 필요했던 것은 구원의 형이상학이 아니라 유물론적 구조였다.

우리가 진정 임박한 파국 이전에 있는지는 알 수 없다. 하지만 재난 이후를 살아간다고는 말할 수 있다. 이 시간대를 어떻게 살아내느냐에 따라 살아가는 지금이 정말 파국 이전인지가 결정될 것이다. 파국 이전이 아닌 재난 이후. 이것이 내가 사고하려는 시간대다.

다만 재난은 끊임없이 연쇄하고 있으니 우리는 재난의 막간극을 살아간다고도 말할 수 있다. 분명 앞으로 재난은 우리를 또 찾아올 것이다. 그런데 묻고 싶다. 우리는 정말로 지난 재난 이후를 살고 있는가. 지난 재난은 우리에게 온전히 과거가 되었는가. 종지부(.)를 경험하지 못한 채 휴지부(…)만이 잔뜩 쌓인다는 느낌을 갖는 사람이 나만은 아닐 것이다.

이제 말하자. 세월호 사태. 지금껏 제대로 밝히지 않았지만, 재난을 사고하려는 이 글의 배경은 여전히 세월호 사태다. 배경이라기보다 감정선은 세월호 사태에서 온다. 이제 일 년이 지났다. 그러나 묻지 않을 수 없다. 우리는 세월호 사태 이후를 살고 있는가. 사태 초기에 우리는 이런 말을 자주 들었다. "대한민국은 세월호 이전과 이후로 나뉜다." 세월호에서 있었던 일만이 아니라 세월호 사고로부터 파생된 일, 드러난 일을 가리켜 세월호 사태라 한다면 세월호 사태는 결코 끝나지 않았다. 대체 언제부터가 그 이후일 것인가. 세월호가 인양되고 시신이 수습되면 이후가 되는가. 유족들 모두에게 보상금이 지급되면 이후가 되는가. 유족들이 거리에서 각자의 집으로 돌아가면 이후가 되는가. 아직 그러한 최소한의 이후조차 찾아오지 않았다. 그리고 그것만이 우리가 바라던 이후는 아니었다고 기억한다. 우리는 더 많은 변화, 더 근본적인 전환을 기약했다.

이제 세월호 사태 이후, 아니 세월호 사태 이후마저 끝나버린 이후의 이후인 것 같은데, 그 사이에는 어떤 단절이 있었던가. 대한민국은 대체 무엇이 달라졌는가. 세월호 사태야말로 "한국사회의 구조적 병폐와 모순을 적나라하게 드러냈다"라고들 하지 않았던가. 그 적나라함을 겪고 그로부터 무엇을 얻었기에 한국사회는 세월호 사태 이후에 있다고 할 수 있는가.

우리는 지금 세월호 사태 이후에 있는 것 같지만, 우리가 세월호 사태 이후를 개척해낸 것이 아니라 세월호 사태가 우리에게 과거지사가 되었을 뿐이다. 재난은 닥쳐왔다. 재난 이후도 망각과 함께 퍼져나갔다. 재난과 마찬가지로 재난 이후도 주어졌다.

그런데 재난 이후를 스스로 개척하지 못했기에 우리는 여전히 재난 이전을 살아가는 수밖에 없다. 거듭 말하지만 지난 재난은 다가올 재난의 선례요 예표다. 이윽고 재난은 이름을 달리해 찾아올 것이다. 이 사회는 단 한 번이라도 그 병폐와 모순이란 것을 끝까지 응시할 수 없는가. 희생을 끝 간 데까지 새겨 이후를 열어낼 수 없는가. 세월호 사태에서 그걸 해내지 못한다면, 대체 얼마나 더한 재난과 희생을 기다려야 그 과제에 나설 수 있단 말인가. 우리는 참담한 재난을 이미 여러 차례 겪지 않았던가. 그런데 왜 그 경험들은 축적되어 재난 이후를 개척하지 못하는가. 재난의 반복보다 이 무력함이야말로 지겹고 쓰라리다.

떨리는 현재

리베카 솔닛의 『이 폐허를 응시하라』를 이제야 읽었다. 하지만 이 책의 논지는 유명해서 읽기도 전에 알고 있는 듯했다. 재난에 관한 여러 글이 이 책을 거론하며 논지를 이렇게 소개했다. 통상적인 재난의 이미지, 즉 재난이 닥치면 인간은 이기적 본색을 드러내 사회는 혼돈에 빠진다는 것은 소수 권력자들의 사고일 뿐이다. 오히려 재난 속에서는 연대의 상상력이 회복되고 상호부조의 공동체가 돌아온다. 다음의 명제가 이 책의 논지를 함축한다. "재난은 지옥을 관통해 도달하는 낙원이다."

매력적인 명제였다. 하지만 매력적이더라도 물어야 한다. 매력적이라서 더욱 물어야 한다. 세월호 사태 이후 재난을 사고하려는 나는 저 명제를 어떻게 받아들여야 하는가. 내가 읽은 글들에서 이 책은 도입부나 결론부에서 거론되고 있었다. "재난은 지옥을 관통해 도달하는 낙원이다"라는 저 명제를 전제로 삼아 시작하거나 거기에 의탁해 글을 마무리 지었다. 그러면 나는 그 글들이 못 미더워졌다.

못 미더웠던 이유는 지금의 내 실감과 너무도 달라서였다. 『이 폐허를 응시하라』의 원제는 '지옥 속에 세워진 낙원'A Paradise Built in Hell이다. 하지만 이 사회에서는 재난이라는 지옥 이후 또 다른 지옥이 찾아오는 듯하다. 유가족들은 이 사회가 지옥 같다고 울부짖었다. 그때 지옥은 수사로 들리지 않았다. 그 절규가 귓가에 맴도는 내게 저 명제는 전제일 수도 결론일 수도 없다. 오히려 물음을 구성하는 요소로 삼아야 한다. 어떤 사회여야 재난 속에서 지옥이 아닌 낙원이 도래하는가. 그 조건을 다음번 재난이 닥치기 전에 어떻게 노력해서 만들어내야 하는가.

그런데 『이 폐허를 응시하라』를 읽어보니 저 명제가 다가 아니었다. "재난은 지옥을 관통해 도달하는 낙원이다"라는 문구가 서문에 나온 이후로 긴 본문이 이어진다. 본문은 리베카 솔닛이 겪었거나 조사한 대형 재난의 이야기들이다. 그런데 서문과 본문은 어떠한 관계인가. 본문의 이야기들이 서문의 명제를 뒷받침하는 사례라면, 이 두꺼운 책은 급한 대로 서문만 읽어도 충분할지 모른다. 하지만 그렇지는 않은 듯했다. 본문에는 구체적인 상황이 있고 생동하는 말이 있었다. 재난이라는 추상명사가 구체적인 동사들로 펼쳐지고 있었다. 그리고 그 동사들은 '변화할 수 있는 현재'a transformative present를 형상화하고 있었다. 동사들이 움직여 현재가 떨리면 변화의 가능성이 생겨난다. 내겐 소중한 메시지였다.

그런데 재난이 닥치면 현재는 왜 유동하는가. 본문이 그 이유를 섬세히 짚어준다. 자신이 살아남고 타인을 구해야 할 긴박한 상황에서는 오롯이 현재에 집중해야 한다. 순간순간이 중요하다. 이제 현재는 그저 과거로부터 넘어온 시간대가 아니라 긴박감 속에서 치솟는다. 시시각각 변화하는 현재 속에서 사고는 판단으로, 판단은 행동으로 이어져야 한다. 그러나 판단의 기준은 전과 같지 않다. 재난은 일상을 무너뜨릴 뿐 아니라 일상의 가치기준도 깨뜨린다. 무엇이 더 중요한지 경중이 달라진다. 더욱이 강력한 재난은 앞이 보이지 않게 만든다. 그렇게 알 수 없게 된 미래는 두려운 미래다. 그런데 리베카 솔닛은 말한다. 알 수 없게 된 미래는 동시에 변화할 수 있는 미래이기도 하다. 이제 현재는 과거의 연장이 아닌 미래의 기점이 된다.

그렇다면 유동하는 현재는 어디로 향할 것인가. 현재로는 방향을 달리하는 힘들이 모여들어 에너지가 충전된다. 무슨 일인가 일어나고야 만다. "재난은 지옥을 관통해 도달하는 낙원이다"라던 리베카 솔닛의 명제는 이 장면을 고찰해 얻어졌다. 기성의 제도는 격동하는 현장에 제대로 대처하지 못한다. 그것은 더

디고 추상적이다. 한편 소수 권력집단은 판단을 그르치기 십상이다. 그들은 여전히 개인은 제 이익을 좇는다는 전제에 사로잡혀 있다. 하지만 리베카 솔닛에 따르면 재난을 맞닥뜨린 시민사회는 이타주의와 상호부조의 속성을 입증하고 상황에 대처하는 창의성과 실천성을 발휘한다. 그리하여 권력은 현장의 민중에게 넘어간다. "그것은 민주주의가 늘 약속해왔지만 실현하지 못했던 것이다."

하지만 이는 예정조화적 귀결이 아니다. 재난 속에서 언제나 낙원이 도래하는 것은 아니다. 재난이 닥쳐 기성의 질서가 균열된 틈으로 밀려드는 것은 생성적일 수도 파괴적일 수도 있다. 때로 착취적일 수도 있다. 사실 나오미 클라인이 우려한 '재난 자본주의'의 횡행이 보다 자주 목도하는 현실일 것이다.『이 폐허를 응시하라』의 긴 본문은 "재난은 지옥을 관통해 도달하는 낙원이다"라는 서문의 명제를 그저 입증하는 사례 기술이 아니었다. 재난 속에서 어떻게든 생성적 가능성을 읽어내려는 고투였다. 비록 그 재난들 이후에 리베카 솔닛은 쓰고 있지만, 강한 응시의 시선을 보내 지나간 현재를 들썩이게, 변화가능하게 만들려는 것이다.

내게는 저 명제 자체보다 거기에 이르기 위해 그가 들인 노력이 값지고 시사하는 바가 컸다. 그렇다면 나 역시 저 명제를 답으로 받아들일 게 아니라 내가 직면한 문제를 생산적으로 재구성하는 데 활용해야 한다. 재난이 닥쳤을 때 낙원이 출현하려면 재난 이전에 무엇을 해야 하는가. 그런데 현재는 재난 이전이

자 어떤 재난의 이후이기도 하다. 그렇다면 재난 이후인 현재 무엇을 해야 하는가. 그가 무언가를 했듯이 말이다.

이중의 비대칭성

재난은 거대한 일이다. 『이 폐허를 응시하라』에서 나오는 샌프란시스코 대지진, 허리케인 카트리나, 뉴욕 9·11 같은 규모가 아니더라도 굳이 사건, 사고와 구분해 우리가 어떤 사태를 재난이라고 일컫는 데는 개인이 어찌하기 힘들 만큼 커다란 사태라는 어감이 자리하고 있다.

재난은 거대하다. 그 거대함이란 많은 사람의 삶을 일거에 뒤흔들 정도라는 의미다. 재난은 많은 사람에게 피해를 초래한다. 그리하여 많은 사람에게 예기치 않은 공동의 체험을 안기고 잊고 있었던 공동성을 환기시키기도 한다. 그러나 재난은 역시 거대한 까닭에 손쓸 도리가 없는 그 많은 사람은 각자 고립된다. 홀로 감당할 수 없으니 힘을 모은다면 리베카 솔닛이 말하듯 연대가 실현되겠지만, 거기에는 상황의 긴박성만이 아니라 당사자성의 정도, 문화적 체질, 누적된 공동기억 같은 요소들이 작용할 것이다. 더욱이 그 연대가 시간을 버텨내려면 재난이 일시적 사태를 넘어 사회적 서사로 자리 잡을지가 관건이다. 거기서는 직접 피해 입은 당사자만이 아니라 여러 사람의 협력이 요구된다. 그러나 거대한 재난 앞에서 개인은 대체로 무력하다. 피해의 당사자가 아니라면 힘을 쓸 수 없는 사태를 줄곧 의식한다는 게 피곤할 뿐이니 결국 외면하게 된다(실은 힘을 쓰지 않아서 피곤해지는지 모른다). 그렇게 각자는 자기 안으로 가라앉고, 변화할 수 있는 현재의 가능성은 유실되고 만다.

그렇다면 거대한 재난 앞에서 무엇을 어떻게 해야 하는가. 일단 이 방향으로 향해야 할 것이다. 무언가를 하려는 자는 자신의 과제를 설정할 수 있도록 거대한 재난을 분해해야 한다. 전체는 감당하기 어렵다. 자신이 붙들 수 있는 일부, 파편이라도 찾아내야 한다. 다시 말해 구체화해야 한다. 무엇을 과제로 설정하느냐에 따라 결국 무력해지고 말거나, 아니면 조금이나마 자신이 힘을 낼 여지를 만들 수 있을 것이다. 가령 본질적인 과제는 '재난을 어떻게 막을 것인가'와 '재난을 어떻게 극복할 것인가'겠지만, 이를 보다 구체적인 과제들로 분절하지 않는 한 (실천적) 과제 설정을 회피하기 위한 (관념적) 과제 설정이 되고 말 수 있다.

그리고 본질적인 두 가지 과제 중 생활자인 우리로서는 '재난을 어떻게 막을 것인가'보다 '재난을 어떻게 극복할 것인가'에서 실천적 과제를 발견할 여지가 있을 것이다. 거듭 말하지만 재난 이전은 어떤 재난의 이후다. 다음 재난은 모르지만 지난 재난은 알고 있다. 다음 재난이 닥치기 전에 지난 재난을 어떻게 극복할 것인가. '극복하다'라는 말이 거창하다면 수습하다, 대화하다, 기억하다 등의 동사들로 분절하고 구체화하자. 그 동사들이 모으면 이렇게 된다. 지난 재난을 어떻게 살아낼 것인가.

지난 재난은 어떠했던가. 세월호 사태는 어떠했던가. 거대했고 비참했다. 재난의 발생은 막지 못했고 재난의 수습은 뒤틀리고 말았다. 거기에는 이중의 비대칭성이 있다. 재난 앞에서는 미약했고 소위 현실정치에서는 미력했다. 대처하기에도 대결하기에도 역부족이었다. 결국 힘에서 밀렸다. 참담했던 것은 첫 번째 비대칭성이나 쓰라렸던 것은 두 번째 비대칭성이었다. 두 번째 비대칭성을 두고는 패배라는 말을 꺼낼 수 있을 것이다. 재난은 이어진다. 패배도 반복된다. 패배가 반복되는 것은 이 비대칭성을 극복하지 못한 까닭이다.

극복할 수 없다면 남는 길은 외면하거나, 아니면 내재하는 것이다. 나는 후자로 향하고 싶다. 패배는 자신보다 강한 상대가 안긴 것이나 그것만으로는 충분히 자신의 것이 되었다고 할 수 없다. 패배에 내재한다는 것은 그 안으로 파고들고 분해하여 거기서 활용가능한 자원을 벼려내는 일이다. 패배가 거듭된다면 거듭되는 패배를 밑천으로 삼아야 하지 않겠는가. 힘의 열위에 있는 자에게는 열위에 있다는 한계야말로 가능성의 유일한 조건이지 않겠는가. 약자인 우리는 그 한계에 내재함으로써만 자신의 가능성을 움켜쥘 수 있을 것이다.

재난 이후, 희망의 원리는 패배의 공유라는 역설적 형태로 그 지평을 획득할 것이다. 나는 말로 작업하는 자다. 재난은 지나갔지만 동사들 — 겪다, 보다, 듣다, 떠올리다, 증언하다, 쓰다는 아직 떨리고 있다. 나는 여기서 앞으로의 과제를 찾고 싶다.

이를 위해 이런 관계식을 상정해본다. 재난을 겪을수록 겪는 자에게 세계가 구체화되는 관계식이다. 그렇지 않고서는 자신의 과제를 거머쥘 수 없다. 거대한 재난 앞에서 미력하고 미약해서 패배하지만, 패배할수록 미시의 눈을 연마해간다. 그로써 자신의 세계를 구체적으로 획득해간다. 『이 폐허를 응시하라』는 낙관적 전망을 제공해서가 아니라 변화가능성의 계기를 찾아 재난 상황을 구체적으로 응시했기에 내게 가치가 있었다. 그가 말하는 '변화할 수 있는 현재'란 현재는 때가 되면 바뀌겠거니라는 기대 속에서가 아니라 그 현재를 지금 찾아내겠다는 의지 속에서 읽어들여야 할 표현이었다.

재난은 일어났으며 일어나고 있다. '변화할 수 있는 현재'를 거쳐 미래로 향하려면 우리의 손으로 지난 재난에 종지부를 찍어야 한다. 지난 재난이 과거지사로 방치되어선 안 된다. 종지부를 찍기 위해서는 우리가 휴지부에 머물러 있음을 상기해야 한다. 매듭지어지지 않은 현재로부터 미래의 조짐을 발견해야 한다.

패배의 유산

이제 결론이다. 예비해둔 문장은 이것이었다.

"재난과 재생 간의 새로운 관계식을 만들어내야 한다."

어떻게든 이 방향을 향하긴 했지만 충분히 가닿았는지는 자신할 수 없다. 이 결론을 향해서는 언젠가 다시금 사고의 도전에 나서야 할 것 같다.

대신 지금은 브레히트의 시를 인용하고 싶다.

너의 위치를 떠나라

승리는 싸워서 얻어졌고
패배도 싸워서 얻어졌다
너의 위치를, 당장 떠나라

패배다. 패배했음을 적당히 넘기지 않고 끌어안는 패배다. 승리만이 아니라 패배 역시 싸워서 획득한 경험이다. 더구나 패배는 패배감으로 지속된다. 승리한 자는 자기확신을 갖겠지만, 패배한 자에게는 믿어온 것이 무너진다. 그렇다면 패배자는 승리자가 갖지 못한 것을 얻을 수 있다. 바람과 현실 간의 괴리. 의식과 존재 간의 어긋남.

이 시는 이렇게 이어진다.

다시 한번 바닥 깊이, 승리자여 떨어져라
싸움이 있던 곳, 거기 환호성이 울린다
그러나 더 이상 그곳에 머무르지 말라
큰 소리로 패배를 부르짖게 되는 곳, 그 심연 속에서
그 부르짖는 소리를 기다려
낡은 위치를 떠나라

사실 브레히트는 패배자가 아닌 승리자에게 이렇게 권고하고 있다. 이 시를 두고 벤야민이 해석했듯이 "승리자 스스로도 패배의 경험을 파악하고 패배를 패배자와 공유해야 한다"라고 말이다. 하지만 나는 패배자를 위해 이 시를 읽고 싶다. 떨어져

심연에서 재생하라는 격려로 읽고 싶다. '심연'만큼은 패배자의 것이어야 하지 않겠는가. 모든 걸 승리자에게 내주더라도 패배자에게만 허락된 유일한 것이지 않겠는가. 심연이란, 원점이다. 죽음과 재생, 파멸과 구제, 시작과 끝이 분화되지 않은 장소다. 그건 아포리아다. 아포리아는 패러독스와 같은 논리적 난제와 다르다. 해결할 수 없지만 뚫고 나가는 가운데 체득된다.

재난은 일어났다. 재난은 생산되고 있었으나 우리는 대처하지 못했다. 따라서 패배다. 일차적 패배다. 일차적 패배를 만회하려고 나선 싸움에서 우리는 다시 패배한다. 이차적 패배다. 일차적 패배가 닥쳐온 패배라면, 이차적 패배는 쟁취한 패배다. 그 패배의 경험을 밑천 삼아 "떠나라." 나는 이 시를 이렇게 읽고 싶다.

작은 승리도 좀처럼 찾아오지 않고 지겨운 패배만이 이어진다. 하지만 패배하기를 의지하는 패배자는 단순한 패배자가 아니다. 그는 승리자에게는 없는 패배를 얻었다. 그 패배로 심연에 다가간다. 아직 끝나지 않았다며 미결정의 미래로 나아간다. 징후는 도화선이 되고 막간극은 전초전이 된다. 거기에 거머쥐어야 할 재난 이후가 있다.

고꾸라져 쓰러진 자는
예지叡智로부터 등을 돌려서는 안 된다
확신을 갖고, 잠겨라! 자신을 두려워하라
그리고 잠겨라! 그 밑바닥에서
너를 기다리고 있는 것은…

5

촛불과 지금에 대한 발제문

2016

이렇게 한다고 될 일이었나.

민주주의는 좋은 목자를 고르는 게 아니라 양떼로 전락하지 않는 일이다. 반복된 역사는 희극이 되었다. 반복되는 희극이 역사가 되어선 안 된다.

지금은 가산하는 시간이 아니라 도약하는 시간이다.
미래로 다가가는 시간이 아니라 미래를 품어내는 시간이다.

과거란 힘이고 사건이고 희생이며, 침전된 가능성이고 실천의 참조점이고 못 이룬 약속이다.

자신은 짐이고, 타인은 적이다. 내가 이기는 것만으로는 충분치 않다. 남들이 고꾸라져야 한다.

희생 없이 여기까지 올 수 있었던 것은 그전의 압도적 희생이 있었기 때문이다.

지금은 보다 많은 것이 변제되어야 할 시간이다.

전체를 위해 희생되는 일부(결국 전체에 속하지 못하는 일부),
합의에 의해 배제되는 자들(결국 합의 상대가 아닌 자들),
국민을 호명하며 희생시키는 자들(결국 국민국가 안에 있는 내부 피식민자들)이 늘어나고 있다.

이 물음이 정교해지려면 민(民)을 둘러싼 지금의 동학을 면밀하게 파악해야 한다. 국민, 시민, 기민, 난민의 벡터들.

지금, 우리에게는 대선보다 더 큰 선택이 필요하다.

이렇게 한다고 될 일이었나.

이 정도로 무너질 것이었나.

그토록 긴 시간을 개발사업 하나 막겠다고, 정책 하나 고치겠다고, 법 하나 바꾸겠다고, 진상 하나 규명하겠다고 매달려도 꿈쩍 않더니 이 정도로 무너질 것이었나.

수천이 모였다. 그리고 아무일도 없었다.

수만이 모였다. 그리고 별일 없었다.

수십만이 모였다. 그리고 잊혔다.

이 우울한 반복 아니었던가. 그런데 이번은 달라지는 것인가.

이게 아흔아홉 번 패배할지라도 단 한 번 승리라던 그것인가.

수년 전에 이렇게 시작한 글이 있다.

"희생이 생긴다. 희생이 쌓인다. 그때마다 그 희생을 잊지 않으려고 기억하며 긴 복수를 다짐했다. 그게 수년째다. 그렇게 모아둔 희생의 목록을 꺼내려다가도 각각의 희생을 늘어놓다보면 빠뜨리는 게 생길까 봐서 조심스럽다. 너무도 많은 희생이 있었다. 더구나 각각의 희생은 그저 나열되어선 안 될 것들이다. 되돌아보려면 그 희생들은 각기 다른 상념의 시간을 요구한다. 그러나 목록은 점점 늘어나더니 각각의 희생은 무슨무슨 사태라고 이름 붙여 나열하기에도 벅찬 양이 되었다. 목록은 기억할 수 있는 양을 초과해버린 지 오래다."

바로 얼마 전까지 그렇게 느꼈다. 희생의 항목이 또 하나 늘면 경련이 일 듯 반응했다가 얼마 안 가 무력감에 사로잡힌다.

이 부당한 질서가 바뀔 일은 좀처럼 없을 것이다. 적당히 망각을 섞어 흘려보내며 적당한 기분으로 나날을 보낸다.

불과 얼마 전까지 신문 펼치기가 두려웠다. 그런데 이제 뉴스 보기가 즐거워졌다. 식당에 가면 텔레비전이 잘 보이는 자리부터 찾는다. 우리 편이 이기고 있다. 저쪽은 궁지에 몰리고 있다. 이제 차림상을 받으면 될 일인가. 지지후보를 정하고 기대가 실현되길 기다리면 될 일인가.

하지만, 이렇게 해서 될 일이라는 게 믿기지 않는다. 이렇게 쉽게, 빠르게 이루어질 일이었던가.

그래서 아직은 믿지 않기로 했다.

대중획득게임

정치의 계절에 확실히 제철을 만난 자들이 있다. 자칭 정치평론가라는 자들. 최근 상황에 기분이 들떠있던 한동안 그들이 나오는 프로그램을 골라봤다. 자꾸만 우리 편이 이긴다는 이야기가 듣고 싶고, 저쪽이 버둥거리는 꼴을 보고 싶었다. 특별할 것도 새로울 것도 없는 발언들이지만, 그 시간 자체가 즐거웠다. 이런 기분을 맛보는 게 얼마 만이던가. 시청하고 있으면 시간이 잘도 흘러간다. 이 쾌감은 확실히 중독적이다.

하지만 이제 지겨워졌다. 반복과 변주의 담론이 물리기 시작했다. 그들의 발언에서 촛불광장이 사라지고 비리로 얼룩진 숱한 고유명을 끌어와 자잘한 수다를 떨다가 결국 청와대 자리를 두고 벌이는 대중획득게임의 중계로 돌아왔을 때부터다. 자기네들끼리 열을 올리며 희희낙락한다. 그 의기양양한 얼굴이 마땅찮고 무엇보다 그들의 입에서 나오는 말들이 싫다. 장기판의 말을 부리듯 말을 쓴다. 내일 일어날 일을 찍으며 예언의 게임을 즐기고 있다. 그게 싫은 것은 논리가 허술해서가 아니다. 미래상을 피폐하게 만들어서다. 이제 그들의 내기 놀음에 놀아나고 싶지 않다.

기자들은 국회와 헌재와 특검사무실 앞에서 장사진을 친다. 거기가 가장 뜨거운 취재처다. 더 정확히는 누군가의 입이다. "한 말씀만 해주세요." 취재라는 것은 말을 찾아나서는 게 아니라 따내는 일이 되었다. 그리고 그 언어의 조각들을 챙겨 기사로 지어내는 자가 있을 것이다. 컴퓨터 모니터를 켜놓고 스크롤바를 굴리며 매일 양산되는 소재를 따다가 내용을 적당히 부풀린다. 제목만큼은 공들여 선정적으로 뽑는다. 그런 쪽글을 기사랍시고 올리면서 그들은 대체 어떤 얼굴을 하고 있을까. 이제 나도 기사를 정독하지 않는다. 기사 제목에 끌려 멍하니 클릭했다가 쭉 내려가서 댓글들을 몇 개 노출순으로 확인하고는 창을 닫는다.

지겨워졌다고 말하는 것은 지겨워해야 한다고 생각해서다. 나는 말로 작업하는 사람이다. 그런데 저들의 말에 한동안 노출되어 있다 보니 사고가 닳고 언어가 굳는다. 몇 번 술자리에서 저들의 문법을 흉내 내며 대선 이야기에 열을 올렸다가 자리가 파하고 나선 말을 왜 그런 식으로 했을까 곱씹었다. 무엇보다 정치에 관한 사고가 좁아지고 말이 가벼워지고 있다. 작년 겨울, 광장에 있을 때는 그렇지 않았다. 다시 적당한 기분 속에서 지내고 있는 듯하다.

이제 대선이다. 하지만 이 글에서 대선, 정권교체, 문재인과 같은 말은 일단 금지어로 삼자. 그 말들은 너무 강해서 공들여 빚어내야 할 다른 말들이 거기에 묻힐지 모른다. 어차피 그 말들에 기대서 나오는 글들은 현재 쏟아지고 있다. 나는 그 말들 없이 지금과 정치를 말해보고 싶다.

이를 위해 서둘러 전제를 마련한다. 민주주의는 좋은 목자를 고르는 게 아니라 양떼로 전락하지 않는 일이다. 반복된 역사는 희극이 되었다. 반복되는 희극이 역사가 되어선 안 된다. 그리고 나의 관심은 청와대가 아니라 여전히 광장이다.

도약하는 시간

이런 시기에 쓰는 글은 긴 수명을 기대하기 어렵다. 써낸 이후 전개될 소위 현실정치의 행방에 휘말리기 쉽다. 어떻게 해야 며칠 뒤면 시효를 다할 저들의 요설과 다를 수 있는가. 어떻게 해야 시류에 떠내려가지 않는 글이 될 수 있는가.

나는 대선 이후에 다시 읽힐 수 있기를 바라며 이 글을 쓴다. "혁명 정신이 절정을 지난 뒤 장시간의 숙취가 밀려온다."(마르크스) 이 글이 누군가에게 가닿을 수 있다면 그때이기를 바란다. 지금 작성해 그때 읽히기를 기도한다. 어떻게 해야 그것이

가능할까.

그리되려면 지금을 대하는 방식이 저들과 달라야 할 것이다. 지금에 내재된 다른 시간대로 진입해야 할 것이다. 이를 위해 먼저 지금을 대선일정표에서 끄집어내 단단히 움켜줘야 한다. 사실 불과 얼마 전까지 그렇지 않았던가. 지금은 기성의 정치시간표를 초과하는 시간이지 않았던가. 탈구하는 시간이 아니었던가. 기존의 상징질서가 봉합하지 못하는 사건들이 출현해 다른 미래를 예감케 하는 시간이지 않았던가. 현재, 그렇게 탈구하는 시간이어야 할 지금은 혼란이라며 수습되어 조기대선이라는 정치시간표에 욱여넣어지고 있지는 않은가.

도약하는 시간. 나는 여전히 그렇게 믿고 싶다. 지금은 가산하는 시간이 아니라 도약하는 시간이다. 미래로 다가가는 시간이 아니라 미래를 품어내는 시간이다. 달라질 미래를 위해 과거를 새롭게 불러들이는 시간이다. 과거와 재회해 미래를 선취하는 시간이다.

나는 지금 벤야민의 말을 떠올리고 있다. "현재에 의해 인식되지 못한 모든 과거의 상은 언제든지 현재와 함께 영원히 사라져 버릴 위험에 처한다." 이 말을 오용하는 것일지 모르겠으나 내게는 이 말이 필요하다. 나는 이렇게 이해한다. 현재가 인식하지 못한 과거만이 아니라 과거를 인식하지 못한 현재 역시 사라질 위험에 처한다. 과거와 현재는 서로를 이해해 함께 구제되어야 한다. 그리하지 못하면 과거는 역사의 뒤안길로 사라지고 현재는 휘발되고 만다.

내게 그 과거란 힘이고 사건이고 희생이며, 침전된 가능성이고 실천의 참조점이고 못 이룬 약속이다. 지금은 그 과거들을 여기저기서 불러내고 기워내 미래를 산출할 인식론적 지도를 작성할 때다. 그렇게 지금은 도약하는 시간이 된다.

1987년과 2008년

그렇다면 지금을 위해 어떤 과거를 불러낼 것인가. 어떤 과거를 지금과 이어맺어야 다른 미래를 불러들일 수 있을 것인가.

현재 가장 많이 인용되는 과거는 1987년인 듯하다. 여기서는 미완의 민주화의 완성이라는 전망이 나온다. 1980년대 민주화시위는 진정한 대의-대표를 요구했고 1987년 여름의 광장은 대통령 직선제를 쟁취했다. 그리고 운동의 대의기구로서 민주노조와 학생회 형성, 여론의 대의기구로서 국민주 신문인 『한겨레』 창간 등 개혁의 성과를 거뒀다. 하지만 대통령 직선제는 민주화의 최종단계가 아니라는 사실이 머잖아 드러났다. 주권자가 선출한 대통령이 주권자의 명을 거스르는데도 어찌할 도리가 없었다. 이처럼 1987년을 한계라고 읽어들일 때 지금은 선출권력에 대한 견제 수단을 강구할 시간이 된다.

분명 저 소중한 1987년을 한계라고 읽어내는 것은 지금의 역량을 보여준다. 하지만 지금은 1987년을 소환하는 데서 만족할 수 없을 것이다. 1987년 여름의 구호가 "직선제 쟁취"였다면, 2016년 겨울의 외침은 "이게 나라냐"였다. 그 간극만큼 지금은 그 사이에 있던 보다 많은 과거의 소환을 요구한다.

1987년 다음으로 자주 인용되는 과거는 2008년일 것이다. 그런데 2008년이 언급될 때면 2016년의 진화와 성취가 부각된다. 2016년은 2008년보다 더 모였고 2008년에 이명박은 버텼으나 2016년에 박근혜는 탄핵당했다. 하지만 성공적, 선진적이라는 수식어가 붙는 2016년이 2008년을 그런 식으로 불러들일 때 나는 위화감을 느낀다.

매주 토요일의 대규모 촛불집회가 끝난 다음날에는 이런 기사가 '많이 본 뉴스' 상위에 올랐다. "많이 모였다." "폭력이 없었다." "깨끗이 치웠다." "외신이 주목했다." 그리고 촛불 파도타기 사진이 있었다. 점들이 선들로 이어져 광장을 수놓고 권력의 중심부로 향한다. 장관이다. 하지만 나는 역시 그 기사들이 불편했다. 그것은 2008년이 있었기에 가질 수 있는 위화감이다.

촛불은 진화했는가

촛불부터 말하자. 2016년에는 촛불의 진화가 운운되었다. 촛불은 확실히 많아졌다. 뿐만 아니라 강해졌다. 스마트폰으로 연출할 수 있고 전자 촛불도 등장했다. 그 촛불들은 꺼지지 않는다. 그러나 내게는 그것이 진화로 보이지 않았다.

이전에 촛불은 내게 점멸하는, 깜빡이는 반딧불 같은 것이었다. 어둠 속에서 서로에게 보내는 신호였다. 어둠 속에 당신만이 아니라 나도 함께 있노라고. 촛불은 연약하기에 서로를 더욱 지켜보게 된다. 꺼질까 봐서 다른 한 손으로 바람을 막아야 했고, 꺼지면 옆 사람에게서 불을 건네받았다.

하지만 이번 광장은 2008년보다 사람들이 많았지만, 조금 외로웠다. 촛불에 음영 진 옆 사람의 얼굴이 그다지 기억나지 않는다. 같은 곳에 있었지만 서로를 바라보는 게 아니라 촛불보다 밝게 빛나는 스크린을 쳐다보고 있었다. 혹은 다른 한 손에 쥔 스마트폰을 통해 미디어에 접속해 광장 속에 있으면서도 위에서 내려다보는, 수많은 인파가 만들어내는 촛불 파도타기의 장관을 조감하는 시선을 얻고 있었다. 같은 자리에 있었지만 집합적 신체를 이루지 못하고 각자가 홀로, 아니면 함께 나온 사람들끼리 관전자가 되고 있다고 느꼈다. 더구나 광장에 나와서도 무대로, 중앙으로 시선을 빼앗기고 있었다. 소위 중앙정치라 불리는 무대 위의 민주주의를 넘어서고자 나온 광장이 아니었던가.

"많이 모였다." 많이 모이는 것은 중요하다. 촛불이 번져가는 것은 참으로 중요하다. 2000년대 초반에 촛불집회가 시작되었을 때부터 경찰 측은 줄곧 참가자 숫자를 줄여서 발표했는데, 아마도 촛불과 생명의 이미지가 결합되는 것이 두려웠으리라. 촛불은 번져가는 데, 성장하는 데 그 특징이 있다. 이번에는 정말이지 많이 모였다. 점점 많이 모였다. 다만 든든했어도 충만하지는 않았다. 그 '많음'이 불어나는 수로 환원되고 있었기 때문이다. 그리고는 200만이라는 정점을 찍은 이후 수십만이 모였는데도 줄어들었다, 쇠퇴했다는 감각이 번져갔다.

2008년의 '많음'은 2016년에 비하건대 수치에서는 뒤졌지만 다른 질감이 있었다. 상기해보면 2008년에 촛불은 깃발을 대신하는 것이었다. 각각의 깃발 아래로 집결하는 게 아니라 각자가 자신의 촛불을 들고나온다는 것이 당시의 충만함이었다. 거기에는 구호보다 목소리가 있었고 단체보다 소모임이 있었다. 일상생활에서 만들어진 독서모임, 토론모임, 육아모임, 요리모임, 등산모임이 시위에서 주도적 역할을 맡았고 여중생, 어머니들의 유모차 부대, 샐러리맨, 대학생, 민방위들이 생활과 밀착된 언어를 들고 거리로 나왔다. 당시 촛불집회가 축제 같았던 것은 그곳이 다양한 표현의 전시장이었기 때문이다.

만약 많음을, 대중적임을 수가 아닌 폭으로 사고한다면(대중은 점차 대의제에서 수로 재현되지 못하는, 정체를 특정할 수 없는 존재가 되고 있다는 의미에서) 2016년의 광장은 2008년보다 넓고 대중적이었다고 말할 수 있을까. 2016년은 표현형식이 얼마나 다양했고 어느 목소리까지를 품을 수 있었던가. 지금을 위해 2008년을 통해 묻고 싶다.

2008년과 2016년

그런데 이번에는 박근혜를 이렇게 끌어내렸지만 2008년에 이명박이 밀어붙이던 정책들은 막아내지 못했다. 어디가 달랐던 것일까. 2008년에도 하루 100만이 모인 날이 있었지만, 우리의 수가 부족했던 것일까. 아니면 이번에는 정권 말기지만 2008

년은 집권 초기라서 상대가 더 버틸 수 있었던 것일까.

먼저 이것부터 말하고 싶다. 이번에는 여기까지 오는 동안 연행자 한 명 나오지 않았다. 부상자도 거의 없었다. 많은 사람의 여러 헌신이 있었으나 희생은 거의 없었다. 다행스러운 일이다. 희생은 피해야 할 일이다. 하지만 희생 없이 여기까지 올 수 있었던 것은 그전의 압도적 희생이 있었기 때문이다. 이번의 평화집회는 그전의 희생들 위에서 가능했다. 세월호 희생자가 있었고, 세월호 이후에 가습기 희생자, 백남기 농민이 있었고, 세월호 이전에 대구지하철참사, 씨랜드참사, 삼풍백화점참사가 있었다. 사람마다 연상은 달라지겠지만, 세월호는 다른 희생들을 환기하는 사건들의 사건으로서 이번 광장의 기압을 이루었다. 이번 광장이 희생 없이도 국정농단이라는 국가적 희극 앞에서 무거울 수 있었던 것은 지난 희생들에 빚지고 있는 까닭이다. 따라서 이 시간이 찬탈되어선 더더욱 안 된다. 그 희생들을 탕진해서는 안 된다. 지금은 보다 많은 것이 변제되어야 할 시간이다.

그리고 2008년과 2016년 사이에는 다른 중요한 차이도 있다. 이명박 정권의 정책들은 입안에서 실행에 이르기까지 철저히 민중배제적이었다. 이명박은 집권하자 생태계를 걸고(대운하 정책), 역사를 걸고(과거사위원회 폐지), 경제자주권을 걸고(경제정책과 한국은행, 재정경제부 등 조직개편), 다음 세대를 걸고(영어공교육 강화를 비롯한 교육정책) 제멋대로 정책을 추진했다. 다만 그 폐해는 박근혜가 저지른 일에 결코 뒤지지 않았지만 (드러난) 위법은 아니었다. 그 잘못을 상식의 이름으로 따져 물을 수는 있어도 법의 이름으로 추궁하기는 어려웠다.

당시 내게 이명박은 한 개인인 동시에 한국의 성장제일주의 근대화가 낳은 한 가지 인간 군상으로 보였다. 혹은 한국인이 지닌 어떤 근성이나 감각이 집약되어 인격화된 모습으로 보였다. 그는 전형적인 인물이며, 그 전형성에서 유례없는 인물이며, 그렇기에 대통령으로 당선되었다. 그러나 이명박은 특별하지 않다. 특별하다기보다 일반인의 감각이 속화된 평균치에 가까웠다. 그 자리에 오르면 그 정도로 해 처먹고 그런 짓을 저지를 자는 한국사회에 아주 많다.

2008년에 나는 이명박의 탄핵을 원했다. 그러나 그 탄핵은 이명박과의 적대성을 안으로 품어 우리 안의 이명박적 속성과 맞서 싸우는 과정에서 성취되어야 했다. 물론 이러한 주장은 섣불리 꺼내선 안 될 것이다. 어느 운동이건 적의 속성을 자기 안에서 적출해내려면 가장 높은 성찰력이 요구될 것이다. 나는 2008년 광장의 사상사적인 승부처는 거기였다고 생각한다. 이 또한 2008년에 대한 당시의 평가라기보다 지금을 위한 지금의 해석이다.

어쩌면 당시의 이명박에 비해 이번의 박근혜는 쉽다. 법을 너무나 많이 어겼고 그 사실이 너무도 분명해 법의 이름으로 처리할 수 있다. 현재 이번 일은 대체로 대통령과 비선실세에 의한 헌정파괴이자 국정농단으로 규정되고 있다. 그래서 시스템을 파괴한 침입자를 제거해 시스템을 복구한다는 방향을 향하고 있다. 구조 자체의 결함은 아니니 급진적 사회변혁을 도모할 사태가 아니라 박근혜 자신이 자주 운운했던 '비정상의 정상화'로 처리될 사안으로 간주되고 있다.

2008년에 이명박은 어찌하지 못했지만 2016년에는 박근혜를 끌어내렸다. 2008년은 실패하고 2016년은 성공한 것처럼 보인다. 하지만 2016년의 성공은 2008년의 실패보다 더 나아간 것일까. 박근혜를 끌어내리는 것까지는 비상식에 맞선 상식으로, 사람들을 널리 규합할 수 있는 규범으로 가능했다. 비상식임은 무엇보다 범법이라는 사실이 증명해줬다. 그런데 법의 이름으로 묻기 어려운 잘못(세월호 7시간과 개성공단 폐쇄처럼)은 어떻게 추궁하고 바로잡을 수 있을 것인가. 이명박과 다를 바 없던 정책 노선은 어떻게 바꿔낼 수 있을 것인가. 2008년에 못 이룬 사회개혁은 어떻게 시도할 수 있을 것인가. 이를 위해서는 우리가 상식선을 끌어올리고 스스로 행동으로 책임지는 일이 필요하다. 2016년 광장의 운동사적인 승부처는 여기라고 생각한다.

2011년, 아랍의 봄과 미국의 가을

1987년과 2008년.

지금은 이 시간들과의 대면으로도 아직 만족할 수 없다. 내게는 김진숙 지도위원이 1월 6일 편지 한 통을 남기고 크레인에 올라가며 시작된 그해, 하지만 세계사의 사건이어야 했던 일들을 한국사회는 스쳐지나가고 만 그해, 2011년이 중요하다. 2011

년으로 돌아가 물음을 건져 지금에 대한 이 발제문을 마저 작성해야 한다.

그해에는 어떤 거대한 전환이 이뤄질 줄 알았다. 한국사회는 우울한 지속이던 그해에 중동에서는 아랍의 봄, 미국에서는 월스트리트 시위, 일본에서는 반원전운동이 일어났다. 연중무휴로 봉기의 소식이 들려왔다. 그렇다. 사건의 해다. 혁명이 파업하던 시대에 2011년은 갑자기 찾아왔다. 그해는 1848년, 1905년, 1968년, 1989년과 비견되곤 했다.

먼저 그해는 아랍의 봄으로 시작되었다. 튀니지의 소도시에서 일어난 무함마드 부아지지의 분신 사건으로 촉발된 민주화혁명이 중동 전역으로 확산되었다. 그는 대학을 졸업하고도 일자리를 구하지 못해 노점에서 과일을 팔았는데, 경찰의 단속으로 과일과 좌판을 빼앗기자 시청에 찾아가 항의했으나 외면당했다. 2010년 12월 17일, 그는 시청 앞에서 분신자살을 기도했고 그의 분신 소식은 트위터와 페이스북 등을 통해 도시 전역으로 퍼져나가 시위로 옮겨 붙었다. 2011년 1월 4일, 그가 끝내 사망하자 시위는 대규모로 확산되었다. 튀니지의 시위는 독재정권의 장기통치 아래 있던 리비아, 이집트, 예멘, 시리아 등 북아프리카와 중동의 나라들에서 '민주화 도미노'를 일으켰다. 튀니지에서 점화된 재스민 혁명의 불길은 이집트의 무바라크 정권을 무너뜨렸고 바레인, 예멘, 시리아로 번졌으며 리비아는 내전상태로 접어들었다. 중동·아랍·이슬람 지역에서 시위 참가자들은 국민주권 및 참여의 확대, 권력 분립에 의한 견제와 균형, 생존권과 자유권 그리고 복지 확대 등의 민주화를 요구했으며 일부 성과를 거둘 수 있었다.

이어서 미국에서 월스트리트 점거운동이 일어났다. 2011년 여름 미국의 정가에서는 미 연방정부의 재정적자 감축과 부채 한도 조정 문제가 부상했다. 그때 온라인잡지 『애드버스터』는 "미 연방정부의 예산감축을 위한 특별예산위원회의 사무국 직원들 90퍼센트 이상이 과거 월스트리트의 거대 금융기업들 소속 로비스트들이었다"라고 폭로했다. 그러면서 일반 시민들이 나서서 제 목소리를 내지 않으면 예산감축에 관한 논의가 소수(1%)를 위해 압도적 다수(99%)를 희생하는 방식이 될 것이라고 경고했다. 그로부터 한 달 뒤 스무여 명의 청년들이 주코티 공원에 모여들며 점거운동이 시작되었다. "월스트리트를 점령하라"는 구호 아래 시위대는 금융자본의 탐욕과 부패, 정권유착을 질타하고 사회적 불평등에 항의했다. 이후 주코티 공원은 '자유의 광장'으로 불리게 되었다. 『애드버스터』는 '월스트리트를 점령하라'라는 별도의 시위대 전용 홈페이지를 개설했다. 아랍의 봄에 이어 '미국의 가을'이 시작되었다.

시위는 미국 전역으로, 나아가 재정위기가 빠르게 확산되던 유럽으로 확산되었다. 영국, 아이슬란드, 포르투갈 등지에서 정부의 공공지출 삭감에 항의하고 부채에 시달리는 가계에 대한 지원 강화를 요구하는 시위가 일어났다. 한때 전세계 천여 개의 도시에서 시위가 동시다발적으로 벌어졌다. 그해에는 도미노에 이어 나비효과라는 표현이 자주 등장했다.

월스트리트 점거운동은 그리스와 스페인의 광장 점거투쟁과 더불어 이집트 타흐리르 광장 등지의 아랍권 반독재 운동에서 영감과 동력을 얻고 있었다. 아랍의 시위와 미국의 점거운동은 확실히 동시대적이었다. 시기가 비슷해서만이 아니라 문제의식을 공명하고 있었기 때문이다. 월스트리트의 시위대는 두 가지 핵심문제를 부각시켰다. 첫째, 걷잡을 수 없는 금융투기 등 글로벌자본주의체제가 사회를 파괴하고 있다. 둘째, 경제적 세계화는 통상 국민국가에 국한되는 민주주의 기제로는 통제할 수 없으며, 현행 대의민주주의는 기능부전에 빠져 있다. 즉 문제는 체제 자체이지 특정한 부패 사례가 아니다. 따라서 민주주의는 재발명되어야 한다.

2011년에는 대중들이 경제적 세계화와 각국 정부에 맞서 공동전선을 펼치는 듯했다. 세계사적 전환의 국면이 될 것만 같았다.

변화는 조짐으로 그친 것인가

알랭 바디우는 아랍의 광장에서 생겨난 활동들, 바리케이드, 철야농성, 토론, 음식 나눔, 부상자 치료를 두고 "살아 숨 쉬는 공산주의 운동"이라고 평가했다. 슬라보예 지젝은 아랍의 봄, 유럽의 인디그나도indignado 항의 시위, 월스트리트 점거운동이 헤게모니를 쥔 조직도 카리스마형 지도자도 정당도 없었다는 점에서 "완전히 새롭다"라고 평가했다. 안토니오 네그리와 마이

클 하트는 이러한 봉기들을 다중의 열망이 표출된 "진정한 민주주의"라고 평가했다. 그들은 새로운 세계혁명을 예감했고, 기업자본주의로 누더기가 된 가망 없는 자유주의를 대체할 새로운 정치체의 출현을 기대했다.

그리고 5년이 지났다. 아랍의 봄은, 미국의 가을은 어찌되었는가.

튀니지, 이집트, 예멘에서는 독재자가 쫓겨났지만 정치권력 상위에 있는 국가권력은 온존했다. 그들은 선출될 필요가 없다. 경찰, 군대, 자본가, 관료의 권력 카르텔은 자신들의 권력 기반을 여전히 틀어쥐고 있다. 이집트에서는 자유선거를 통해 2012년 6월 무함마드 무르시가 첫 민선 대통령이자 이집트 최초의 무슬림 대통령으로 취임했다. 그러나 2013년 7월 군 장성 출신인 압델 파타 엘시시가 주도한 군부 쿠데타가 성공해 무함마드 무르시 대통령은 반역죄에 테러단체 연루 혐의로 구금당하고 무슬림형제단은 불법단체로 낙인찍혀 해체되고 1만 명이 넘는 활동가는 군사법정에 세워졌다.

현재 시리아, 리비아, 이라크 지역에서 들려오는 소식은 혁명과 민주화가 아니라 내전과 IS(이슬람국가)에 관한 것들이다. 보도에 따르면 2011년 이후 중동 지역에서 많은 청년들이 IS에 합류했다고 한다. 성공했다고 믿은 시민혁명이 좌절되자 절망과 환멸을 느낀 자들이 지하디스트로 변신해 자진해서 전쟁도구가 되었다. IS 전사 중에는 아랍의 봄 진원지인 튀니지 출신이 가장 많다고 한다.

"이제 혁명은 끝났어. 곧 반혁명이 일어날 거야. 그들끼리 서로 피를 흘리고 있어. 그들은 절대 다시 연대할 수 없을 거야."
이집트에 아랍의 봄이 찾아왔을 때 "역사를 만들겠다"라며 선두에서 싸웠던 아흐메드 알다라위가 2012년에 동생에게 했던 말이다. 2011년에 함께 구호를 외쳤던 시위대가 이듬해에는 이슬람주의와 세속주의로 갈려 서로에게 돌을 던지고 총을 겨눴다. 아흐메드 알다라위는 다시 독재정권이 들어서자 이집트를 떠나 IS에 가입해 이라크 티크리트에서 싸우다가 전사했다. 『파이낸셜타임스』는 "아랍의 봄이 만든 거대한 염원과 희망이 어떻게 절망으로 바뀌었는지를 보여주는 사례"라며 그의 이야기를 보도했다.

미국은 어떠한가. 월스트리트를 점거했던 자들은 이익은 사유화하면서 비용은 철저히 사회화시키는 정치경제 엘리트들에 맞서야 한다고 외쳤다. 그런데 이제 미국에서는 CEO 출신인 트럼프 시대가 시작되었다. 그는 관료 자리를 군 장성과 함께 CEO 출신에게 나눠주었다.

세상에, 트럼프가 미국의 대통령이 되었다. "혹시라도 트럼프가…"라고 생각하던 작년에는 설마 그런 일이 일어나겠나 싶다가도 정말로 그런 일이 일어나면 나쁜 퍼즐의 중요한 한 조각이 맞춰지는 사건이리라고 생각했다. 전쟁, 테러, 금융공황, 환경파괴, 극우세력 창궐, 민주주의 쇠퇴. 여기에 트럼프 집권이라는 결정적 한 조각. 그것들은 서로를 부채질할 것이다. 그렇게 해서 서서히 드러날 전체 그림은 얼마나 끔찍할 것인가. 어떤 사건을 통해 그 끔찍함을 절감하게 될 것인가. 설마 했던 당선 이후 트럼프는 벌써 농락거리가 되었지만, 그를 비웃고 있는 동안 우리가 발 디딘 지반 자체가 서서히 이동하고 있는 중일 것이다.

후쿠시마 사태 이후

그리고 3·11과 후쿠시마 사태를 비껴갈 수는 없다. 2011년은 3·11과 후쿠시마 사태로 각인된 해다. 그 경과와 희생에는 긴말을 보태지 않겠다.

후쿠시마 사태는 인류사적 사건이었다. 인류가 경험해보지 못한 다른 시간대의 문이 열리고 말았다. 흩뿌려진 플루토늄은 종류에 따라 반감기가 88년에서 2만 년에 이른다. 원자로 안에는 여전히 대량의 핵분열 생성물질이 존재하며, 그것들은 스스로 발열하고 있다. 핵연료가 격납용기 밖으로 유출되어 격자망에 구멍이 뚫렸다. 지금이라는 시간은 장기간(인류에게는 영원에 가까운 시간) 문제의 해결에 이르지 못한 채로 지속된다. 문제는 이미 과잉이고 자기운동을 하는데도 가까스로 제어할 뿐 해결할 수가 없다. 위기가 언제 끝날지 알 수 없다. 그런 의미에서 핵분열이 끝나기를 기다리며 종국으로 다가가는 후쿠시마 사태는 모든 걸 잠식하는, 자기붕괴마저도 자기연명의 재료로 삼는 전지구적 자본주의의 가장 강력한 메타포다. 그런 의미에서 후쿠시마 사태는 세계사적 사건이기도 하다.

2011년, 후쿠시마 사태 발생 이후 일본에서는 반원전운동이 일어났다. 1960년대 안보투쟁 이후 반세기 만의 대중투쟁이라고 불리는 규모였다. 반원전운동은 일본에 있는 모든 원전의 가동 중지를 이끌어냈다. 그리고 후쿠시마 사태 직후 3월에 독일은 가동 중인 원전을 2022년까지 폐쇄하기로 결정했다. 4월에 스위스는 각료의회를 통해 원전가동 중단의 구체적 계획을 내놓았고, 이탈리아는 새로운 원전 건설을 무기한 보류하겠다고 밝혔다. 아울러 유럽연합은 143개 원전을 운영 중인 회원국들을 상대로 지진이나 쓰나미 등 자연재해에 얼마나 견딜 수 있는지를 점검하는 원전안정성평가를 진행키로 했다. 후쿠시마 사태가 자본주의의 강력한 메타포라면, 원전 폐쇄는 자본주의의 동학에 맞선다는 의미에서 근본적 사건이었다. 더 이상 식민화할 외부를 갖지 않는 자본주의는 외부를 물질 내부에서 발견했으며 그것이 핵에너지다. 원전 폐쇄는 단지 발전發電의 형태를 바꿀 뿐 아니라 사회체제를 전환한다는 의미를 지닌 사건이었다.

하지만 현재 일본은 어떠한가. 원전은 하나둘 재가동되고 있다. 일본정부는 올해 피난지시해제준비구역과 거주제한구역을 해제할 방침이다. 결국 연간피폭량 20mSv 이하의 오염지역은 어찌할 수 없으니 들어가서 살든 말든 알아서 하라는 것이다(후쿠시마 사고 이전 일본의 연간피폭허용 선량기준치는 1mSv이었다). 기민화하겠다는 것이다. 3·11 이후 재집권에 성공한 아베는 장기집권 중이다. 배외주의가 고조되고 있다.

폐색감閉塞感. 번역할 때 곤혹스러운 일본어 표현이다. 딱히 대체할 말이 떠오르지 않는다. 그리고 후쿠시마 사태 이후 일본

사회의 한 단면을 포착하기에는 특히 요긴한 표현이 되었다. 광야로 나와 불안에 떠도는 대신 자신을 밀실에 유폐시킨다. 하지만 계속 숨어 있을 수 있는 밀실은 없다. 고속도로에 뛰어든 고슴도치는 자동차가 다가오면 몸을 잔뜩 웅크리고 가시를 세운다. 그러나 그 행위가 고슴도치를 맹목의 상태로 만들고 위험에 빠뜨린다.

자기 폐기의 양상들. 그리고 자기의 폐기와 세계의 종국이 일치하기를 바라는 심리. 여기서 함께 망하자는 행동. 후쿠시마 사태는 인류사적 사건이었으며, 현재 일본사회에서 형성되는 인간군상 또한 인류사적 사건이라고 느낀다(이런 인간군상은 한국에서도 미국에서도 자라나고 있으며 동시대적이다). 장애인 시설 츠쿠이야마유리엔에서 우에마츠 사토시가 장애인 열아홉 명을 칼로 살해한 사건이 보도되었을 때 그렇게 느꼈다. 그는 경찰에 연행되어서도 환하게 웃고 있었으며, 나라가 못 하는 일을 자신이 대신했다며 자랑스레 말했다.

지금, 민주주의는 무엇을 하고 있는가

2011년은 빛을 발했지만 별자리가 되지 못한 채 잠시 스쳐가는 유성우였던 것인가. 그 어느 때보다도 급격한 변화가 요구되지만 혁명은 긴요함에도 불구하고 이룰 수 없는 시대에 들어서고 있음을 알리는 예고였던가. 와야 할 것은 결국 오지 않으리라는 선고였던가.

하지만 과거는 결코 그렇게 끝나는 게 아닐 것이다. 지금은 그때를 필요로 한다. 그때는 지금을 위해 최소한 부표가 되어준다. 어느 방향으로 얼마만큼 떠내려왔는지를 알려준다. 적어도 그동안 대의민주제라는 것이 얼마나 파탄 났는지를 보여준다. 대통령 박근혜는 한국 민주주의 가능한 결과이고 실제로 일어난 일이다. 트럼프도 그렇다. 압델 파타 엘시시도 그렇다. 아베도 마찬가지다.

그리고 과거는 지금을 위한 물음이 되어준다. 2011년의 운동들을 계승해 지금 다시 묻는다면 다른 민주주의는 어떻게 가능한가, 이것이 그 과거로부터 받아와야 할 중요한 물음 중 하나일 것이다. 지금의 대의민주제는 현재의 사안에 무능할 뿐 아니라 현재의 대중에게 배제적이다. 대의민주제는 공고해졌지만 정작 자신의 주장을 대변할 창구가 없는 대중들은 늘어나고 있다. 대의제가 듣지 못하는 목소리들이 늘어나고 있다. 전체를 위해 희생되는 일부(결국 전체에 속하지 못하는 일부), 합의에 의해 배제되는 자들(결국 합의 상대가 아닌 자들), 국민이라고 호명하며 희생시키는 자들(결국 국민국가 안에 있는 내부 피식민자들)이 늘어나고 있다. 지금의 대의민주제 아래서 그 일부는 이제 셀 수 없을 만큼 많아졌고, 그들이 대중의 형상이 되고 있다.

알랭 바디우는 "오늘날의 적은 제국이나 자본이 아니라 민주주의라고 불린다"라고 말했다. 오늘날 급진적 변화를 가로막는 주범은 민주주의적 절차 안에서만 변화가 가능하다는 민주주의에 대한 환상이다. 벤야민은 "파시즘에 승산이 있는 이유

가운데 하나는 그 반대자들이 진보라는 이름을 하나의 역사적 규범으로 삼아 이를 가지고서 파시즘에 맞서려 한다는 사실에 있다"라고 말했다. '운동에서 제도로'라는, 민주주의에 대한 단선적 이해에 가로막혀 번번이 좌절했음에도 불구하고 현재 광장은 다시 '운동인가 제도인가'라는 비좁은 선택을 요구받고 있다. 지금은 운동도 제도도 모두 바뀌어야 할 시간이나 그 요구 앞에서 운동은 운동의 운동으로 나아가지 못한 채 느린 자살로 향하고 있다.

그리고 고병권이 말했다. 특히 소중한 말이다. "때를 확정할 수는 없지만 민주주의는 더 이상 나를 일깨우는 투쟁들의 이름이 되지 못했다. 오히려 그런 투쟁들은 민주주의 아래서, 민주주의의 이름으로 억압되거나 은폐되기 일쑤였다. 민주주의가 그런 투쟁들에 침묵할수록 나 역시 민주주의에 대해 침묵해 왔다. 그 말을 버리지는 않았지만 그것이 떠오를 때마다 나는 어쩌다 생긴 십 원짜리 동전처럼 그냥 통에 던져둔 채 거들떠보지 않았다. 그러나 그것은 너무 묵직해졌고 이제는 환전을 요구할 때라는 생각이 든다." 그 민주주의가 배제한 자들이 대중의 형상이 되고 있다고 그가 알려줬다. 나도 그렇게 느낀다. 민주주의는 대중에게 무엇을 하게끔 만들기보다 못하게끔 가로막는 이름이 되고 있다.

대선보다 큰 선택

현행 민주주의에 관한 이러한 의구심은 이제 "이게 나라냐" 라는 물음과 세게 그리고 깊이 만나야 한다.

"이게 나라냐". 생각해보면 이 물음은 2002년 미군 장갑차에 압사된 두 명의 여중생을 추도하며 촛불집회가 등장한 이래 촛불과 늘 함께해 왔다. 미약한 촛불은 발본적 물음과 함께 시작되었다. 다만 그 십오 년 동안 "이게 나라냐"는 치밀한 물음으로 제대로 성장하지 못한 채 짧은 탄식으로 그치곤 했다. 지금이 도약하는 시간이려면 이 물음이 정교해져야 한다. '국가란 무엇인가'로 심화되고 '어떤 사회인가/여야 하는가'로 구체화되어야 한다.

그리고 이 물음이 정교해지려면 민民을 둘러싼 지금의 역학을 면밀하게 파악해야 한다. 국민, 시민, 기민, 난민의 벡터들. "이게 나라냐"는 애초 기민/난민화되는 국민/시민만이 가질 수 있는 물음이지 않겠는가.

이제 다시 대선이다.

이번 대선의 결과는 (지난번만큼) 나쁘지 않을 것이다. 나는 정권 교체를 간절히 바란다.

하지만 대선의 과정 자체가 얼마간 유해할지도 모른다. 민주주의, 즉 데모스의 힘이 갖는 다양한 의미를 다시 한번 축소하고 민주주의를 다시금 숫자에 의한 결정으로 환원하고 말지 모른다. 고병권이 말하듯이 "다수로 모든 걸 결정하는 정체政體를 민주주의라고 부른다면, 민주주의 이념이란 기껏해야 한 사회를 지배하는 상식과 통념 이상이 아닐 것이다." 그는 이어서 "통념에 맞선 소수적 투쟁이야말로 민주화 투쟁에 합당한 이름이라고 생각한다"라고 덧붙였다. 나도 같은 생각이다.

우리에게 제공된 선택의 기회는 정작 우리는 스스로 선택할 수 없다는 사실을 가리곤 한다. 왜 우리의 삶은 이토록 빈곤한가. 왜 우리의 정치는 이토록 협소한 선택지만을 갖고 있는가. 왜 우리의 손에는 1번인가 2번인가, 운동인가 제도인가라는 나쁜 선택지밖에 없는가. 왜 우리의 상상력은 당장 가능한 일로만 제약되고 있는가.

이번 대선의 결과는 분명 나쁘지 않을 것이다. 그런데, 그러면 우리는 이기는 것일까. 잠시 국민으로 불러들여졌다가 기민으로 내쳐지지는 않을까. 이쯤에서 결과를 보고 과정을 마무리하겠다는 우리 자신의 조급함과 피로감이 우리를 그 길로 이끌지는 않을까.

지금, 우리에게는 대선大選보다 더 큰 선택이 필요하다.

6 반지성주의와 말기의 시간

2017

사유도 행위도 구속받지 않은 채 그저 반응하는 위치에 머무는 평화로운 이기주의.

증오와 혐오의 말을 내뱉으면서도 공익을 지키는 불가피한 말로 착각할 수 있는 곳에 반지성주의는 있다.

환언적 언어, 환원적 언어, 봉쇄적 언어. 말을 돌리고 말을 지우고 말을 막는다.

지(知)는 병들어 누울 녁(疒)자를 보태 치(痴)가 된다. 나는 疒을 막의 형상으로 읽는다.

"나는 남들과 다르다"고 외치며 결과적으로 이런저런 종류의 자극에 이끌려 우르르 몰려다닌다. 고립된 채 떼 지어 움직인다. 내장인간의 양떼화.

엷디엷어지는 존재들. 탕진되는 에너지들. 소진되는 가능성들. 그리고 난무하는 공허한 언설들.

현대의 독재는 민주주의와 대결하는 게 아니라 민주주의를 모태로 삼고 있다. 신들, 왕들, 도그마들에 맞서 오랜 투쟁을 벌인 끝에 대중은 시청률의 민주주의를 일궈내고 수많은 텔레비전 채널과 고급 스마트폰을 손에 넣었다.

끝자락의 시간이다. 태엽이 완전히 풀렸다.

인간은 공허한 현재를 한없이 표류한다. 현재가 공허해지자 인간 자신이 무상해진다.

"여일 씨는 반지성주의라고 들어봤어요?" "아뇨. 뭐 카뮈 같은 건가요?"

카뮈라니. 그야말로 과문했다. 일 년쯤 전, 반지성주의라는 말을 이렇게 처음 접했다.

그로부터 시간이 지나 반지성주의에 관해 글을 써야 할 일이 생겼다. 여전히 생경한 그 개념을 차분히 곱씹어볼 기회라고 여기기로 했다.

사실 이참에 전부터 구상만 해둔 글을 써봐야겠다는 속내도 있었다. 콘셉트는 '너 하는 짓을 보라'. 언제든 손댈 수 있는 글이다. 글감은 매일 양산된다. 웬만한 인터넷 기사 몇 개와 거기에 달린 댓글들만 있으면 시작할 수 있다. 이제 기사 제목을 보면 앙상한 내용 아래로 무슨 댓글이 달릴지 얼추 짐작할 수 있다. 더러 참신한 문구도 만나지만, 댓글들은 대체로 떡밥에 입질하듯 예상할 수 있는 범위 내에서 '반응하고 만다'는 인상이다. 반응하고 만다. 그저 반응이며 거기서 그칠 뿐이다. '너 하는 짓'이라며 들추려던 것은 이 기묘한 반응의 경제, 거기에 매일같이 부어넣는 막대한 사회적 에너지다. 대체 그 기사가 뭐라고 수백, 수천 개씩 반응이 따라오는가. 그러고는 기사도, 기사와 함께 댓글도 숨 가쁘게 발설되자마자 소멸된다. 이 반복은 대체 무엇인가.

일용할 양식은 나날이 공급된다. 미디어는 아무리 하찮은 것이라도 주워서 치장하고 부풀릴 수 있으며, 미다스의 손을 거치면 소재가 무엇이건 극화劇化되고 극화極化될 수 있다. 하지만 미디어가 진열하는 그 오만 가지 사건들은 하루살이의 일화日話고 하루 지나면 사라질 일화逸話다. 어제 들춰진 사건은 아무런 결론도 나지 않았는데 오늘 새로운 소재에 밀려난다. 하루의 뉴스를 받아들이려면 전날의 뉴스를 잊는 데서 시작해야 한다. 미디어는 아무런 연관도 없이 거대한 사건과 소소한 사건들을 마구잡이로 쏟아내니 그것들은 함께 고만고만해지며, 경중이 아닌 신선도에 따라 정보의 가치가 매겨진다. 그리고 가치의 유일한 척도가 신선도라면 그 기사들은 머잖아 모두 무가치해질 운명이다. 그런데도 나날이 모습을 바꿔가는 시사적 현실이라는 여신에게 방대한 인구가 매일 예배를 올린다.

그렇긴 하나 여느 종교 활동과 달리 그 경배에서는 최대한의 선택과 최소한의 구속이 결합된다. 마음 가는 대로 현실을 고르고, 거기에 반응은 하되 책임은 지지 않는다. 세계의 비참도 하나의 광경일 따름이다. 자신이 감상할 현실을 고를 수 있지만, 어차피 그 현실과 자신의 세계 사이에는 화면이라는 안전한 방벽이 가로놓여 있다. 사유도 행위도 구속받지 않은 채 그저 반응하는 위치에 머무는 평화로운 이기주의. 포만한 시청자들이 갖게 된 몹시 현대적인 능력이다.

그런데 묻고 싶었다. 나날이 투입되는 저 막대한 에너지는 대체 무엇을 이루고 어디서 형체를 이루는가. 아무것도 이루지 못한 채 무언가의 소재가 이슈화되어 이 사람 저 사람에게서 반응을 끌어모은 뒤 그 반응들과 함께 곧 증발할 뿐이라면, 이것은 무슨 기묘한 탕진의 경제인가. 그런데 그냥 흩어져 사라질 뿐일까. 탕진의 경제는 소중한 무언가를 소진시키고 있는 중이지 않을까. 바깥으로 반응하는 동안 안쪽에서 무언가가 마멸되고 있는 게 아닐까. 반지성주의는 이 물음들을 구체화하는 데 쓰임새가 있는 개념이 아닐까 막연히 기대해본 것이다.

반지성주의의 용법들

하지만 반지성주의에 관한 문헌들을 살펴보니 그런 개념이 아니었다. 아울러 그 개념을 편의적으로 사용하는 일에 주의를 기울여야겠다는 생각이 들었다. 몇몇 문헌을 읽어보니 개념적 정의도, 환기하는 사회 현상도 조금씩 달랐다.

다음은 용례를 알아보고자 온라인상에서 반지성주의라고 검색해 건진 문구들이다. 반지성주의라는 말이 나온 문장을 취했으며 일부는 축약하는 등의 손질을 했다. 검색된 문구는 이보다 훨씬 많지만 그중 반지성주의의 용례를 달리한다고 여겨지는 것들을 몇 가지 옮겨놓는다.

a. 폴 포트와 크메르 루주는 반지성주의의 알파에서 오메가까지 보여줬다. 안경을 썼거나 양복을 입거나 손이 부드러운 사람은 죽이라고 했다. 길에서 영어로 "hey"라고 불러 뒤돌아보면 먹물을 먹었다는 뜻이니 역시 잡아 죽였다.

b. 탈레반과 이슬람국가는 반지성주의적 면모를 보였다. 탈레반은 아프가니스탄에서 이슬람 도래 이전의 수많은 역사 유적

을 폐허로 만들었고 IS는 서구의 과학기술과 철학에 대한 노골적인 증오를 표출했다. 그 예로 모술 지역을 점령한 후 "무신론과 부도덕한 책들을 없애겠다"고 공언하며 공공도서관에서 6,000여 권의 과학, 기술, 철학, 역사, 종교 관련 서적들을 불태웠다.

c. 2000년대 들어서 인터넷을 중심으로 과학 분야의 음모론을 신봉하는 경우도 꾸준히 늘고 있다. 지구 평면설이라든지 아폴로계획 음모론 같은 것들을 광적으로 신봉한다. … 그야말로 반지성주의 그 자체.

d. 한국에서는 대중주의와 반지성주의의 시너지 효과가 일어난 결과 합리적 의심을 제기하는 지식인이나 전문가에게 대중이 극단적인 적개심을 표출하는 현상이 반복되고 있다. … 이러한 반지성주의 경향이 처음으로 대규모로 표출된 것은 2007년 개봉한 영화 디워 논쟁이다.

e. 반지성주의는 '알기를 적극적으로 거부하는 상태'다. 모르기 위해 애를 쓴다. 오늘날 남성이 역차별을 받는다거나, 귀족노조 탓에 기업이 힘들다거나, 종북이 나라를 망치고 있다거나, 동성애 때문에 에이즈가 창궐한다는 믿음이 바로 그렇다.

f. 반지성주의자는 종종 소름 끼칠 만큼 박식하다. 자기가 들고 온 보따리에서 자신의 주장을 뒷받침할 데이터나 증거, 통계 수치를 한없이 얼마든지 꺼낼 수 있다. 하지만 아무리 그의 이야기를 들어도 기분이 개운해지거나 해방감을 느끼는 일은 없다. 왜냐하면 그 사람은 모든 것에 대해 이미 정답을 알고 있기 때

문이다.

g. 음모론이 지성의 외피를 입고 역사를 날조하는 것이 수정주의이다. 그들의 회피하고 싶은 고통과 초월하고 싶은 소외를 거짓으로 해결시켜주는 환상은 반지성주의로부터 가공된 것이다.

이처럼 반지성주의는 용례가 다양한데 각 문구에서 어떤 뜻일지를 해석해보자면, a는 군사독재정권의 지식계층 탄압을 뜻하며, b는 종교적 근본주의가 자신과 배치되는 지적 산물을 배척한 경우다. c는 음모론을 반지성주의라는 용어로 치환했다. d는 정권의 지식계층 탄압이 아닌 대중의 지식인 공격을 일러 반지성주의 경향이라 명명했다. e는 반지성주의라는 말로 무지에 기댄 비난의 논리를 짚었다. 반면 f는 지적 능력을 사용하되 그 방식이 독단적인 경우 반지성주의라고 불렀다. 끝으로 g는 특정한 목적 달성을 위해 사실을 왜곡하는 데 반지성주의의 용도가 있다고 보았다.

반지성주의가 대체 뭘까 해서 검색해보았으나 검색 결과 뭐라 정의하기 어렵다는 걸 알게 되었다. 다만 두 가지 수확이 있었다. 첫째, 반지성주의는 (정치적) 극단주의, (종교적) 근본주의, 음모론, 불가지론, 독단주의 등 기존 개념들과 의미가 상당 정도 중첩되면서도 문맥에 따라 탄력적으로 쓰이고 있었다. 달리 말해 엄밀한 정의를 갖춰 사용되는 개념이 아니었다. 누가 어떤 목적으로 사용하느냐에 따라 편의적으로 의미가 조정되었다.

따라서 대상을 명료하게 인식하고자 할 때 요긴하기는커녕 방해가 될 수도 있는 개념이다. 그런데도 왜 저처럼 널리 운운되었을까.

둘째, 반지성주의는 대체로 대상에 대한 분석적 인식보다는 부정적 규정을 위해 쓰이고 있었다. 반지성주의라고 검색해서 나온 글들을 보면 신문칼럼을 포함해 '반지성주의가 무엇인지'에 관한 규명 과정 없이 '무엇무엇은 반지성주의적이다'라며 규정의 문법을 취한 경우가 많았다. '반지성주의적'이라는 형용사형 뒤에는 면모, 행태, 토양, 경향 등의 말들을 동반하며 진단과 지적의 문장이 작성되었다. 반지성주의자라는 조어도 등장했다.

이처럼 의미상 불명확한 개념인데도 널리 쓰인 이유는 무엇일까. 아마도 불명확해서 널리 쓰일 수 있었을 것이다. 즉 반지성주의는 반-규정적 규정의 방식으로 사용된다. 무엇이 아니라거나, 무엇에 못 미친다거나, 무엇에 반한다는 규정인 것이다. 이리하여 어떠한 대상, 어떠한 현상을 문제 삼고자 할 때 범박하게 편의적으로 가져다 쓸 수 있으며 어떠한 대상, 현상을 규정하려는지에 따라 '지성'의 의미는 달라지게 된다.

나는 이런 경우를 개념의 보자기적 사용법이라고 부른다. 넓은 보자기로 대상을 감싸자 오히려 그 대상은 가려지고 만다. 그때의 분석이란 보자기에 싸인 대상의 어슴푸레한 윤곽을 그리는 일이고, 그때의 비판은 보자기의 색깔을 논하는 일이 된다. 그렇게 '반지성주의적 무엇무엇'이라거나 '무엇무엇은 반지성주의적이다'라고 할 때 반지성주의는 분석 용어에도 비판 용어에도 이르지 못한 채 레테르에 불과한 장면을 목격했다. 그리고 '무엇무엇은 반지성주의적이다'라는 가정하에서 거기에 어울리는 재료들을 모아 '무엇무엇은 반지성주의적이다'라는 결론을 도출하는 것, 이는 자기증명적 가설이라 하겠는데 어떤 글들은 이런 맥락에서 반지성주의라는 개념의 반지성주의적 사용방식의 사례로 의심해봐야겠다는 생각이 들었다.

그렇다면 먼저 해명해야 할 문제는 무엇이 반지성주의적인지가 아니라 반지성주의가 무엇인지이다. 용례들을 보며 대체로 무엇을 겨냥하는 개념인지는 감을 잡을 수 있었다. a의 정치적 극단주의와 b의 종교적 근본주의는 한국사회에서 사례를 찾은 것이 아니니 일단 논외로 하자. 그렇다면 사고의 소재가 되는 문구는 c, d, e, f, g다. 상기하자면 음모론, 대중주의, 지식인 적개, 독단, 대상의 자의적 규정 등이 이 문구들에서 반지성주의와 함께 배치되었다. 이제 이 문구들을 소재로 반지성주의를 정의한다기보다 반지성주의에 관한 언설을 유형화해보자.

이 문구들에서 반지성주의는 최소 세 가지의 다른 용법으로 쓰이고 있음을 알 수 있다. 첫째, d와 관련되는데 지식인에 대한 대중의 반감을 가리키는 용어인 것이다. 왜 지식인이 담론의 생산을 독점하고 여론 형성의 힘을 장악하고 있는가. 딱히 해당 사안의 전문가가 아니어도 지식인이란 이유로 그들의 발언은 사회적으로 유통될 가능성이 커진다. 이것은 불공평하다. 그렇다면 첫째 용법에서 지성이란 인텔리를, 조금 더 확장하면 엘리트를 가리키게 된다. 실제로 반지성주의를 반엘리트주의의 표출 내지 유사어로 간주하는 논의가 많다. 여기서 문제시되는 것은 독점과 월권이다.

둘째, c 그리고 e와 관련된 것으로 반주지주의 내지 반논증주의라고 바꿔 부를 수 있을 것이다. 여러 양상이 있을 텐데 논리보다 직관을 우위에 둔다거나, 실증성이나 객관성을 경시하고 자신의 바람대로 현실세계를 이해하는 심리나 행동을 가리킨다. '현상이란 경중이 다른 여러 원인의 복합적 효과다'라는 사실을 외면하고, 복잡하게 뒤얽혀 숙고해야 할 문제, 다각도로 접근해야 할 문제를 일부 단편을 취해 '이게 다 누구 탓' '이게 다 무엇 때문'이라고 섣불리 단순화한다. 이 용법에서 지성은 성찰, 반성에 가까운 의미를 지닌다. 즉 자신이 무엇을 모르는지를 아는 능력과 의지가 결여된 까닭에 편견과 독단이 기승을 부리는 것이다. 여기서 위기에 처하는 것은 사실과 진실이다.

셋째, 어떠한 목적을 달성하기 위해 무분별하게 특정 집단이나 상대 세력을 비방하고 공략하는 동향을 일컫는다. f와 g가 해당 사례다. 이는 둘째 용법과도 무관하지 않지만 보다 목적성이 강하다. 정보와 자료를 자신에게 유리하도록 자의적으로 끌어다 쓰되, 특정 집단을 공격하거나 상대 세력에 대해 우위를 점하려는 의도가 깔린 경우다. 그리고 때에 따라서는 오히려 지적 능력과 작업이 수반된다. 반대세력을 배척하기 위해 체계적 논리를 동원하고 전문용어들을 배치하기도 한다. 또한 첫째 용법과 달리 지식인층이 논리와 논법을 제공하기도 한다. 이 셋째 용법은 정치적 동원력이 크다. 음모론, 가짜뉴스, 탈-진실 현상

등은 그 내용과 양상에 따라 둘째 혹은 셋째 용법에 속한다고 말할 수 있다.

하지만 용법은 그 밖에도 다양해서 반지성주의라는 개념의 내연과 외포가 무엇인지는 여전히 제대로 알기 어렵다. 여러 문헌을 읽다보면 그 개념이 대두되는 미국과 일본 그리고 한국사회의 맥락이 다른 듯하고 논자마다 뉘앙스도 달라진다. 짐작건대 이 개념은 언론지상에서 종종 쓰이더라도, 학술용어로서 긴 생명력을 갖지는 못할 것 같다. 철학사 영역의 비합리주의 연구나 지식사회학 영역의 고정관념 내지 편견 연구에서는 요긴한 개념일 수도 있겠지만, 대체로 엄밀한 학술용어보다는 대중매체의 상품어로 쓰일 테고, 여러 상품어가 그러했듯 머잖아 유행이 지날 것이다.

어떤 말, 특히 인문사회과학의 어떤 개념은 현실 대상을 지시하는 데서 머물지 않는다. 정의에 의해 의미가 고정되면서도 개념의 살아있는 부분 내지 잉여성은 유동하며 사람들에게 여러 상상을 촉발한다. 그렇게 어떤 개념은 모호함을 대가로 지불하는 대신 풍부한 환기능력을 얻으며 때로 사회적 화두가 되기도 한다. 그 개념이 충만한 생명력으로 운동하는 시기다. 다만 그 기간이 오래 지속되지는 않는다. 생경했던 그 개념은 입에 자주 올리다보면 여전히 모르는 채로도 왠지 알 만해진다. 그러면 그 개념은 응고되어 실체화되고 픽션으로서의 기능을 잃고 만다.

반지성주의라는, 지금은 낯선 이 개념 역시 시간이 지남에 따라, 적어도 내게는 그리될 공산이 크다. 다만 아직까지는 이 개념이 여러 착상을 일으킨다. 그 자극을 잃기 전에 이 개념으로 해야 할 것이 있다. 여전히 낯설고 모호하다는 그 조건을 활용해야 한다. 그런 시기에, 이 글 한 편에서, 따라서 많은 걸 해야 한다. 어디까지 파고들 것인가. 어디까지 펼쳐낼 것인가.

일단 사고를 활성화시키기 위해선 반지성주의를 쉬운 논제로 삼지 말아야 한다. 가령 일베 같은 사례를 쉽게 들여선 안 된다. 배타적 쇼비니즘도 마찬가지다. 그런 사례는 너무나 명료해 보이며, 너무나 명료해 보이는 사례는 사고를 구체화하는 게 아니라 사고해야 할 지점에서 빠져나가는 샛길이 될 수 있다. 그렇다면 그런 샛길들을 차단해 사고의 수위를 끌어올려야 한다. 쉬운 문제로 삼지 않고 대신 복합적 문제계를 구성해야 한다. 어디까지 파고들 것인가. 어디까지 펼쳐낼 것인가. 반지성주의는 사실과 현실, 앎과 말, 나아가 경험과 시간, 문화와 문명에 이르는 논제일 수 있다. 되는 데까지 가봐야 한다.

결국 현재 내게 이 개념은 사고를 전개하기 위한 매개이며, 따라서 이 글은 반지성주의에 관한 글이라기보다 반지성주의를 통한 글이 될 것이다.

반정치의 정치

사고를 펼치려면 구속이 필요하다. 일단은 통상적 용법에 매일 필요가 있다. 그러고 나서 스스로 조금씩 그 구속을 풀어내며 사고를 풀어가야 한다.

앞서 짚어보았듯이 반지성주의는 첫째 주지주의 내지 지식인에 대한 대중의 반감과 불신의 동향, 둘째 실증성이나 객관성을 경시하고 자신의 바람대로 현실세계를 이해하는 심리나 행동, 셋째 타인을 내치고 자신의 입지를 다지거나 현상을 자신에게 유리한 방향으로 전유하기 위한 지성과 지식의 사용 양상을 가리키곤 한다.

자, 여기서 시작하자. 일단은 첫째 용법의 의미를 보다 분명히 하기 위해 반지성주의를 반지식인주의라는 말로 옮겨 음미해보자. 지식인이 권위로 군림하고 월권을 행사하면 대중으로부터 반감을 산다. 현상을 장황하게 분석하면 '설명충'이 되고, 말로써 세상사에 개입하려는 인사들은 '입진보'라 불리며, 지식인 일반이 '씹선비'로 조롱받기도 한다. 이런 풍조는 확실히 반지식인주의라는 말이 필요할 만큼 심화된 듯하다. 하지만 지식인을 불신하는 풍토는 전에도 존재했으며, 이는 민중 문화의 건강함을 의미할 수도 있다. 따라서 중요한 것은 불신의 양상이다.

과거에 지식인은 무엇 때문에 핀잔을 들었던가. 그들은 집단자폐증, 자기도취증, 현실감상실증, 예측불능증으로 비판을 샀다. 철학을 현실화하는 게 아니라 현실을 철학화할 때 의심을 샀으며, 그들의 앎이 삶을 배반하고 그들의 삶을 위장하는 앎을 설파할 때 조소를 샀다. 실천적으로 개입하면 다소나마 실효를 거둘 수 있는 상황에서 추상적으로 사유한 나머지 전면적 회의를 내비치며 자기만족적 관념에 빠져 있거나, 거꾸로 무리한 정신의 도약으로 현상황을 지양하려 들면 양쪽 모두 현학취미라고 비난을 샀다. 비난받아도 쌌다.

하지만 지금, 양상은 다르다. 설명충, 입진보, 씹선비라는 희화화에서는 당신들의 설교 자체가 싫다는 심리가 엿보인다. 분석도 싫고 대안 제시도 싫다. 여기서는 지식인의 월권에 대한 불신만이 아니라 지식인의 역할 자체를 인정하지 않겠다는 심리가 드러난다. 지식인이 뭘 제대로 못 해서 비판하는 게 아니라 지식인이라는 사회적 직능 자체를 거부하고 있다.

그리고 이런 시대에는 지식인의 역할도 옮겨간다. 텔레비전에서 지식인들의 출연이 잦아지고 있다. 미디어는 유명 교수와 문인들에게 후광을 입혀 등장시킨다. 그들은 근엄한 표정을 잃지 않은 채 명예가 가져다주는 혜택을 향유한다. 그보다 지명도가 못한 자들은 한 발은 대중문화 안쪽에, 한 발은 바깥쪽에 두고 조금은 삐딱한 반항자로 자처하며 캐스팅을 기다린다. 그들은 정보의 가공과 단장에 특화되어 있다. 그들은 말이 범람하는 시대에 말을 다룰 줄 아는 전문가들로서 돈과 명성을 얻는다. 그 능력만 있다면 굳이 교수거나 문인일 필요도 없다. 자신의 앎을 대중적으로 잘 포장해내는 자들이 유능한 지식인으로 가치 매겨진다. 학계 바깥에서 온 일군은 현장에서 잔뼈가 굵어 사람들의 이목을 잡아끄는 재주가 대단하다. 먹물 출신의 일군은 여전히 고품격의 형이상학과 복잡다단한 현실을 접목시켜 경외감을 자아낸다. 시사평론가로 자처하는 자들은 눈앞의 폐허를 앞두고도 말로 부단히 현실을 새단장하며 기지를 발휘한다. 그런 자들이 만지작거리면 현실은 가루가 되어 버린다. 이제 어쩌면 지식인이라기보다 담론기술자로 불려야 할 그들은 자신들의 생태계를 찾아낸 듯하다. 하지만, 앞으로 거세질 반지식인주의는 그자들을 향할 것이다. 그리고 그때가 되면 교수와 문인과 대중강사라는 직분이 남을 뿐 지식인이라는 사회적 직능은 해체되고 말 것이다.

여기서 정치인으로 시선을 옮겨보자. 일군의 지식인이 이처럼 불온한 상상을 품는 대신 눈을 재빠르게 돌리며 정세를 좇고 스마트폰을 만지작거리며 시세에 편승하고 서둘러 설익은 말을 판매하는 모습은 정치가 마케팅이 되고 정치적 정당성이 상업적 논리를 따르는 시대의 산물일 것이다. 그런 시대에는 새로운 유형의 정치인도 생겨나고 있다.

이제 반지성주의의 둘째와 셋째 용법을 가져올 때다. 자신에게 유리하도록 정보와 데이터를 끌어들이는 수완을 발휘해 정치적 성공을 거두는 정치인들이 늘고 있다. 사실 그런 자들은 전에도 있었으니 진정 새로운 지점은 그들의 언행이 새로운 미디어 환경 속에서 거두는 정치적 성공의 정도일 것이다. 한국에서도 눈에 띄는 정치인이 많지만, 역시 트럼프를 거론하는 편이 선명하고 효율적이겠다.

트럼프는 반지성주의의 세계(사)적 사례이자 아울러 이 개념을 세계적으로 확산시킨 공로자다. 여기서 트럼프 현상을 돌아보는 것은 방금 유형화한 세 가지 용법의 검증대상으로 삼기 위해서다. 트럼프 현상은 어떤 의미에서 반지성주의적 사례였는

가. 세 가지 용법 모두에서 그러했다.

첫째, 반주지주의 내지 반논증주의다. 트럼프가 대선 과정에서 사실을 멋대로 조작하고 오류를 대수롭지 않게 넘기던 모습은 전세계로 중계되었다. 틀렸다고 지적하면 논리적으로 반박하는 게 아니라 했던 말을 더욱 거세게 반복했다. 누군가 오류를 바로잡으려 들면 화를 내고 인격적으로 모독했다. 정치적 의제에 관해 논의하는 대신에 온갖 가십거리를 뿌려 정치의 공론장을 뿌옇게 만들었다. 둘째, 반엘리트주의다. 이런 트럼프를 대중은 지지했다. 지식계와 지식인에 대해 그러하듯 분명히 정치권과 정치인에 대한 대중의 불신과 반감이 트럼프의 정치적 성공을 가능케 한 배경이었다. 미국의 대중은 기성 정치권에 염증을 느끼고 정치 엘리트들에게서 부패의 냄새를 맡고 있었다. 하지만 트럼프는 위선적으로 보이지 않았다. 반지성적이지만 솔직하고 화끈했다. 셋째, 트럼프는 반지성주의적 언설로 편가르기와 증오심 마케팅에 치중했다. 우리와 그들을 선명히 갈랐다. 그들이 우리 것을 빼앗고 있다. 이민자들이 미국인의 일자리를 빼앗고 그들의 자녀가 세금을 축내고 있다. 바깥에는 벽을 쌓고 안에는 경계를 그어야 한다. 그는 전쟁정치를 펼쳤다. 우리가 아닌 그들과 반대세력을 내부의 적으로 지목해 부정하려 들었다.

그리고 그 결과 트럼프는 반反정치의 정치가 어떻게 정치권을 뒤흔들 수 있는지를 실증했다. 트럼프는 대중이 정치에 등 돌린 자리, 정치의 주검으로부터 피어난 꽃이다. 국가의 공적 통합기능이 무너져가는 정치체계 속에서 좌와 우 모두의 정치적 실패가 초래한 정치권에 대한 환멸이 원한의 정념을 빨아들이자 사회적 적대로 전환했다. 그의 정치적 성공은 정치의 실패를 뜻했다. 대중이 느끼는 불안이 정치적 적대구도로 깊이 스며들자 정치를 제거한 정치, 위기에서 자신을 보호하는 게 정치의 사명이고 적을 설정해 제거하는 게 정치의 과제가 되는 반정치적 정치의 세계가 열렸다. 집권 후로도 트럼프는 놀랍도록 일관되었다. 그가 입을 열고 트위터에 글을 올려 세계적으로 보도될 때마다 인간정신과 정치사회는 서서히 부패하고 타락했을 것이다. 이제 와서야 트럼프의 존재는 세계의 유력한 실체이고, 따라서 대선기간만큼 그의 발언이 경악스럽게 느껴지지는 않지만, 그만큼 정치와 사회의 위기는 심화되었다. 트럼프 현상은 사회적 분열이 심각하고 기성정치세력이 무능하고 불안에서 파생되는 독단적 신념이 활개 치는 곳에 반지성주의가 자라날 수 있음을 똑똑히 보여준 사례다.

반사회적 사회

확실히 트럼프 현상은 반지성주의의 단적인 사례이며, 여러 논자가 거론한 바다. 여기서 반지성주의에 관한 사고가 더욱 나아가려면 저 지점, 피상적 편가르기가 먹히는 조건을 들여다봐야 할 것이다. 그의 반지성적 언행은 적대의 논리가 곳곳에 기입된 사회, 전쟁정치를 수행하는 수많은 민병으로 인해 힘을 발휘할 수 있었다.

이를 보며 세월호 사태를 떠올리지 않을 수 없다. 당시 횡행했던 난폭하고 편협한 말들, 그 말들이 기능할 수 있었던 한국 사회의 토양에서 트럼프 현상과 동시대적인 것을 본다. 당시 일을 자세히 들추지는 않겠지만 짚어둬야 할 것들이 있다. 사실, 그것은 축소, 왜곡, 날조, 은폐되었다. 부인이 있었다. 피해 부인, 희생자 부인, 책임 부인. 인신공격이 있었다. 낙인, 비하, 조롱, 매도. 전략이 있었다. 이간질, 도발, 희화화, 관심 전환. 그리고 이 모든 게 힘을 얻었다.

이 모든 게 힘을 얻을 수 있었던 사회적 배경 중 트럼프의 성공 조건과 동시대적인 것을 짚는다면, 생존논리의 이념화와 경쟁논리의 내면화에 따른 사회적 적대의 심화라고 할 수 있을 것이다. 이는 반지성주의적 언설이 왜 곧잘 편가르기의 양상으로 드러나고 소수자 때리기와 결합되는지도 설명할 수 있는 단서다.

오늘날 이념과 이데올로기보다 생존과 경쟁의 논리가 사회에 적대의 관계를 조밀하게 새겨넣고 있다. 내 옆에 있는 자는 경쟁 상대요 이겨야 할 적이다. 사회 구성원이 적대의식을 내면화하면 적대적인 사회(반反사회)가 되고, 거기에 불황이 깊어지거나 저성장이 지속되면 불안마저 곁들여져 적대적 양상이 고조된다. 하이데거는 불안이 일종의 두려움이지만 자신에게 위해를 가할 대상, 적으로 규정된 존재에 대해 느끼는 공포와는 다르다고 했다. 불안이라는 감정은 '알 수 없는 상황에 내쳐져 있음'에 대한 두려움이며, 나를 위협하는 상황에 내가 통제력을 발휘하지 못한다는 무력감을 동반한다. 그리고 공포가 적의 존재를 의식에서 떨쳐내지 못하게 만든다면, 불안은 존재의 불확실성을 줄이기 위해 적으로 간주할 대상을 생산하도록 이끈다. 그래서 불안이 번지는 사회는 위험하다. 트럼프의 집권 사례에서 보듯 불안이 정치적 경험의 감각 속으로 대량 투여되자 정치를 제거한 정치, 위기에서 자신을 보호하는 게 정치의 사명이고 적을 설정해 제거하는 게 정치의 과제가 되는 반정치적 정치의 세계가 열렸다.

그런데 누가 적으로 설정되는가. 그 해답은 누가 적을 필요로 하는지를 물으면 나올 것이다. 가혹한 경쟁 구조는 끊임없이 패배자들을 양산한다. 한국형 경쟁 구조는 극히 일부를 제외하고 거의 모두를 패배자로 내몬다. 패배한 자들은 불안과 더불어 억울함을 갖는다. 하지만 구조를 탓하지 않는다. 탓하더라도 바꿔낼 수 있다고 여기지 않는다. 도태된 자들은 구조를 타격하거나 자신보다 우위에 있는 자를 끌어내리려 하지 않고 열위에 있는 자들을 공격한다. 그들의 원한은 이길 수 있(다고 믿)는 대상을 향한다. 여기서 패배감과 소외감은 취약한 타자에 대한 혐오의 정념으로 옮겨간다. 트럼프는 나약한 자들은 무능한데도 사회에서 보호받기를 원하는 타락한 존재라고 목청을 높이고, 한국에서 증오와 혐오 발언은 곧잘 여성, LGBT, 장애인, 외국인노동자, 조선족, 탈북자를 향한다. 증오와 혐오의 말을 내뱉으면서도 그걸 공익을 지키는 불가피한 말로 착각할 수 있는 곳에 반지성주의는 있다.

또한 소수자나 외국인 같은 인구집단이 아니더라도 사회적 이슈, 정치적 사안에 대한 입장 차이로도 적은 가공될 수 있다. 이리하여 이러저러한 소재에 따라 구축된 다양한 적대성, 즉 '나는 누구를 싫어하는지'가 '나는 누구인가'라는 정체성의 중요 지표가 된다. 불안정한 사회에서는 정체성 역시 유동화되며, '나는 누구라서 ○○이 나의 적이다'라는 정체성 표출만큼이나 '싫어하는 상대가 ○○이라서 나는 누구(편)이다'라는 식의 정체성 설정(편맺기-편가르기)이 잦아진다. 경우에 따라서는 실체가 불분명한 상대를 적대적 타자로 지목해 허수아비 공격을 가하며 자기들끼리 집단적 혐오를 분출하고 공유한다.

세월호 사태 때 유가족들에게 가해진 난폭하고 편협한 말, 그것도 예외적이라기보다 노골적인 것이었다. 그리고 시간이 흘렀다. 정권이 바뀌었다. 그사이 유가족들은 정치적으로 복권되었다. 하지만 저 사회적 토양과 대중적 체질은 크게 바뀌지 않았다. 환언적 언어, 환원적 언어, 봉쇄적 언어. 말을 돌리고 말을 지우고 말을 막는다. 저 장면은 여기저기서 목도된다. 반지성주의는 결코 극우의 멱살을 잡는 데서만 사용할 용어가 아니다. 독단적 신념이 활개 치고 자기 확신이 강력한 곳에 반지성주의는 있다.

반논쟁적 논쟁

반지성주의에 관한 사고는 더욱 전개되어야 한다. 핏대 세우는 얼굴, 상대를 부정하려 드는 입. 저 얼굴과 입을 읽어내야 한다. 저런 사회적 행태가 나온 문화적 배경까지를 파고들어야 한다. 나는 여기서 거의 현대인들의 소비주의적 문화 코드가 되었다고 할 오만 가지 언쟁을 떠올린다. 말로써 겨룬다. 다툰다. 입씨름의 소재는 넘쳐흐른다. 지역주의, 동성애에 관한 해묵은 대립이 반복해 소환되고 스포츠, 영화에서 선거에 이르기까지 이슈가 거듭 설정된다. 모든 소재는 조금만 각색되면 반목의 논제가 될 수 있다.

그런데 넘쳐나는 이 언쟁들은 무엇을 이루는가. 여기에 부어 넣는 막대한 에너지는 무엇을 생산하는가. 대체로 그 뜨거움은 결국 표면에서 일어나는 기화 현상에 가깝지 않은가. 격렬해 보이는 공방도 별다른 사회적 유산을 남기지 못한 채 머잖아 증발된다. 말로 치고받지만 제대로 된 논쟁에 이르지 못한다. 만약 논쟁이라면 무엇에서 시작되었는지만큼이나 어디까지 이르렀는지가 중요할 것이다. 논쟁의 사회적 쓰임새란 그 과정을 거치면서 사고의 발견이 일어나고 담론세계가 재편되는 데 있을 것이다. 하지만 이런 공방에서는 대체로 각자의 입장 차이가 언쟁에 참가하는 이유이자 결론이 되곤 한다. 그러니 사고의 발견도 담론세계의 재편도 기대하기 어렵다. 그런데도 거기서 난무하는 모략과 거기에 동원되는 지식은 때로 엄청나며, 그 언쟁을 지적으로 물들이려는 정열 또한 대단해 보인다. 그럼에도 이미 마련된 답을 향해 직진하며 서로가 평행선을 그릴 뿐이니 외관이 아무리 화려해봤자 말싸움에 그치고 만다. 지식이 대거 동원되더라도 그 지식들을 지식으로 재는 지식이 없다. 거기에는 지식의 결여가 아니라 미지의 것을 받아들이지 못하는 지식의 포화상태가 있다. 그리하여 말과 지식을 대거 가져다 쓰지만, 사유의 경제라는 측면에서 볼 때 낭비가 심각하다.

아무것도 이룰 필요도 어떠한 짊어질 책임도 없이 마음 놓고 몰입할 수 있는 말의 전장, 그러면서도 무언가를 하고 있다는 자족감을 공급받을 수 있는 모니터상의 전투. 거기서의 희생양은 말인 듯하다. 한번 쓸고 가면 소중한 개념들이 앙상해진다. 뉘앙스를 잃고 다림질을 당한다. 쓸모 있어 보이는 말은 무기의 언어이며, 적을 명확히 지시하고 실추시킬 수 있는 말이 가치를 갖는다. 논의를 중단시키고 상대를 일축하는 말이 범람한다. 논의를 한다며 말의 숨통을 조인다. 이 사회적 행태는 대체 무엇이란 말인가.

반지성주의는 말과 논의의 문제다. 반지성주의를 사고하려면 말과 논의가 이리되는 조건과 배경을 파고들어야 한다. 그중 먼저 저 입씨름의 주된 전장인 인터넷 공간을 주목해보자. 한 시기 인터넷이라는 가상공간은 다양한 사람들이 정보를 공유하고 새로운 지식을 생산해낼 담론장으로 주목받지 않았던가. 개방적이고 수평적이고 반위계적인 특징이 부각되고 논박과 검증을 통한 자정능력이 강조되었다. 이성적 군중의 시대가 예견되고 집단지성이 운운되었다. 그런데 현재, 거기서의 논쟁은 과연 그러한가.

논쟁은 언제 생산적일 수 있는가. 기실 논쟁의 형태로 전개되는 말의 경합이 생산성을 띠는 일은 무척 드물다. 소위 지식인들이 얼굴을 맞대고 대화하더라도 논의가 지적으로 덧칠되거나, 지엽말단으로 빠지거나, 당사자 사이의 감정다툼으로 비화하거나, 개념을 둘러싸고 공전하는 경우가 허다하다. 또한 논쟁에 가담할 때 상대를 가르치려는 태도는 자칫 높은 자리에서 논쟁의 상황을 내려다보는 식이 되어 논쟁이라는 담론공간에 대한 의식은 형해화되고 자칫 이론과 개념 위주의 논의로 흘러버리곤 한다. 그렇다면 논쟁은 상대와의 접점을 찾지 못한 채 자기주장의 반복이 되고 만다. 그리되지 않으려면 상대 주장의 결론만이 아니라 그 주장이 힘을 발휘하게 만드는 논리구조 전체를 상대해야 한다. 만약 논리구조 전체가 아닌 결론의 수준에서만 논의가 오간다면 그 논쟁은 생산성을 잃고 만다. 그리되지 않으려면 입장이 다른 상대방을 적이 아니라 자기 사유를 시험하는 리트머스지로 대하고, 상대방이 결론을 내놓기 위해 깔아둔 그 전제부터 일단은 이해해야 한다.

그런데 현재, 인터넷 공간에서의 논쟁은 과연 그러한가. 경향적으로는 생산적 논쟁의 양상과는 정반대인 집단적 동조화 현상, 의견의 양극단화 현상이 두드러지지 않는가. 여기서 『왜 반대파가 필요한가』*Why Societies Need Dissent*에서 확증 편향 성향에 관한 한 가지 실험 결과를 가져오자. 캐스 선스타인은 콜로라도 시민 63명을 모아 동성결혼, 차별철폐 조치, 지구온난화라는 세 가지 논쟁적 사안을 토론에 부치는 실험을 했다. 그 결과 양측은 토론 이후 원래 입장보다 극단적인 주장을 펼치게 된다는 게 드러났다. 토론 과정에서 반대 의견에 귀를 기울이기보다는 비슷한 견해를 가진 사람의 이야기로부터 자기 견해에 확신을 더할 정보를 얻으려 하는 경우가 많았다. 그리하여 개인의 확증 편향은 양극으로 끼리끼리 모여드는 집단 편향성으로 발전했다.

선스타인은 인터넷처럼 정보를 임의로 취사선택할 수 있는 담론장에서는 집단 편향성이 더욱 강화되기 쉽다고 짚는다. 인터넷에서는 정보 선택의 폭이 비약적으로 확장되지만, 자신의 선호와 가까운 생각을 찾거나 그런 유의 사이트만을 열람해 시야는 오히려 비좁아질 수 있다. 그리하여 풍부한 정보가 편향성을 시정하기보다 강화하는 데 기여한다. 입장이 비슷한 사람들 사이에서만 의견이 교환되다 보니 점차 과격해진다. 의견 대립이 공고해지면 이윽고 우리와 그들을 가르는 충성과 배신의 언어가 난무한다. 이처럼 인터넷 공간은 견해가 다른 사람들을 분리할 뿐 아니라 양 집단 간의 차이를 확대할 위험성이 있다. SNS는 그런 집단 편향성을 강화하기에 매우 적합한 매체다. 대체로 비슷한 성향의 사람들끼리 친구를 맺고 자기 생각에 확신을 주는 오피니언리더를 팔로잉한다. 그러면서 '역시, 그렇지'라며 확증 편향의 쾌감을 맛본다.

이때 인터넷은 '집단 지知'가 아닌 '집단 치痴'의 모체가 된다. 지성의 지가 아닌 치매의 치. 무엇이 개인의 지를 집단의 치로 만드는가. 숙의가 가능해지려면 다양성, 독립성, 분산화가 필요하다. 그런데 왜 인터넷에서는 동조화에 따른 논의의 형해화가 두드러지는가. 지知는 병들어 누울 녁疒자를 보태 치痴가 된다. 나는 疒을 막의 형상으로 읽는다. 논의가 내부의 숙덕임에 불과해지고 말 때 지는 치로 변질된다. 세계가 게토화될 때 경험의 소재는 늘어나더라도 경험의 영역은 비좁아진다. 거기서 지는 쌓여 치가 된다. 반지성주의는 (집단지성이 아닌) 집단치성의 징후다.

밀실 속 소비주의

하지만 반지성주의에 관한 사고가 여기서 멈춰선 안 된다. 인터넷 공간이라는 담론장의 특성으로 환원하고 말 일이 아니다. 이제 그 장에서 움직이고 그 장을 움직이는 현대인이라는 주체를 파고들어야 한다.

인터넷은 인간의 경험 영역을 외부로 열어줄 수 있는 창구지만, 사용자들에 의해 안으로 접힌다. 그들은 왜 게토화의 막을 치고 그 속으로 처박히려는 것일까. 실은 그들 자신이 게토화된 존재들인 게 아닐까. 그리고 그것이 반지성주의의 개체 수준의 토양이지 않을까. 개체적 고립화와 더불어 진행되는 세계의 게토화. 반지성주의를 사고하려면 이 양자의 관계를 파고들어야 한다.

자, 이제부터 상정하는 현대인의 모습은 이러한 것이다. 늘 이동하며 환승 중인 존재. 집에서 거주하기보다 도로에서 표류하는 존재. 스마트폰을 손에 쥐고 이어폰을 귀에 꽂은 채 어디서든 전파를 타고 자기만의 밀실로 침잠하는 존재. 그곳이 자신의 방이든 만원 지하철이든 타인과의 사이에 벽을 쌓고 스마트폰이라는 좁은 화면 속으로 들어가 그 안에서 외부세계를 엿본다.

그들은 왜 밀실 속으로 들어가는가. 그것이 자발적 유폐이고, 그곳이 정신적 독방이라면 그들은 무엇으로부터 도피하려는 것일까. 만일 낙樂을 찾아 그 밀실이자 독방 속으로 들어간 것이라면, 그건 어떤 고苦에서 벗어나려는 몸짓일까. 그걸 현대사회가 양산한 병리라며 섣불리 진단할 생각은 없지만, 경쟁의 논리와 관계로 조밀하게 짜인 사회체계가 현대인을 조여올 때 안쪽으로 도망치려는 반응 양상이라고는 말할 수 있을 것이다.

도대체 경쟁의 문법에서 자유로운 생활영역이 거의 남아 있질 않다. 학교생활과 회사생활은 당연히 치열한 경연장이며 독서활동, 외국어학습, 해외여행마저 각개전투를 치르기 위한 개인들 간의 군비경쟁에 속해 있다. 숨 막힌다. 소진된다. 그런데도 지친 손은 스마트폰을 놓지 않고 더욱 꽉 쥔다. 그 속으로 다이브한다. 그것은 유폐에 이르려는 탈주 행위다.

그런데 밀실로 들어간 자는 거기서 무얼 하는가. 일단 확실한 것은 그가 검지로 화면을 끝없이 넘기며 무언가를 끊임없이 본다는 점이다. 이미지들, 또 다른 이미지들. 자발적 손가락 놀림으로 숱한 이미지를 공급받는다. 이미지들은 도처에 마련되어 있다. 현대사회는 사람들을 소진시키는 만큼 소진된 자들의 고뇌를 지우기 위해 갖은 이미지를 흩뿌린다. 그 이미지들은 효소처럼 정신 속으로 들어가 고뇌를 조금씩 변질시킨다.

그렇게 지속적으로 이미지를 공급받는 자에게 이미지는 단지 시각에 남겨진 경험적 정보에 머물지 않는다. 유포된 이미지들은 밀실 속으로 침잠한 주체의 내면세계에 침전된다. 그런데 그 이미지들은 보는 즉시 이해받기를 원한다. 더욱이 관련 없는 것들을 잇달아 쏟아부으니 한 가지 사안을 움켜잡고 진득하게 생각하기가 힘들다. 집중력은 수많은 일들로 흩어진다. 그저 지속적으로 변해가는 이미지에 정신을 맡겨두면, 정신은 순간순간 매 프레임이 제공하는 감각적 자극에 반응하며 점멸 상태에 가까워진다. 그 또한 지치는 일이다. 지친 몸을 이끌고 밀실 속으로 들어가 자발적으로 정신마저 녹다운시킨다. 안으로 숨어들었지만 침식과 마멸은 내면에서 진행된다.

그렇게 쏟아지는 이미지들에 닳아서 점차 엷어지는 존재, 세계의 반경이 화면의 크기로 축소되는 밀실 속 존재를 생각해본다. 그들의 감수성은 정보적 세계와 정신적 반응 사이의 인터페이스가 되어가고, 그들은 정보자본주의가 지속적으로 제공하는 신경 자극 속에서 정보 다발의 수용기가 되어간다. 정보가 주입되고 채워지고 비워진다. 그들의 인지적, 정동적 구조는 탈특이화 과정에 적합해진다. 그리하여 그들은 밀실 속에 있으면서도 때때로 감각적 공조를 통해 감응을 증폭시킨다. 센세이셔널한 이슈에 감각화sens-ation되어 같은 파동을 타고 전염적 사건화를 일으킨다. 이것은 분명 혁명화의 벡터도 품지만 게토화, 파시즘화의 가능성도 지닌다. 그리고 억압적 경쟁구조 속에서 불안과 혐오의 정동이 커질 때 그 위험성은 고조된다. 반지성주의는 그 한 가지 징후다. 밀실 속 그들은 밀실 속에서 바깥 세계를 좀먹는다.

그런데 그들은 밀실로 들어가 이미지를 공급받을 뿐 아니라 밀실에서 나오면 이미지의 생산자가 된다. 무슨 이미지를 생산하는가. 온통 자신들이다. 각양각색의 자신들, 시시각각의 자신들. 이걸 입고 저걸 먹고 그걸 보며 "나는 ~ 했다"를 끊임없이 갱신한다. 정보 다발의 감각수용기가 된 그들의 내면은 고뇌가 발효되는 내밀한 공간이 아니라 디지털카메라, 블로그에 탈장되는 의사擬似 미디어로 변모한다.

이러한 현대인의 중독적인 이미지 생산은 현대사회의 강박적인 소비주의와 분명 밀착해 있다. 일단 소비하고 먼저 소비하고 또 소비하라. 소비주의는 인간의 영위를 소비라는 한 가지 몸짓으로 환원하고 지식도 이념도 신념도 기호 수준으로 끌어내린다. 미디어를 거치면 시대의 비극도 촌극으로 격하된다. 소비주의는 정신의 하향평준화를 낳고, 현대 문화는 현대인의 미친 듯한 소비 충동에 힘입어 완성을 향해 간다.

소비주의란 기분 전환의 유토피아를 지향하는 처량한 사상이다. 소비 행위를 일반화하고 반복하여 지상에서 일신의 평안과 세계의 평화를 구하는 사상이다. 아울러 어느 누구도 무언가를 꾸준히 갖지 못하게 만드는 금지의 논리다. 즐기는 음식도, 청바지 디자인도, 헤어스타일도, 선호하는 연예인도, 인문적 지식도, 정치적 이슈도 부단히 갈아치워야 한다.

그러면서 끊임없이 먹고 싸는 내장인간. 투입과 산출의 (데카르트가 말했던) 자동기계. '나는 존재한다'는 "나는 ~ 했다"의 무수한 목적어를 먹어대고 배설한 내용을 진열함으로써 증명된다. 그러면서 남들과 다르고자 잡색의 울긋불긋한 표면 위에서 개성의 각축전을 벌인다. "나는 남들과 다르다"라고 외치며 결과적으로 이런저런 종류의 자극에 이끌려 우르르 몰려다닌다. 고립된 채 떼 지어 움직인다. 내장인간의 양떼화. 현대인은 사회체계의 압박에서 벗어나고자 각자 숨어든 줄 알았는데 실은 세계의 표면을 떼 지어 표류하고 있는 중이다.

최후의 인간

나는 서두에서 반지성주의에 관한 글이라기보다 반지성주의를 통한 글을 쓸 것이라고 말했다. 반지성주의라는 논제를 통해 탐구하려는 것은 결국 현대사회와 현대인이다. 그리고 시작하며 이렇게 물었다. '그 탕진의 경제는 소중한 무언가를 소진시키고 있는 중이지 않을까. 바깥으로 반응하는 동안 안쪽에서 무언가가 마멸되고 있는 게 아닐까.' 내게 반지성주의는 이 물음을 구체화하기 위한 단서였다. 얇디얇어지는 존재들. 탕진되는 에너지들. 소진되는 가능성들. 그리고 난무하는 공허한 언설들.

이제 멀리 돌아와 반지성주의를 복합적 문제계로 정리할 때가 되었다. 반지성주의는 변용하는 세계상의 문제다. 우리는 세계를 향해 다가갈 필요가 없다. 세계가 우리에게 쏟아진다. 세계는 시시각각 무수히 파편화된 이미지로서 주어진다.(우리는 더 이상 기사를 찾을 필요가 없다. 기사가 우리를 찾아온다.) 그 이미지들은 명령을 내리는 게 아니라 정보를 제공할 때조차, 복종을 요구하는 게 아니라 상상을 부추길 때조차 사고를 통제하는 기능을 맡는다. 통제하지 않더라도 사고를 잉여적인 것으로 만든다. 우리는 그저 반응하면 된다. 세계의 파편들을 엿보고 조각들을 만지작거리면 된다.

현대의 독재는 더 이상 피비린내 나는, 잔혹한 독재자의 횡포가 아니다. 현대의 독재는 부드럽고 음험하며 익명적이다. 그리고 현대의 독재는 민주주의와 대결하는 게 아니라 민주주의를 모태로 삼고 있다. 신들, 왕들, 도그마들에 맞서 오랜 투쟁을 벌인 끝에 대중은 시청률의 민주주의를 일궈내고 수많은 텔레비전 채널과 고급 스마트폰을 손에 넣었다. 시청률의 민주주의는 위대한 가치들의 잔해 위에서 위세를 떨치고 열정, 반항, 고귀함, 비타협 같은 가치들을 식민화한다. 정치적 독재자 없는 문화적 독재. 현대 정치의 울타리 안에서 현대인들은 오염된 현대문화의 풀을 뜯고 있다. 반지성주의는 일부 일탈적 행위자의 문제가 아니라 저항적 정신을 가능케 했던 문화적 항체들이 현대사회 속에서 파괴되고 있음을 드러내는 징후다.

최후의 인간. 이 말을 생각한다. 이 말을 생각할 때가 된 것이 아닌가 생각한다. 최후의 인간을 최초로 말한 자는 니체였다. 모든 창조력을 상실한 자. 자신을 초과하는 그 어떤 것도 바라지 않는 자. '가련한 안락' 말고는 아무런 열정도 소망도 없는,

포스트히스토리의 시간대에서 지배적인 인간 유형.

초인의 상을 제시하기 위해 니체가 설정한 최후의 인간을 그대로 차용할 생각은 없지만 『차라투스투라는 이렇게 말했다』에 나오는 다음 문구는 반지성주의를 사고하는 데 요긴하다. "대지는 작아져 버렸고, 모든 것을 작게 만드는 최후의 인간은 그 위에서 뛰어다닌다." 그리고 막스 베버가 『프로테스탄티즘의 윤리와 자본주의 정신』에서 그 논지를 이어받은 대목도 음미할 가치가 있다. "영혼이 없는 전문가, 가슴이 없는 향락자. 이 공허한 인간들은 인류가 과거에 도달하지 못했던 단계에 도달했다고 자화자찬할 것이다." 작아져 버렸고 모든 것을 작게 만드는, 가련한 안락만을 탐하는 공허한 인간들.

현대의 문화는 최후의 인간의 것이며, 늙었다. 늙은 문화는 생산적이지 못하며, 소비만을 생산한다. 소비주의는 이미 오래전에 슈퍼마켓을 나와 현대 문화의 일반 논리가 되었다. 대중매체와 결합한 소비주의는 갖가지 것들을 게걸스럽게 집어삼키고 그것들의 알맹이를 게워낸다. 어떤 가치든 탈색하여 오락물로 바꿔놓는다. 어떤 정신도 파격도 전위도 역사도 인생사도 비극도 두세 차례 탈색되고 여과되면 오락물로 기능할 수 있다. 현대 문화에서 대중은 오락으로 길들여지고 있으며, 곳곳에서 흐느적거리는 최후의 인간이 대거 양산되고 있다.

인간은 이제 늙어 버렸다. 시간은 흘러도 쌓이지 않는다. 성숙은 필요치 않으며 향락만이 요구된다. 치痴의 에토스는 노후의 인간의 것이다. 치痴의 에토스, 내장인간의 양떼화. 먹고 싸고 몰려다닌다. 그저 소비되기 위해 범람하는 이미지와 이슈. 아무 것도 이루지 못한 채 소진되는 말과 에너지.

최후의 인간. 그렇다면 반지성주의는 시간 양식의 문제이기도 하다. 끝자락의 시간이다. 태엽이 완전히 풀렸다. 시간은 지속성을 잃는다. 과거는 지금을 떠받치는 것이 되지 못한다. 과거 자체가 퇴화한다. 미래는 현재가 애써 가닿아야 할 것이 되지 못한다. 미래는 흩어진다. 그저 관성으로 움직이는 현재만이 남는다. 시간은 붕괴해 그저 분산된 현재의 연쇄로 전락한다. 그 현재라는 시간은 전기 신호들의 강화로 현기증 날 만큼 가속화된 것처럼 보이지만, 실은 원자화된 것이다. 가속화이려면 시간이 향할 방향이 있어야 한다. 시간은 그저 산산이 깨져 어지럽게 날아가고 세계는 점점이 흩날린다. 그리하여 방향성과 지속성을 결여한 오늘날의 현재는 현재적인 것의 말단부로 축소된다. 인간은 공허한 현재를 한없이 표류한다. 현재가 공허해지자 인간 자신이 무상해진다.

그렇다면 반지성주의는 경험 방식의 문제이기도 하다. 시간이 산산이 깨진 세계에서 경험은 국소적이며 일시적이 된다. 여기서 체험Erlebnis이 우연하고 순간적으로 주어지는 것이라면, 경험Erfahrung은 회상과 삶의 지속을 통해 얻어진다는 벤야민식 구분을 참고할 수도 있겠다. 그리고 이는 오늘날 지식이 인식이 되지 못한 채 정보에 그치고 마는 이유이기도 하다. 시간 지평들의 복합적 착종이 있어야 지식은 비로소 인식으로 응축된다. 하지만 저장문화에서 배출문화로 전환되어 금세 꺼내고 버려야 하는데, 반성하고 전망할 틈이 어디에 있겠는가. 정보는 시간적으로 공허하며, 따라서 임의로 가져다 쓰고 버릴 수 있다. 이러한 '정보화' 사회는 기억의 제거를 전제하며 사회는 집단 치매에 빠진다. 이 '정보화' 사회는 젊은 자들이 주도하는 세계인 것 같지만, 그들이 이미 최후=노후의 인간이다. 반지성주의란 인식이 되지 못하는 오늘날의 지식에 부과된 운명의 이름이기도 하다.

나는 이 최후라는 시간대를 말기라는 표현으로 옮기고 싶다. 최후는 일종의 비장미를 띠고 종언을 예감케 하지만, 말기는 흐물거리는 시간이다. 의미 있는 예전도, 의미 있을 나중도 없이 공허한 지속으로 늘어지는 시간이다. 인간은 말기에 들어섰고, 말기는 이후가 없으며, 말기는 말기인 채로 이어진다.

사유에서 사유에 대한 사유로

반지성주의라는 논제의 글을 청탁받았다. 이 논제를 되는 데까지 파고들고 펼치고자 했다. 무리하더라도 한번 쓸 글에서 많은 걸 하고 싶었다. 반지성주의라고 낙인찍을 일군의 사회병리적 행태를 거론하는 데서 그치고 싶지 않았다. 그리고 되는 데까지 파고들고 펼친 결과 내게 반지성주의는 반정치, 반사회, 반문화, 반언어, 반시간, 반경험, 반인간의 논제로 여겨진다.

그리고 사고하고 문자를 새기는 내게 반지성주의는 무엇보다 반사고의 문제다. 말기라는 이 시간대를 살아가며 무엇을 해야 하는가. 해야 할 것을 하는 수밖에 없다. 사고란 곧바로 반응하지 않고 시차時差를 두어 시차視差를 만드는 영위다. 앎이란 세계에 반투명한 말들을 밀어 넣어 어떤 균열과 흔들림을 확보하고 상상력을 산란시키며 묻고 되묻는 과정이다. 그 일을 해야 한다. 지知를 치痴로 만드는 저 막疒을 찢고 세계의 게토화를 무너뜨리며 암묵의 감각적 확신을 타파하는 사고와 언어를 길러내야 한다. 그런데, 그 사고와 언어를 어디서 구할 것인가.

여기가 로도스다. 자신에게 매일같이 주어지는 이미지들을 파헤쳐야 한다. 미디어가 공급하는 이미지는 논증적이라기보다 중독적이다. 반복적으로 노출되다 보면 거짓된 친숙성으로 착색되어 최면적 속성을 띠게 된다. 그 이미지들이 우리를 대신해 현실을 생각하고 이야기해준다. 달리 말해 미디어가 현실을 보여주는 게 아니라 현실이 미디어를 거쳐 구성된다. 미디어는 현실화되어야 할 것과 그렇지 않은 것을 가르고 강조, 확대, 수정, 삭제, 압축, 치환 등의 과정을 거쳐 이것이 현실이라며 화면 위에 올려놓는다. 그 결과, 우리는 '거울의 덫'에 빠진다. 거울은 우리가 자신의 모습을 바라볼 수 있도록 도와주지만, 반대로 우리는 거울에 비친 대로만 자신의 모습을 본다. 마찬가지로 우리가 미디어를 통해서만 현실을 바라본다면, 우리는 미디어가 보여주는 대로만 현실의 모습을 보게 된다. 미디어는 거울처럼 자신이 보여주지 않는 현실을 우리가 사고할 수 있는 시야를 차단한다. 그래서 무언가를 보는 동안 무언가는 보이지 않게 된다.

미디어를 통해 현실을 주입받는 위치에서 벗어나려면 현실을 둘러싼 정치학을 사고해야 한다. 현실은 어떻게 경험되는가.

무엇이 현실의 경험을 경험하게 만드는가. 공통의 현실 경험을 가능케 하는 '경험 공간'은 어떻게 생겨나는가. 현실에 관한 공통의 의미를 형성해 상호이해의 기반을 제공하는 '의미 지평'은 어떻게 제작되는가. '현실의 정치학'에서는 현실에 관한 지각질서를 지배하기 위한 경합과 각축이 벌어진다. 특정 소재를 취해 그것의 주름을 펴고 빛을 비추는 '가시성의 선', 현실화 대상으로 삼을 소재를 제한하고 통제하는 '저지의 선', 그리고 자신의 실상을 공공의 현실로 자리매김하려는 '주체화의 선'이 거기서 교차한다.

사고하는 자로서 주체화의 선에 오르려면 주어진 현실을 현실화 과정으로 미분해 해석해내야 한다. 즉 현실의 해석이란 응고된 현실을 가능성의 다발로 풀어내고, 유한한 현실에서 무한성의 징후를 발견하고, 알려진 현실에서 미지의 요소를 건져내는 일이다.

현실에서 경험으로, 경험에서 사유로, 사유에서 사유에 대한 사유로, 그 사유에 대한 사유를 표현으로, 그리고 표현에서 표현에 대한 경험으로, 경험에서 다시 사유로…. 주어진 현실을 부단히 그런 이행의 운동으로 되먹일 때 나의 현실이라고 부를 만한 현실을 거머쥘 수 있을 것이다.

후기

시간이 지나 보충해야 할 내용이 생겼다.

“짐작건대 이 개념은 언론지상에서 종종 쓰이더라도, 학술 용어로서 긴 생명력을 갖지는 못할 것 같다. … 여러 상품어가 그러했듯 머잖아 유행이 지날 것이다.”

전에 이렇게 적었다. 이렇게 적은 때는 촛불운동에 힘입은 정권교체로부터 반년 정도 지난 무렵이었다. 당시의 짐작은 틀리지 않은 듯하다. 반지성주의는 그사이 언론이나 논단에서 좀처럼 들려오지 않는 개념이 되었다. 그런데 현재 우려스러운 현상과 사건이 이어지고 있다. 이제야 반지성주의를 제대로 사고해야 할 때인지 모른다. 하지만 촛불운동의 경험과 정권교체라는 성취, “우리가 해봤고 해냈다”는 사고와 감각이 오히려 상황 직시를 가로막고 있는 것 같다.

그 현상과 사건 가운데서 최근 크게 불거진 난민 사태를 짧게라도 파고들고 싶다. 반년 전, “한국에서 증오와 혐오 발언은 곧잘 여성, LGBT, 장애인, 외국인노동자, 조선족, 탈북자를 향한다”라고 적었다. 열거하면서도 그때는 난민을 문장에 넣을 생각을 못 했다. 이제라도 난민 문제를, 난민이라는 물음을 사고하고 싶다.

1

국경을 넘어가려 했으나 그것을 잡아끌고 오는 사태를 사고해야 한다.

국경은 그것을 벗어나려는 자의 신체에 들러붙고, 그자는 국경을 질질 끌고 다닌다. 자국에 버림받아 기민棄民이 된 자가 자국을 벗어나 유민流民으로 타국을 떠돌 때, 국경은 그저 지도 상에 그어진 경계선으로 머물러 있지 않는다. 그자를 어디까지 고 쫓아가 갑자기 뒷덜미를 잡는다. 그래서 난민은 하나의 선을 분명 넘었을 텐데도 여전히 국경 위의 존재다. 그들이 육지로 빠져나가지 못하도록 섬에 붙잡아둘 때 바다는 아직도 넘어야 할 국경이며, 그들이 추방당할 때 이 나라 전체가 그들에게는 거대한 국경이었음이 드러날 것이다. 국경은 그렇게 내버림과 내쫓김을 사는 자들, 정주를 꿈꾸나 이탈을 예감하는 자들에게는 한없이 유예되는 선고의 시간이기도 하다. 국경 위에서 심문은 그들을 불시에 찾는다.

그들은 이 나라로 발을 들였지만 여전히 국경 위에 있는 존재다. 국경은 영토territory 외곽이며, 곧 법의 바깥, 치외법권extra-territorial 지대다. 하지만 국가권력이 미치지 않는 지대가 아니라 국가권력이 초법적일 수 있는 지대다. 국경은 내부를 규율하는 척도와 폭력이 노골적으로(종종 폭력적으로) 드러나는 자리다. 그렇기에 국경을 몸으로 밀고 우리에게 다가오는 난민은 국경 안쪽에 있는 우리에게 경계의 물음으로서 도래한다.

그들이 우리에게 준 물음을 사고해야 한다.

2

세 살의 아일란 쿠르디의 주검이 터키 해안으로 밀려온 것이 삼 년 전 일이다. 그의 죽음은 이 사회에서도 시리아 내전에 따른 400만 명이 넘는 난민들을 향한 관심과 동정을 불러일으켰다. 며칠간은.

국경은 법권력의 경계일 뿐 아니라 의미의 경계이기도 하다. 그 안쪽을 살아가는 사람들의 사고를 국경이 획정하곤 한다. '나라 밖 소식' '해외통신'의 형태로 이미 그들 일이지 우리 일은 아님을 전제하고서는 혀끝을 찰 만한 불행의 사건들이 단신으로 올라온다. 언제부턴가 난민 소식은 단골 메뉴다. 우리는 고통 받는 존재들을 보며 자신의 손수건을 적실 기회를 찾는다. 우리는 이따금 연민하고 감동받기를 원한다. 우리의 선량함은 타인의 고통에 굶주려 있는지 모른다.

우리는 잠시 연민의 공동체가 된다. 연민은 해체되고 있는 세계 속에서 상상의 공동체를 재구축해준다. 무대 위에서 상연되는 타인의 고통을 관람하며, 그 존재에게 동일시하는 게 아니라 관객들 사이에서 정서적 감염이 일어난다. 고통받는 타인을 위해 슬퍼하거나 동정하는 것은 그들이 우리에게 선사한 감동에 보답하는 일이며, 그들에게 무심했던 잘못을 값싸게 용서받는 일이다. 우리는 동정하여 그들에게 손을 내민다.

그러나, 우리가 내민 손을 그들이 정말로 잡아서는 안 된다. 무대 위의 박해당하는 자들은 자기 역할에 충실해야 한다. 그들이 불행한 존재로 남아 있는 한 우리는 그들을 기꺼이 불쌍히 여길 것이다. 하지만 그들이 무대에서 우리가 있는 객석으로 내려온다면, 우리는 그들을 두려워하고 혐오할 것이다. 더욱이 그들은 연민의 대상으로 머물러 있어야지 정치의 주체로 돌변해서는 안 된다. 그들의 불행은 정치의 실패, 사회의 무능을 증명하지만, 그들의 불행에는 정치적·사회적 해결책이 아닌 자선의 시선을 처방해야 한다. 연민은 살과 피를 가진 존재와 직접 접촉할 필요가 없는 곳에서 향유하는 우위의 감정이다.

3

예멘 내전으로 발생한 난민들이 말레이시아에 있다가 제주도로 입국했다.

우리는 타인의 고통을 보고는 싶지만 알고 싶지는 않다. 감동을 받고 싶은 욕구에 비해 그 일이 왜 벌어졌는지를 파고들려는 의지는 약하다. 앎은 자칫 연루를 유발한다. 우리는 행위도 사유도 구속받지 않은 채 감미롭게 감상하는 입장에 머무르고 싶다.

사실 우리는 이미 그들을 안다. 이런 것들이다. 549명, 138만 원, 무슬림, 미혼 남성 다수, 스마트폰, 나이키 티셔츠, IS, 할례, 조혼. 거기에 아랍어 발음의 전문 용어 '타하루시(집단 성폭행이라고 옮겨지고 있다)'가 추가되었다. 이 앎들로 족하다. 이것들을 짜 맞추면 그들의 속성에 관한 범죄기질론과 여성억압론 그리고 한국에서 야기될 안전위협론과 무임승차론이 만들어진다.

겪기도 전에 그들이 누구이고 어찌할지를 알고 있다. 그들은 속성상 그러하며 잠재적으로 그리할 것이다. 연민의 공동체는 불안의 공동체로 빠르게 옮겨간다. 여성들의 공포가 적대시의 논거로 운운되며 그간 고조되던 젠더 간의 충돌도 얼마간 봉합되는 모양새다. 대신 난민들은 제주도 총인구의 0.1%도 안

되지만 그들이 있는 제주도는 '예맨 난민 숙소'로 전락했다며 붉게 칠해지고, 그들이 육지로 빠져나가서는 안 되기에 거대 수용소가 되어야 한다. 수용受容은 수용收容이 되고 있다.

우리는 이미 알고 있다고 여기기에 더 이상 알려 하지 않는다. 그들이 왜 예맨에서 왔는지, 왜 젊은 남성이 많은지, 왜 스마트폰을 꽉 쥐고 있는지에 대해. 더 이상 알려 하지 않은 채 이미 알고 있는 것들만 가지고서 숙덕거리고 있다.

4

난민 문제. 이 손쉬운 언명.

앞에 어떤 명사를 두고 뒤에 문제라는 말을 다는 경우, 그 명사와 문제 사이에는 암묵적으로 '의'가 생략되었다고 간주되며, '의'는 소유격이나 주격으로 여겨진다. 난민 문제라는 조어는 문제가 난민에게 귀속된 것처럼 혹은 그들이 야기하는 것처럼 들리게 만든다. 문제는 그들에게 들러붙어 있고 그들은 문제를 퍼뜨리고 다닌다. 이렇게 무슨무슨 문제라고 명명하고 진단하며 문제의 경계를 긋는다. 경계가 그어진 문제는 잘 모르는 채로도 점차 알만해진다.

그런데 다시 말하지만 난민 문제는 경계의 문제다. 난민 문제에는 이 사회에서 진행 중이던 여러 경계의 문제들이 얽힌다. 난민에게 문제가 들러붙어 있는 게 아니라 난민 문제에 이 사회의 문제들이 투영된다. 여러 경계의 문제가 거기서 겹쳐지고 거기로 여러 힘이 가해진다. 인종 문제, 계급 문제, 젠더 문제, 차별 문제. 그 문제들은 일견 합세해 난민 문제를 이 사회의 경계 바깥으로 밀어내려는 듯이 보이지만, 그 문제들이 얽혀 난민 문제는 경계 안쪽에서 더욱 문제화된다. 왜냐하면 경계 위의 존재인 그들은 우리에게 난민이기 때문이다. 그들은 우리의 난민이다.

5

549명.

그들은 이곳에 있으나 이곳 인구에 포함되지 않는 인구다. 존재하지만 셈해지지 않는 공집합이다. 결정불가능하기에 우리 안에서 불안해하는 존재이며, 우리를 불안케 하는 존재다. 그들이 거리로 나오면 불안하고, 몰려 있으면 불안하고, 웅성거리면 우리가 모르는 음모를 꾸미는 듯하다. 그들 역시 우리 안에서 불안하다. 이 낯선 사회에서 만나는 타인은 누구나 감시카메라가 될 수 있다. 그들이 거리로 나오고 몰려 있고 웅성거리면 오해가 빚어지고 이것은 그들의 신변을 위협할지 모른다. 현재 오백여 명을 부자유와 빈곤으로 내몰고 극도의 스트레스를 가하면 과연 일을 저지르는 개체가 나올지를 지켜보는 사회적 실험이 진행 중이다. 사고 치는 개체가 나오면 전체가 아웃이다. 과연 어느 쪽의 불안이 더 클 것인가.

그런데 우리는 왜 불안해하는가. 불안의 이유는 잠재적인 것으로 제시된다. 여성에게 성범죄를 저지를지 모른다. 세금을 축낼지 모른다. 일자리를 빼앗을지 모른다. 지금 어찌하지 않으면 걷잡을 수 없이 불어날지 모른다. 실제로 어떤 일은 일부 유럽 국가에서 일어났다. 근거 있는 불안이다. 하지만 이 사회에서는 아직 어쩌면의 일이고 어찌될지 모를 일이지 않은가. 그런데 그것이야말로 불안의 이유가 된다.

불안은 일종의 두려움이지만 자신에게 위해를 가하는 대상, 적으로 규정된 존재에 대해 느끼는 공포와는 다르다. 불안은 위협하는 존재의 미규정성에서 비롯되는 두려움이다. 그들은 무슨 일을 벌일지 모르기 때문에 불안을 야기하며, 그런 그들을 우리는 알려고 하지 않기 때문에 불안이 이어지며, 앎을 가로막는 단편적인 앎들이 퍼져나가 우리의 불안을 증폭시킨다. 난민에 대한 혐오xenophobia는 제노xeno, 즉 이방의 것, 낯선 것, 결정불가능한 것에 대한 불안에서 비롯된다. 그들은 우리를 불안케 하는 미지수 x로 구겨 넣어지고 있다.

6

그런데 묻고 싶다. 그들이 오기 전에 우리는 이미 불안하지 않았던가. 그 불안이 그들을 향하면서 눈에 보이는 형태로 드러난 것이지 않을까. 누가 불안했던가. 바로 난민을 우리 바깥으로 밀어내려는 언설들에서 거론되는 여성, 실업자, 비정규직 노동자, 노숙자인 우리가 불안했다. 이 사회를 살아가며 알 수 없는 상황에 내쳐지고, 자신을 위협하는 상황에 자신이 통제력을 발휘하지 못한다는 무력감을 가진 우리가 불안했다.

이 사회에서 삶은 영속적 위기에 놓인다. 바로 구조조정. 20년 전 경제위기 이후 질리도록 들은 이 말. 그런데 20년이 지나 알고 보니 구조조정은 하나의 구조였다. 일시기에 일부가 감내한다고 끝날 일이 아니었다. 모든 영역에서 누구나가 언제까지고 조정되는 구조 속에서 살아가는 법을 배워야 했다. 무한경쟁 속에서 살아남는 법을 배워야 했다. 자신은 짊어져야 할 짐이고, 타인은 넘어서야 할 적이다. 내가 이기는 결로는 충분치 않다. 남들이 고꾸라져야 한다.

이 사회에서 불안은 체제의 원리가 된다. 이 사회는 불안을 창출하고 반복하고 확장하며 가동된다. 이 사회에서 존재는 보호받지 못한다. 존재는 공동체를 상실하고 존재는 홈리스가 되어가고 있다. 존재는 자신의 앞날을 모른다. 그런데 난민은 바로 그런 사회의, 바로 그런 존재의 형상이지 않은가. 사실 우리가 모르는 것은 그들이 아니다. 그들에 대해서는 알려 하지 않을 뿐이다. 우리가 모르는 것은 우리의 미래이며 불안의 체제다.

난민은 자신의 사회에서 살 수 없어 떠났지만 다른 사회에 순치될 수도 없는 존재다. 난민은 다시 말하지만 경계의 존재다. 그들을 경계 바깥으로 밀어내려고 우리는 '우리'를 반복적이고 강박적으로 호명한다. 그런데 그럴수록 '우리'는 모호해진다. 그들을 상대하며 '우리'라는 경계의 봉합선이 조금씩 틀어진다. 사실 우리는 그들을 모르며 우리 자신도 잘 알지 못한다. 난민 문제에는 우리의 갖가지 문제가 투영되고 난민에게서는 어떤 우리의 모습이 되비친다. 이렇게 난민難民은 우리라는 경계를 범하며 난민亂民이 된다. 민民을 어지럽힌다.

그렇다. 그들은 우리를 어지럽힌다. 우리를 불안케 한다. 그 불안은 해소하기 어렵다. 그들을 알고자 애쓰더라도 여전히 미지수 x가 남을 것이다. 그리고 불안의 체제를 사는 우리는 불안하다. 그래서 우리는 우리의 불안을 그들의 문제로 던져넣고 봉합할 것이 아니라 그들을 대하는 우리의 불안을 통해 우리를 알아야 한다. 이를 위해 우리는 우리 안에서 불안해하고 우리를 불안케 하는 그들과 만나야 한다. 경계의 존재와 만나려면 우리는 우리의 가장자리로 최대한 다가가거나 우리 안의 경계를 깊이 파고들어야 할 것이다.

7

그들이 우리를 찾아왔다. 그들이 우리라는 세계 속으로 떨어지자 표면에서 파문이 인다. 그건 얼마간 눈에 보인다. 그들은 여기까지 와야 했던 존재의 무게로 우리의 깊숙한 곳까지 가닿을 것이다. 그게 무엇일지는 알기 어렵다. 다만 그들이 의도하건 하지 않건 우리에게 물음으로서 다가왔다는 사실은 분명하다. 그중 한 가지. 그들의 존재는 지난겨울에 우리가 거둔 성취가 현재 우리에게 무엇인지를 묻고 있다. 상대가 최고권력자에서 난민으로 바뀌는 동안 "국민이 주인이다" "우리가 주권자다"는 말은 쓰임새가 이렇게나 달라졌다. 그들이 우리에게 준 물음을 사고해야 한다.

7 4·3과 기억의 모습

2018

기억이 뜨거운 동안은 말로 꺼내기 어려웠고,
말로 꺼내지 못한 기억은 식지 않았다.

기도의 세계가 사라진 것은 아니었다.

그건 자신 속의 어머니에 대한 기억을 스스로 되살려내는 일이자,
되살려낸 기억으로 자신의 인생을 복습하는 일이었다.

그가 답했다. 어머니다. 아버지라는 열쇠로 열면 어머니가 나온다.

이름. 바뀐 이름. 두 개, 세 개의 이름.

찍으면서 찍는 자의 위치가 움직이고, 그 이동이 또다시
찍는다는 행위를 추동한다. 그런 방황을 거쳐서야,
그렇게 긴 시간을 들여서야 간신히 알게 되는 것,
가까스로 열리는 세계가 있는 것 같다.

말로 표현하기 어려운 고통, 말로 꺼낼 때마다 감정이
끓어오르는 기억이 여기저기에 있다. 그 엄청난 분량의 고통과
기억을 뒤적이는 자가 있다.

한 인간에게서 궁극적으로 빼앗을 수 없는 것은 무엇일까.
빼앗기지 않아서 그 인간의 본질을 이루는 것은 무엇일까.

기억들이 쌓여 생겨나는 기억이 있다. 그런 기억은 가득 충전된다. 그
런 기억은 그 기억을 접하는 타인에게도 손을 뻗는다.

1세, 2세, 3세, 4세. 그리고 2.5세. 나는 이따금 자신을 몇 세라고
말하는 사람을 만난다. 그런데 나는 무엇의 몇 세일까.

제주살이가 시작된 것은 재작년 3월이었다.

그전에는 일 년간 교토에서 지냈고 그동안 『조선과 일본에 살다』라는 김시종의 자서전을 번역했다. 그 책은 구성상 세 덩어리였다. 식민지기의 황국소년 시절, 4·3, 그리고 밀항 후 재일조선인으로 살아간 시기. 남로당 연락책으로 활동하다가 밀항해 재일조선인이 된 그는 한국에서 4·3이 복권되던 1990년대 후반에야 오랜 침묵을 깨고 자신의 4·3을 말하기 시작했다. 일본에서 한국으로 돌아올 때, 이제껏 두 번밖에 가본 적 없는 제주로 향했던 데는 그 자서전의 번역 경험이 컸다. 교토에 있는 동안 제주에서 일할 기회가 생기자 제주행이 왠지 자연스럽게 느껴졌다. 그의 자서전은 그해 4월 3일에 출간되었다.

고씨 할아버지

제주살이를 시작한 지 얼마 안 되어 4·3 위령제가 다가왔다. 그 전부터 박근혜 대통령의 참석 여부가 주된 화제였다. 그는 역시 오지 않았고 황교안 국무총리가 자리를 대신했다. 4·3 평화공원으로 들어가는 길이 경찰차에 막혀 영문도 모른 채로 20분을 기다려야 했던 이유가 총리 차량을 들여보내기 위해서였다는 건 나중에 알았다. 박근혜를 대행한 황교안은 기념사 내내 지역발전 타령이었다.

부슬비가 내렸다. 가라앉는 날이었다. 공식행사가 끝나고 일반인들이 앞에 차려진 단에 헌화하던 무렵이었다. 김임만 씨를 만났다. 그는 촬영 중이었다. 그러고 보면 최근 그를 우연히 만났을 때도 공원이었고 그는 카메라와 함께였다. 교토에 있던 전년도, 객지벌이 노동자들이 집단 거주하는 오사카 가마가사키의 삼각공원 여름축제에 갔던 때 만난 그는 촬영 중이었다.

그와는 십 년 전쯤 수유너머에서 아는 사이가 되었다. 오사카에서 만난 그날은 그의 집에서 잤다. 일이층에 걸쳐 온갖 잡동사니가 빼곡히 들어차 있는 집이었다. 그날 밤 김시종에 관한 이야길 나눴고, 뭔가 뜨거운 게 있었던 것 같은데 다량의 알코올에 기억은 증발되었다. 다음날 재일 노인요양시설 '고향의 집'에 계신 그의 어머니를 찾아뵈러 갔다. 그의 아버지도 동행하셨다. 어머니는 병이 깊어 말을 못 하시고, 아버지는 아내의 남아 있는 마지막 의식을 향해 말을 건네고, 그는 그런 부모의 모습을 촬영했다. 그 가족의 모습은 선명히 기억한다.

그는 4·3 위령제가 끝나고 사람들이 떠나간 묘소의 묘비들을 찍었다. 정확히는 묘비명들을 찍는 듯했다. 묘비라지만 묘는 없이 비석에 이름이 적혀 있을 뿐이다. 유족들이 이곳에 와서 찾는 것은 이름이다. 묘비 앞에 놓인 꽃은 비에 젖어 바닥에 붙었고, 까마귀가 많았다. 빗속에서 한참의 촬영이 끝나고 평화공원을 나오면서 이제 어디로 가느냐고 물었더니 고씨 할아버지 댁이라고 했다. 그는 내게 함께 가자고 했다. 그 할아버지에게 대단한 이야기가 있다며. 가서 통역을 해달라고 했다. 그날은 어느 고씨 할아버지를 찾아간다는 게 왠지 자연스러운 일로 느껴졌다.

고씨 할아버지 댁에서는 세 시간 가까이 있었다. 하지만 몇 말씀 드리진 못 했다. 여러 질문을 준비해왔을 김임만 씨도 마찬가지였다. 첫인사로 오늘 4·3 위령제에 다녀왔다며 자기소개를 했을 뿐이다. 질문을 꺼낼 겨를도 없었다. 고씨 할아버지는 "오늘 위령제에 다녀오셨습니까. 제 입장에서는 이가 갈립니다. 평화공원은 아주 편파적입니다"라는 발언으로 시작해 거의 두 시간을 내리 말씀하셨다. 김임만 씨는 부랴부랴 카메라를 설치했다.

처음에는 어느 방향으로 나아가는 이야기인지를 제대로 파악하지 못했다. '재심사'라는 단어가 나오고 나서야 갈피를 잡았다. 진짜 희생자들이 일반 국민에게서 추모를 받으려면 평화공원에서 먼지를 털어내야 한다고 하셨다. 가려내다라는 동사 앞에 '흑백' '쓰레기'를 목적어로 사용하셨다.

그러시더니 이 방 저 방에서 책들을 여러 권 꺼내 오셔서 앞에 쌓아놓으셨다. 긴 이야기가 시작되는구나 싶었다. 대체로 4·3 관련 서적이었다. 말씀 도중 손을 책 위에 올려놓긴 하셨지만 펼치신 적은 몇 차례 되지 않았다. 그리고 말씀 도중 몇 번이나 나온 표현은 "어디서부터 말해야 하나"였다. 크기를 가늠키 어려운 기억이 있다. 발언하시는 모습을 대하며 분석하고 싶은 여러 대목이 있었지만, 한 개인이 지닌 기억의 크기 자체를 존중해 되도록 정확을 기해 옮기고자 한다. 그렇더라도 줄거리 위주로 축약한 데 불과하다. 당일 김임만 씨가 촬영한 영상기록을 듣고 타이핑했으며, 고씨 할아버지께는 들려주신 이야기를 글로 옮기는 것을 허락받았다.

그의 4·3

4·3 사건을 생각하면 이가 갈린다. 빨갱이들이 남한을 빨갱이 사회로 만들려고 작당한 일이지 않은가. 학교 다닐 때 선생이라는 인간이 학생들에게 '적기가'를 가르쳤다. "붉은 깃발을 높이 들어라. 그 밑에서 전사하리라." 나는 중학원에 다니다가 3학년 2학기에야 정식 중학교로 인가받아 삼사 개월 다니고는 졸업했다. 계엄령이 선포되었을 때는 졸업해서 교원양성소에 있었다.

계엄령 선포로부터 사나흘 지났는데 계엄군 특별중대, 그러니까 서북청년단이 나를 잡으러 왔다. 나 말고도 예닐곱 명이 교실 입구로 끌려나왔다가 체포하러 온 사람에게 인계되었다. 지서에 끌려가 1차로 취조받았지만 그렇게 가혹하지는 않았다. 나는 실내에서 조사를 받았는데 바깥에서는 아우성 소리가 이만저만이 아니었다. 조사가 끝나고 제 다리로 걸어 나오는 사람이 드물었다. 하지만 나는 그때까지 별일 없었다. 나중에 알고 보니 지서로 끌려가는 걸 본 친척이 힘을 써줬다.

잡혀 들어간 지 보름 있다가 나왔다. 그리고 이삼일 지나니까 서북이 직접 취조하겠다며 들이닥쳤다. 학교 안 교실이 수용실이고 취조실도 교실이었다. 취조실에서 탁자 쪽에 있던 사람은 총을 갖고 있었다. 남로당에 가입하지 않았느냐, 활동을 하지 않았느냐고 추궁했다. 터무니없는 소리라서 안 했다니까 두드려 팼다.

언제 어떻게 기절했는지도 모르겠다. 취조실로 끌려갈 때는 저녁 아홉 시 경이었는데 의식을 차려보니 다음날 아침이었다. 눠여 있었는데 일어설 수가 없었다. 오줌을 누운 자리에서 지렸다. 며칠 뒤 다시 취조받으러 갈 때는 업혀갔다. 이번에도 같은 소리다. 증거가 있으니 바른말 하라며. 반실신해서 아직 사지가 멀쩡한 사람들을 불러다가 수용실로 데려갔다. 다음날 죽지는 않고 의식이 돌아왔다.

그렇게 두 번 취조받고 나흘인가 닷새 만에 석방되었다. 그 뒤로 알게 되었는데 모략이 있었다. 계엄령이 선포된 날인가에 한림중학교에서 학생들과 학부모들을 집결시키고는 세 사람을 운동장에서 공개총살했다. 빨갱이 무장대의 요직이 있는 놈이 이북 출신인 교장과 강사를 암살하라고 세 학생을 선동하고 강압했다는 것이다. 그 셋이 구체적으로 무슨 짓을 했는지는 모르지만 그걸 이유로 공개총살했는데, 일 년 선배인 내가 배후에서 그들을 권총으로 위협해 교사한 사실이 드러나 나를 체포했다는 것이다.

하도 기가 막혀서. 어느 누군가의 모략일 텐데, 짚어보니 얼마 전 명월에 사는 변가 녀석이, 이름까지는 말 안 하겠지만, 산으로 올라오라고 했던 일이 있다. 산으로 오면 사냥해서 고기도 먹고 들판에서 놀며 지낼 수 있다면서. 집이 보리밥 먹기도 어려운 형편이라 나는 집안일을 돕고 밤에도 일해야 했다. 그래서 거절했는데, 요놈의 자식이 보고하니까 위에서 그 일을 발설하면 자기들이 위험해질 수 있으니 나를 없애버리려고 모략을 한 거다. 확실한 증거가 있는 건 아니지만 마음속으로 단정했다.

석방될 때는 팔도 못 벌리고 걷지도 못했다. 두 달 아무 일도 안 하고 있으니까 젊은 때라서 뛰지는 못해도 걸을 수 있게 되었다. 복수심 아닌 복수심이 생겨났다. 대한청년단에 가입했다. 그때는 회색분자라는 말이 유행했다. 이쪽도 저쪽도 아닌 사람 말이다. 어중간하게 있는 사람은 이쪽에서도 저쪽에서도 당한다. 정치 문제에 관여할 생각이 없었지만 살아남으려면 어느 쪽엔가 속해야 했다. 대한청년단은 한림지서 경계 돌담에 사무실이 있었는데, 단장이 제헌국회의원을 한 안병직 씨이고 부단장이 제주도 위원을 지낸 차명택 씨다. 계엄령 선포 이전에는 단원이 이삼십 명 정도였는데 금포, 협재, 금릉 사람이 많았다. 안병직 씨가 금릉, 차명택 씨가 금포 출신이다. 나 말고도 그때 여러 사람이 가입해서 전체 오륙십 명이 되었다. 거기 들어가면 단장과 부단장이 좌익과는 관계없다고 막아주고 단원들이 인정해줘서 체포당할 염려가 없었다.

계엄 선포 이전부터 있던 사람들이 1소대, 이후 신임대원들이 2소대였는데, 단장의 신임을 얻어 2소대 소대장령을 받았다. 그리고 안병직 씨가 자기를 수행하라고 했다. 나는 가끔 한림, 금악, 애월 쪽으로 계엄군들이 토벌하러 갈 때 동행했다. 토벌대는 무기도 없고 죽창을 들었다. 중산간 부락은 불타고 남은 모습이었고 길가에는 시체들이 엎드려 있었다. 연기에 질식된 건지 총 맞은 건지 모르겠지만.

그때는 국방경비대가 있었는데 경비대원을 충원하기로 했다. 내가 대한청년단장을 수행하고 있었으니까 정보를 먼저 취해 단장에게 경비대 추천 명단에 올려 달라고 했다. 단장에게서 신임을 받고 있었으니까 올라가겠거니 했는데, 나중에 보니 내 이름이 명단에서 빠져 있었다. 단장에게 왜 빠졌느냐고, 남들처럼 훈련받고 총 쏠 수 있다고, 이놈들을 내 손으로 소탕하겠다고 하니 안병직 씨가 자네는 계엄군에 체포된 일도 있고 자네에 대한 투서도 있어서 곤란하다는 것이었다.

말로 꺼내지 못한 기억은 식지 않았다

"아이고, ○○ 아버지, 천리강산 만림수다."

조금 떨어져서 소파에 앉아 계시던 할머니의 말로 할아버지의 말씀이 끊겼다. 자기 하고 싶은 말만 하면 어떻게 하느냐고, 물어볼 게 있어 멀리서 찾아왔을 텐데 손님들이 말 좀 하게 하라고 하셨다.

사실 그대로 더 들어도 좋았을 것이다. 흘러나오는 이야길 듣는 것과 질문에 답하시는 것은 다르다. 김임만 씨가 말한 대로 확실히 대단한 이야기였다. 내용도 파란만장했지만 당시 일의 묘사가 너무도 세밀했다. 마을의 모습이며 고초 겪으신 이야기를 여기 구구절절 옮기지는 못했다. 반세기도 넘게 지난 일을 어떻게 이토록 생생히 기억하고 계실까. 그런 기억이란 대체 어떻게 가능한 것일까.

김시종의 자서전을 읽으면서도 기억이 너무나 세밀해 여러 차례 놀란 적이 있다. 자서전에는 이런 문장이 나온다. "가시 돋친 밤송이 껍질 같은 기억이라 닿기만 해도 상처가 나서, 생각해내지 않으려고 노력해 마음 깊숙이에 묻어둔 기억입니다. 그 탓일까요. 원상原象은 엷어지지도 않고 차례차례 프레임을 넘기듯이 떠올랐습니다."

오랫동안 침묵 속에 봉인해뒀던지라 기억은 훼손되지 않은 것일까. 동결된 기억은 긴 동면에서 깨어나듯 고스란히 되살아나는 것일까. 나는 알지 못한다. 다만 이렇게 짐작해본다. 기억이 뜨거운 동안은 말로 꺼내기 어려웠고, 말로 꺼내지 못한 기억은 식지 않았다. 쓰지 않더라도 김시종은 마음속에서 몇 번이나 저때로 돌아갔을 테고, 오히려 쓰지 못해서 영상의 프레임으로 남아있었는지 모른다. 그렇다면 고씨 할아버지의 이 기억은, 이러한 기억력은 어떻게 가능한 것일까. 그는 자신의 기억을 누구에게 얼마나 들려줄 수 있었을까. 꺼내지 않았기에 닳지 않은 기억일까, 아니면 누차 꺼내며 살찌운 기억일까. 초대면의 사람에게 두 시간을 들려줄 수 있는 기억은 어떠한 감정과 의지의 산물일까.

할아버지의 말을 끊은 할머니 역시 한국전쟁 때의 피난길을 비롯해 할아버지와 경쟁하듯 자신의 이야기를 들려주셨다. 그런데 할머니의 고생담은 김임만 씨가 자신의 어머니 이야기를 꺼낸 자리에서 흘러나오기 시작한 것이었다. 입을 열 기회를 얻은 김임만 씨는 이런 이야기를 했다. 1948년 10월, 아버지는 고향인 제주도의 어느 항구에서 작은아버지 부부와 합동결혼식을 올렸다. 그리고 결혼 삼 개월 만에 홀로 일본으로 건너갔다. 얼굴도 보지 않고 결혼한 어머니는 칠 년 뒤에야 일본으로 밀항했다. 남편을 바다 건너로 떠나보낸 제주 여인의 삶은 어떠한 것이었나. 할머니의 고생담은 이 물음에 이끌려 나온 것이었다.

사실 김임만 씨는 자신의 아버지에 관해 묻고자 고씨 할아버지를 찾았다. 고씨 할아버지는 아버지와 소학교 동급생이었다. 김임만 씨는 이따금 아버지에게서 4·3 때 일을 들었는데 어딘지 기억이 토막 나 있다고 느꼈다. 그래서 고씨 할아버지의 이야기를 찍어서 그 영상을 아버지에게 보여주면 보다 분명한 이야기를 들을 수 있지 않을까 기대했던 것이다. 김임만 씨는 고씨 할아버지에게 졸업앨범에서 아버지가 누구인지 물었고, 고씨 할아버지는 이 사람이라고 일러주셨다. 하지만 학창시절 아버지에 관해 기억나는 것을 여쭤보니 인상이 없는 학생이었는지, 기억이 분명치 않은 것인지 반에서 일등 하고 나중에 조총련 간부가 되었다는 김순흠 씨 쪽으로 화제를 돌리셨다.

용왕궁의 기억

저녁께 고씨 할아버지 댁에서 나와 제주시로 돌아왔다.

그날이다 싶었다. 이번에는 내가 김임만 씨를 인터뷰했다. 제주에서 처음 맞이한 4·3을 그렇게 보내야겠다고 생각했다. 그때는 녹음기가 없어서 위령제와 고씨 할아버지를 촬영하려고 그가 가져온 카메라로 인터뷰를 녹화했다. 그는 삼각대를 설치하고 구도를 잡아 스스로 프레임 속으로 들어갔다.

그는 몇 년째 '용왕궁의 기억'이라는 다큐멘터리를 준비하고 있었다. 오사카에서 만났을 때 이야길 들었는데 그간의 경과가 알고 싶었다. 무엇보다 4·3 평화공원과 고씨 할아버지 방문도 그 작업과 관련되어 있는지가 궁금했다. 그는 그렇다고 했다. 용왕궁도, 4·3 평화공원도, 그리고 어머니가 계시던 부엌도 모두 '기도의 공간'이다. 그의 다큐멘터리는 '기도의 공간'을 따라 크게 돌고 있는 중이었다.

지금부터 적는 것은 그날의 인터뷰와 함께 그가 보내준 「용왕궁의 기억 기획서」에서 취한 내용이다. 그가 용왕궁을 찍기 시작한 것은 2009년 6월의 일이다. 자신이 원해서 촬영한 게 아니라 의뢰를 받았다. 1920년대부터 제주에서 건너온 사람들은 언젠가부터 제주에서 지내던 해녀제를 옛 요도가와 강변의 한 부락에서 지내기 시작했고 그곳은 '용왕궁'이라 불렸다. 해녀가 물질하는 바다에 산다는 그 용왕이다. 용왕궁은 가족의 안녕과 평안을 비는 신당이 되었고 할망들의 침묵은 용왕제라는 굿으로 승화되었다.

세월이 흘러 용왕궁은 재일조선인 2세가 관리를 맡았는데, 그가 세상을 떠나자 오사카 행정은 불법점거라며 퇴거로 몰아갔다. 기도는 해도 되지만 뭔가를 태우면 불법방화고, 강물에 흘려보내면 무단투기라는 식이었다. 용왕궁은 2010년 8

월 철거될 예정이었다. 그러자 용왕궁을 연구하는 학자들이 용왕궁을 기록하는 프로젝트에 착수했고 김임만 씨에게 촬영을 의뢰한 것이다.

그는 1년 2개월간 기록해 영상물을 연구자에게 넘겼다. 얼마 지나지 않아 놀랄 일이 생겼다. 용왕궁이 철거되자 학자들은 다른 주제를 찾아 떠났기 때문이었다. 다큐멘터리를 찍는 그에게는 건물이 부서졌다고 끝난 게 아니었다. 거기 살던 사람이 있다. 그리고 무엇보다 기도의 세계 자체가 사라진 것은 아니었다.

프로젝트가 끝난 후로도 그는 오이마자토에 있는 도요다 심방 집에 놀러가서 종종 이야기를 들었다. 도요다 심방은 일본에서 태어났지만 어릴 때 제주로 건너갔다가 열네 살에 홀로 오사카와 제주를 잇던 정기여객선 기미가요마루를 타고 돌아왔다고 한다. 나막신 만드는 일부터 시작해 이리저리 전전하다가 서른여덟에 심방의 길로 들어섰다. 이후 제주도 출신의 재일 1세 할망과 함께 요도가와, 하코자키, 후쿠베야마 등지에서 굿을 해왔다. 용왕궁에서도 굿을 했다. 그는 교육받지 못해서 글을 못 쓴다고 한탄했다고 한다.

김임만 씨는 도요다 심방을 만나서 이야기를 들으며 정작 어머니에 대해서는 아무것도 모른다는 걸 깨달았다고 한다. 그의 어머니도 1930년대에 태어났고, 읽고 쓰지 못한다. 그 자각에서 '용왕궁의 기억'은 어머니의 이야기로 번져갔다. 그는 어머니와 함께 고향 제주를 찾아 어머니에게 많은 걸 묻기로 작정한다.

2013년 가을, 행운이 찾아왔다. 결국 불운이었는지 모르지만. 재일노인 지원단체가 재일 1세들의 고향 방문을 무상으로 지원하기로 한 것이다. 그는 어머니를 설득해 서둘러 여권 재발행 수속을 밟았다. 어머니에게는 12년 만의 고향 방문이다. 휠체어 탄 어머니를 택시에 태워 나가타 구청에 가서 영사관에 제출해야 할 외국인등록증을 발급받았다. 본인 확인차 담당자가 어머니의 생년월일을 물었다. 어머니는 당황해 우물거렸는데, 그도 어머니의 생일이 떠오르지 않았다. 그래서 자신의 외국인등록증을 떼다가 어머니 생년월일을 확인했다. 끝으로 담당자는 어머니에게 사인을 하라고 했는데, 어머니는 머뭇거리며 이름을 적지 못했다. 그는 조금 짜증 난 목소리로 "자기 이름도 못 쓰는교?"라고 말했다. 그리고 얼마 지나지 않아 그 일을 후회했다.

어머니는 얼마 뒤 결핵성 뇌수막염에 걸려 말을 못 하게 되었다. 그 일 때문이 아니라고 믿고 싶었지만 여동생은 자신을 탓했다. 어머니는 말도 못 하고 스스로 식사도 못 하는 채로 누워 있는 상태가 되었다. 그래도 그는 어머니의 이야기를 카메라로 담아야겠다고 생각했다. 그건 자신 속의 어머니에 대한 기억을 스스로 되살려내는 일이자, 되살려낸 기억으로 자신의 인생을 복습하는 일이었다.

이제 '용왕궁의 기억'은 자신의 작업이 되었다. 그리고 작업은 한정 없이 길어졌다.

어머니의 병환이 깊어지자 굿을 하려고 도요다 심방을 찾아갔다. 그런데 이번에는 도요다 심방이 당뇨병 발작으로 쓰러졌다. 굿을 한다고 어머니가 회복될 거라 기대한 것은 아니었다. 살아계신 동안 한을 풀어드리고 싶었다. 부엌에서 주걱을 쥐고 조용히 기도하던 어머니 모습이 떠오른다. 그렇게 극진히 기도하던 어머니의 한이 무엇이었는지 아는 길은 굿밖에 남지 않았다고 생각했다.

도요다 심방에게 부탁할 수 없게 된 이상 제주의 심방에게 굿을 맡기기로 마음먹었다. 그리고 이 일은 자신이 제주에서 위령제를 찍어온 작업과 합류하게 된다. 그는 2008년부터 4·3 위령제에 왔다. 2008년은 4·3 60주년이자 평화공원이 완공된 해다. 이후로도 매해 4·3 때마다 제주에 왔지만 2008년 위령제가 가장 강렬했다고 한다. 그때는 요직에 있는 인사들의 발언과 정돈된 문화행사로 짜이는 식이 아니었다. 신방이 있고 굿이 있었다. 그는 거기서 굿을 처음 보았다. 평화공원은 그야말로 위령의 공간이었다. '용왕궁의 기억'에도 2008년의 영상만을 넣을까 고민 중이라고 했다.

이제 자신의 작업이 된 '용왕궁의 기억'을 이어가고자 제주의 한수리, 우도 등지에서 영등굿을 기록했다. 촬영을 이어가면서도 굿의 의미가 완전히 이해되진 않았지만, 몸과 마음을 다 바치는 할머니들의 기도, 쓰러져 우는 그들의 통곡 속에서 재일 1세 할머니들의 모습을 보았다. 어머니와 도요다 심방의 모습도 거기 있었다.

이름이 여럿인 자

그에게 물었다. 아버지의 동급생인 고씨 할아버지를 찾아가며 무슨 이야기를 기대했는가. 고씨 할아버지의 이야기로 아버지의 기억을 열어 어떤 세계와 만나길 바라는가.

그가 답했다. 어머니다. 아버지라는 열쇠로 열면 어머니가 나온다.

김임만 씨는 어머니가 쓰러져 더 이상 대화를 나눌 수 없게 된 이상 아버지에게서 여러 이야기를 들어야겠다고 마음먹었다. 아버지 속에 있는 어머니를 알고 싶다. 그러려면 또한 많은 사람, 많은 사실을 알아야 한다. '용왕궁의 기억'은 아버지의 이야기로 번져간다. 아버지는 그가 다큐멘터리를 만드는 걸 타박하면서도 자신이 어떻게 일본으로 오게 되었는지, 할머니 할아버지가 어떤 사람이었는지를 들려줬다.

2011년 4월, 그는 아버지와 함께 제주에 왔다. 위령제에 갔다. 오키나와전이 한창이던 때 본토결전을 제주에서 방위하려고 구축한 지하 요새, 난징 폭격에 사용된 모슬포 비행장, 그리고 건설이 시작된 강정 해군기지에 갔다. 끝으로 한림초등학교에 가서 식민지시대 졸업명부에 기재된 아버지의 창씨개명된 이름을 만났다. 창씨개명 이후 일본으로 건너가 또 한 번 이름을 바꾼 채 평생을 지낸 아버지는 자신을 장발장에 비유했다.

이름. 바뀐 이름. 두 개, 세 개의 이름. 김시종이 떠오른다. 김시종 역시 일본으로 건너가 '임'씨로 영주자격을 얻었다. 이유인

즉슨 식민지기 쌀을 사기 위한 미곡통장米穀通帳에 기재되었던 이름이 그대로 등기된 것이다. 본명 김시종은 필명이 되었다. 그는 말한다. "물론 일본인스러운 이름을 계승한 것은 당시 나의 주체가 연약했음을 드러내지만, 덕분에 나는 어느 이름도 진정한 내가 아닌 상태에서 내가 살아가기 위한 존재 공간을 유지하는 데 결사적이다. 이름이 자기 존재의 증명이라면, 적어도 나의 실재는 일본의 법에서 무無일 뿐 아니라 조선민주주의인민공화국 공민으로서의 존엄도 실재도 공백이다. … 나는 그저 존재할 뿐으로, 일본국 정부가 그리 내켜할 것 같지 않은 내 조국과의 국교정상화를 하든 하지 않든 간에 '재일'이라는 풍토 속에서 이미 무국적자로 영락하고 있다."(「일본어의 두려움」)

김임만 씨의 이름에도 곡절이 있다. 그는 2009년 오사카시의 하청을 받은 대형건설사의 하청업체에서 일거리를 구했다. 그런데 건설사 측은 일본식 이름이 아닌 김임만을 이름으로 쓰는 그에게 취업증명서를 제출하도록 요구했다. 영주권자인 그로서는 제출할 필요가 없는 서류였다. 그리고 하청업체는 그에게 '가네우미'金海라는 성이 새겨진 헬멧을 내밀었다. 그는 해고당하지 않으려고 통명으로 일을 했다. 그러다 삼 개월이 지나 하청인 건설회사와 원청인 국가를 상대로 정신적 손해배상 청구소송을 제기했다. 이것은 재일조선인에게 암묵적으로 일본식 이름을 강요하는 사회와 국가를 향한 첫 소송이었다. 김임만 씨의 재판을 지지하는 활동이 '이름'イルム이라는 이름으로 시작되었다. 2년여의 심리 끝에 오사카 지방법원은 2013년 1월 30일 판결에서 "강

제 사실은 인정한다"라면서도 소송 기각, 원고 패소를 선고했다. 그는 항소했다.

넘어서겠다는 의지

김임만 씨는 일본 공립학교를 다녀서 한국어 혹은 조선어를 못 했다. 그는 종종 '우리말'을 못한다고 말했다.

그의 첫 제주 방문은 1981년, 스물한 살 때였다. 처음 본 할머니는 얼굴을 쓰다듬으며 한숨을 내쉬었다. "아이고, 우리 손자 쪽발이가 다 되었다." 한국어를 못 하는 그도 말뜻을 알 수 있었다. 할머니에게 죄송하고 스스로가 한심했다. 도망치고 싶었다.

그는 스무 살을 넘기고 나서야 한국어를 처음 의식했다. "안녕하세요" 다음으로 알게 된 말은 자신의 이름이었다. 무의식적으로 그어진 경계를 넘어서는 첫 번째 말이었다. 자신의 이름이 모국어로 발음될 때의 울림은 놀랍고 낯설었다. 그에게 한국어는 모국어이나 외국어다. 일본어는 모어지만 모국어는 아니다. 어머니는 자신과 정반대다. 어머니의 모어가 자신에게는 모국어다.

어머니를 생각해본다. 어렸을 때 어머니와 나눈 대화를 떠올려본다. 무슨 말로 주고받았던가. 일본어였나 한국어가 섞여 있었나. 아니면 제주어였던가. 잘 기억나지 않는다. 기억나지 않는 까닭은 지금 자신이 일본어로 사고하고 있어서일지 모른다. 모어와 모국어가 엉킨 관계. 그렇게 어머니와 자신은 '언어'라는 경계에서 갈린다.

2006년, 그는 언어로 생겨난 경계를 스스로 넘어서기 위해 카메라를 샀다. 언어를 넘어선 언어, 일본어와 한국어 사이의 바다를 건너는 '영상'이라는 언어를 획득하기 위해.

「용왕궁의 기억 계획서」에 그는 이렇게 적었다. "바다를 넘어, 분단된 세대의 단절을 넘어, 엉킨 '모어'와 '제2언어'를 다시 번역하고, 나아가 노출시키는 것과 노출되는 것 사이를 넘어 다시 화합하기 위해, 몇 번의 좌절과 중단을 거치면서 나는 이 다큐멘터리 '용왕궁의 기억'을 다시 재개하고 되살려야만 했다."

여기서 "노출시키는 것과 노출되는 것의 사이"는 일본어로는 '晒すものと晒されるものはざま'인데 김시종을 의식한 표현임이 분명하다. 나라면 김임만 씨의 이 문장을 '드러내는 자와 드러나는 자의 틈새'라고 번역했겠지만, 사실 '晒す-晒される'의 마땅한 번역어를 찾기는 어렵다. 아무튼 중요한 것은 그 이후에 나오는 '넘어서겠다'는 그의 의지였다. 저 문장은 김시종의 문제의식보다 더 나아가겠다는 선언이었다. 인터뷰 때 그는 말했다. "결국 나는 김시종이 되지 못하고 나인 채로 카메라를 들고 있을 뿐이다. 내 나름으로 암중을 모색하던 결과가 용왕궁이라는 느낌이다. 그걸 성립시키고 싶다. 그러면 볼 사람은 보고 느낄 사람은 느낄 것이다."

그렇다. 오사카 그의 집에서 술 마시던 때도 이런 대화를 나눴다. '노출시키다-노출되다', 그것은 1970년대 재일조선인이 자신의 본명을 밝히는 운동 가운데서 김시종이 제시한 구도다. 그런데 당시 김시종은 자신이 조선어를 가르치던 일본의 공립고

등학교에서 재일조선인 학생에게서 들은 내밀한 이야기, 밀실 속의 말을 글로 옮겼다. 하지만 다큐멘터리는 그런 구도일 수 없었다. '노출시키다-노출되다'를 넘어서지 않으면 찍을 수 없다. '용왕궁의 기억'은 '찍다-찍히다'의 관계로 만들어지지만 동시에 이 구도를 해체하고자 한다.

영상은 언어의 경계를 넘어설 수 있다. 아울러 누구에게나 평등할 수 있다. 카메라의 특권, 권위라는 게 있다면 그걸 지면으로 끌어내려야 한다. 그런 의미에서 그는 타인을 찍는다는 행위는 샤먼이 되는 일이라 말한다. 왜 4·3을 찍고, 가마가사키의 노동자를 찍고, 어머니와 아버지를 찍고 있는가. 어머니와 아버지를 알려고 왜 고씨 할아버지를 찍으러 갔던가. 찍는 까닭에 찍히는 자와 이어질 수 있다. 길고 긴 촬영은 굿의 구조와 비슷하다는 느낌이 든다. 자신이 장 속으로 내디뎌야 하며, 찍다보면 스멀스멀 기어들어오는 것이 있다. 여러 시간대가 눈앞의 한 장면으로 모여든다. 프레임 바깥의 무언가 시선들이 느껴진다. 찍다보면 신 내리는 것 같은 순간이 있다. 카메라의 존재를 잊고 무심으로 찍고 있을 때 스스로 납득이 된다. 그는 이렇게 말했다.

단편들을 이어붙이려는 자

그에게 물었다. 이제껏 무척 오랫동안 촬영했고, 이야길 들어보면 너무도 많은 요소가 이 다큐멘터리에 들어와 있다. 찍을수록 결론에 다다르기보다 결론을 잃어가는 방식으로 찍고 있는 듯하다. 찍으면서 찍는 자의 위치가 움직이고, 그 이동이 또다시 찍는다는 행위를 추동한다. 그런 방황을 거쳐서야, 그렇게 긴 시간을 들여서야 간신히 알게 되는 것, 가까스로 열리는 세계가 있는 것 같다. 당신은 그리하고 있는 것 같다. 그런데 계속 찍고 있을 수는 없지 않은가. 내년에 출품해야 하는 것으로 알고 있다. 영상은 당신 말처럼 차별하지 않을 수 있다. 하지만 편집은 선별이 필요하지 않은가. 이제 어떤 식으로 편집할 것인가.

그가 답했다. 그간의 촬영분을 최근 분류해봤다. 어머니는 그리 길게 찍지 않았다. 10시간 정도. 4·3은 제법 길다. 용왕궁도 50시간 정도 찍었다. 제주의 굿은 기원하는 세계라서 일단 시작하면 10시간 넘게 찍기도 한다. 100시간 넘는 촬영분이 있다. 타임라인을 짜보았는데, 굿의 장면은 10초짜리로 만들어야 할 것 같다.

편집은 결국 자의적이다. 무엇을 고를지는 감각으로 정한다. 찍으면서 알게 되기도 한다. 무엇을 골라 어떻게 연결할지를 생각하고 있다. 가령 어머니의 입욕 장면 이후 용왕궁 컷을 붙이려고 한다. 그것들은 물로 연결된다. 또한 자신에게 계속 질문을 던지게 하는 장면이 있다. 그 장면은 신기하게도 기억에 줄곧 남는다. 그런 장면과 대면하는 순간을 노려 계속 찍는 것이다. 그 순간이 중요하다. 사람들이 들려주는 이야기도 단편적인 것이 진실성이 높지 않은가 한다. 술술 나오는 말은 믿기 힘들다.

오늘 고씨 할아버지를 만나러 간 것은 자기 체험을 그처럼 당당하고 분명하게 말하는 경우가 드물기 때문이다. 그래서 함께 들었으면 했다. 그런데 그는 아버지에 관한 마지막 질문에는 제대로 답하지 않았다. 하지만 그걸 들으며 역으로 나의 감각이 확실해졌다. 최근 촬영을 하면서 상대에게 꺼내는 질문은 자신의 대답을 찾기 위한 경우가 많다. 이 다큐멘터리를 제대로 만들고 싶다. 왜 그 장면을 선택해야 하는지 설명은 못 하겠지만 역시 자기 안에서 방향성을 잡아야 다큐멘터리를 만들 수 있다. 방향성을 잡기 위해 계속 카메라를 들고 있다.

그의 말을 들으며 생각했다. 말로 표현하기 어려운 고통, 말로 꺼낼 때마다 감정이 끓어오르는 기억이 여기저기에 있다. 그 엄청난 분량의 고통과 기억을 뒤적이는 자가 있다. 그 단편들을 애써 이어붙이려 하는 자가 있다. 그 의지는 기억의 구성력, 영상의 논리를 만들어낼 것이다.

충전되는 기억

한 인간에게서 궁극적으로 빼앗을 수 없는 것은 무엇일까. 빼앗기지 않아서 그 인간의 본질을 이루는 것은 무엇일까.

돈은 빼앗길 수 있다. 손도 잘려나갈 수 있다. 물론 그리되면 그 인간 자체가 변한다고 할 수 있을 테지만. 한 인간에게서 결코 빼앗을 수 없는 것은 역시 기억이지 않을까. 물론 그 기억이 가공되거나 변질되기도 할 테지만.

하고 싶은 말은 이것이다. 그 인간을 그 인간으로 만드는 게 기억이라 해보자. 그런데 기억은 홀로 가질 수 없다. 기억은 언제나 타인과의 것이거나 타인에 관한 것이다. 그리고 기억의 상기란 타인을 향한 것이다. 그에게 다큐멘터리의 작업 과정을 들으며 기억의 형성 과정을 생각했다. 기억의 편집은 보고 듣는 자와 관계를 생성하는 일이다.

김임만 씨의 다큐멘터리에서 하나의 장면을 관객에게 보여주려면 다른 여러 장면이 필요해진다. 가령 이런 장면이다. 그가 어머니를 길게 찍고 있으려니까 아버지가 화를 낸다. "너는 나이가 몇인데 그러고 있느냐. 네가 빨갱이냐." 그에게는 중요한 영상이다. 다큐멘터리에 넣고 싶다. 그런데 맥락을 만들지 않는다면 보는 이에게 그 중요함이 전해지지 않을 수 있다. 그 장면을 제대로 장면으로 만들려면, 즉 면으로 펼치고 장으로 일으키려면 숱한 단편들을 이어 붙이고 쌓아야 한다. 그러면서 타인에 앞서 자신이 그 장면을 이해하게 된다. 타인에게 다가가기 위해 스스로를 파고들게 된다.

그건 어떤 기억의 형성 과정이지 않을까. 기억들이 쌓여 생겨나는 기억이 있다. 그런 기억은 가득 충전된다. 그런 기억은 그 기억을 접하는 타인에게도 손을 뻗는다. 그에 앞서 자신을 움직인다. 스물한 살 때 처음 온 제주에서 도망치고 싶었던 그는 '용왕궁의 기억'을 편집하며 이제야 자신이 제주에 와도 되는구나 마음이 놓였다고 했다.

나는 무엇의 몇 세인가

끝으로 물었다. 다큐멘터리를 어떤 장면으로 끝내려 하느냐고.

그는 답했다. 편집을 하다가 이 다큐멘터리의 한 가지 결론이랄까, 지금까지의 영상을 통한 달성이랄 만한 것이 드러났다. 문득 어렸을 때 어머니의 마음을 엿봤던 장면이 떠올랐다. 냇가에서 놀다가 물에 빠지는 바람에 진흙투성이가 되어 집에 돌아온 적이 있다. 어머니는 나를 데리고 다시 그 냇가로 갔다. 술인지 뭔지를 입에 머금었다가는 내 몸에 팍 내뿜었다. 그때 어머니가 신방 같았다. 어머니는 제주도에서 자신이 겪은 대로 한 걸 거다. 신방은 일이 일어난 그 현장에서 위로하는 자다. 그런 신방의 역할이 그곳을 살아가는 사람들을 위해 필요하지 않은가. 이 다큐멘터리도 그런 것이 되어야 한다고 생각한다.

'용왕궁의 기억'은 재작년 DMZ국제다큐영화제에서 상영되었다. 나는 그 기간 동안 한국에 있질 않아 보지 못했다. 스태프가 영상 파일을 보내준다고 해서 기다리고 있다. 그의 결론은 무엇일까. 마지막 장면은 무엇일까.

그리고, '용왕궁의 기억' 작업이 끝났는데, 그는 올해도 위령제에 올까.

작년 4·3은 화창했다. 재작년 위령제에 오지 않았던 박근혜는 그사이에 올 수 없는 신세가 되었다. 작년 위령제에는 대선

주자들이 찾아와 4·3의 진상 규명을 약속했다. 하지만 재작년과 달리 내게 별다른 기억은 없다.

작년 그날도 김임만 씨를 평화공원에서 만났다. 만날 줄 알고 있었다.

2018년, 올해는 4·3 70주년이다. 제주도는 올해를 제주 방문의 해로 정했다. 나는 세 번째로 위령제에 갈 것이다. 김임만 씨는 올해도 올 것인가.

김임만 씨는 자신을 2.5세라고 말한 적이 있다. 자신을 2세와 3세 사이에 두는 이유는 일본에서 태어난 한 사람의 재일조선인으로서 일본어가 모어이고, 모국어인 조선어는 할 수 없어서라고 했다. 그리고 자신이 2.5세인 이유는 아버지와 어머니가 식민지기부터 일본에서 살았던 게 아니라 1948년 4·3 이후에 건너왔기 때문이라고 했다.

2.5세. 이 말은 어느 쪽에도 제대로 속하지 못한다는 결여의식의 발로이자 시대에 대한 세대의식의 표출일 것이다. 4·3 때 연락책으로 활동하다가 밀항해 재일조선인이 된 김시종 역시 식민지기에 일본으로 넘어간 1세와는 다르다. 그는 「제2세 문학론 — 젊은 조선 시인의 아픔」이라는 글을 쓰기도 했다. 1세, 2세, 3세, 4세. 그리고 2.5세. 나는 이따금 자신을 몇 세라고 말하는 사람을 만난다. 그런데 나는 무엇의 몇 세일까. 나 역시 어떤 사건의 동세대이거나 누군가의 다음 세대일 것이다. 하지만 이 물음은 그런 자들을 만나지 않는 한 좀처럼 의식화되지 않는다.

올해는 4·3 70주년이다. 70년. 그건 또 내게 어떤 의미일까.

4·3과 지금의 나 사이에 존재하는 70년이라는 시간을 어떻게 받아들여야 할까. 그 70년은 김시종, 고씨 할아버지, 그리고 김임만 씨에게 어떠한 시간이었을까. 어떻게 다른 시간이었을까. 4·3 70주년을 맞이해 김시종은 제주 4·3 70주년 기념사업위원회의 초청으로 위령제에 오실지 모른다. 고씨 할아버지는 정권이 바뀌어 대통령이 참석하게 될 4·3 70주년을 어떤 심경으로 바라보실까.

70년. 이 시간이 어느 정도의 길이인지 나는 가늠하지 못한다. 내가 그 사건의 몇 세대인지 역시 알지 못한다. 김시종, 고씨 할아버지를 만나는지 김임만 씨를 만나는지에 따라 내가 몇 세대인지는 달라진다. 다만 말할 수 있는 건 이제야 내게는 4·3이 봄이라는 계절 속으로 들어왔다는 것이다. 김시종의 자서전을 번역하고 고씨 할아버지의 증언을 듣고 김임만 씨의 4·3을 궁금해하며.

올해 김임만 씨는 올까. 올해 4·3은 그에게 어떻게 기억될까.

8

책의 펼침, 장의 펼침

2019

이미 책은 수명이 짧은 기호품이 되어가고 있다. 개개인의 욕구와 취향에 따라 그때그때 즐기고 버려지는 소비재가 되어가고 있다.

'펼쳐지지 않음'은 미래의 책-형태의 특성일 뿐 아니라 미래의 책-체험의 속성이 될지 모른다.

책의 주름은 자신의 주름과 만나고 책의 펼침은 자신의 열림일 수 있었다.

책은 사물이 아니라 사건이다. 있는 것이 아니라 일어나는 것이다. 독자가 어떻게 사건화하느냐에 따라 책은 달리 일어난다.

운동의 현장은 정치적 광장이 되고자 하나 현실적 제약에 가로막히고 성과보다 한계가 드러나는 곳이다. 그리고 운동의 현장에서는 이 제약과 한계야말로 사고가 깊어지고 행동의 모험이 요구되는 계기가 된다.

"흔들리는 대로 흔들리겠다." 각오하는 목소리가 있다.

주름과 펼침의 책. 미완성이 아닌 미결정의 책. 열려 있는 책. 운동하는 책. 목소리들이 웅성대는 책. 말 거는 책. 생각을 산란시키는 책. 잠재된 독서법이 많은 책.

평등이 자격이나 지위의 동등함이 전제된 관계의 수평성을 뜻한다면, 대등은 같아서가 아니라 다르기 때문에 함께해야 하는 시도 가운데서 생겨난다.

책을 펼치는 것이 장을 펼치는 일도 될 수 있지 않을까.

책은, 자기만의 밀실로 침잠하거나 플랫한 세계에서 표류하게 될 앞으로의 인류를 위해 책-장(場)이 되어야 하지 않을까.

지난 십 년간 많은 시간은 책을 쓰는 데 쓰였다. 앞으로 십 년간 책을 더 쓸 수 있을까. 그만한 체력과 정신력이 내게 있을까.

그런데 이는 내 의지와 노력만의 문제가 아니라는 것을 근래 의식하고 있다. 십 년 전에는 해본 적 없는 생각인데, 십 년 후에는 내가 상정하는 책의 형태 자체가 사라질 수도 있기 때문이다.

책이 나를 읽을 것이다

> 펼쳐보기 용이하고 운반 가능하며, 목적 있는 내용을 가진 49쪽 이상 분량의 속장과 보호할 표지가 있어야 한다. 출판되어 일반인이 사용가능한 비정기 간행물로 인류의 사상, 행동, 경제 등 인간의 모든 지적 활동의 기록이다.

1964년 유네스코는 책을 이렇게 정의했다. 내가 써온 책도 읽어온 책도 이 정의를 벗어나지 않는다. 하지만 십 년 뒤에도 이 정의가 유지될까.

첫 어절 "펼쳐보다"부터가 위태롭지 싶다. "49쪽"이 어떻게 산출된 기준인지 모르겠으나 책이기 위한 최소한의 두께를 의미할 것이다. 지금까지 책은 일정 분량의 인쇄된 종이가 묶여서 덮여 있는 모양새였다. 책은 펼쳐야 한다. 한 장씩 종이를 넘겨야 한다. 종이책은 풀과 나무의 후예이며, 책들이 꽂힌 책장은 식물들의 무덤이다. 책장 속에서 책들은 언젠가 펼쳐지기를 기다리고 있다. 하지만 십 년 뒤, 사람들은 종이책이 아닌 전자책을 손에 들고 손가락으로 종이를 넘기는 게 아니라 화면을 터치하고 있을 것이다.

"펼쳐보다"만 위태로운 게 아니다. "인류의 사상" "인간의 지적 활동". 앞으로 책을 정의할 때 이런 거창한 표현이 필요할까. 이미 책은 수명이 짧은 기호품이 되어가고 있다. 개개인의 욕구와 취향에 따라 그때그때 즐기고 버려지는 소비재가 되어가고 있다.

인생의 책. 이런 표현이 그리 어색하지 않은 시대가 있었다. 자신의 정신적 성장을 술회할 때 어느 시절에 만난 어떤 책으로 이야기가 번지는 것은 드물지 않은 일이었다. 내게 인생의 책 목록 제일 윗줄에는 A. J. 크로닌의 『천국의 열쇠』가 있다. 밖으로 나가 친구들과 노는 데 바쁘고 누이에 비해 책에는 별 관심이 없던 어린 아들에게 부모는 책을 읽어야 용돈을 주기 시작했다. 용돈은 책의 두께에 비례했는데 계몽사 소년소녀세계문학전집은 읽고 나면 오백 원, 성서이야기나 삼국지 정도가 되어야 삼천 원을 넘겼다. 그러다 중간에 멈출 수 없어 밤샘하며 읽은 첫 책이 『천국의 열쇠』였고, 그 후로 삼십 년간 인생의 책 목록에 들어갈 책들을 만났다.

다음 장을 넘기면 미지의 언어세계가 나를 기다리고 있을 텐데, 내일로 미룰 수 없었다. 그리하여 밤을 지새우며 읽었던 『천국의 열쇠』 이후 내게 책을 펼친다는 것은 설렘과 혼돈, 모험과 시련 속으로 자진해서 들어가는 일이었다. 내게만 일어난 일이 아닐 것이다. 새로운 책을 찾아 나선다는 것은 의미를 추구하고 성장을 바라는 이들에게 어떤 통과의례였다.

하지만 앞으로는 우리가 책을 찾아 나서기 전에 책이 우리를 찾아올 것이다. 이미 유튜브와 넷플릭스는 우리를 향해 맞춤형 광고를 제공하고 있다. 이용자가 선호하는 장르, 스토리, 시청패턴을 파악해 콘텐츠를 추천하는 알고리즘은 (눈요깃거리라는 차원에서) 유튜브, 넷플릭스와 힘든 경쟁을 해야 할 전자책에도 머잖아 적용될 것이다. 우리가 전자책을 읽을 때 안면인식 기능과 생체센서를 내장한 전자책 리더기의 알고리즘도 우리를 읽을 것이다. 우리가 어떤 문장에서 심박수가 빨라지고 어떤 부분을 그냥 넘기고 어떤 책을 주의 깊게 보는지를 데이터로 축적해 우리 대신 다음 책을 골라줄 것이다.

펼침과 주름

여기서 '펼쳐지지 않음'은 '종이책에서 전자책으로'라는 물리적 형태의 변화를 넘어서 책의 의미, 책과의 관계성 자체가 질적으로 달라지는 사태를 뜻하게 될 것이다. 과거 우리는 나를 아는 타인에게서 책을 추천받곤 했다. 내가 모르던 책을, 나를 아는 타인이 꼭 읽어보라고 권해줬다. 친구에게서 책을 건네받을 때 나는 그 책을 대하는 친구의 시선도 건네받았으며, 책을 읽으며 친구의 마음도 읽었다. 책과 함께 타인이, 타인의 사고가 나를 찾아오고 흔들었다.

현재는 대체로 미디어가 우리에게 책을 추천해준다. 미디어는 많은 사람이 읽었다는 이유로 책을 추천하며, 미디어가 추천하면 많은 사람이 읽는다. 다만 미디어는 딱히 내게만 그 책을 추천한 게 아니라서 막상 읽어보면 실망하는 때도 많다. 하지만 앞으로 똑똑한 알고리즘은 나를 잘 알아 훨씬 만족스럽게 책을 골라줄 것이다. 그런데 알고리즘의 추천에 따를수록 책을 통한 경험세계는 좁아질지 모른다. 알고리즘은 나의 성향과 선택 패턴을 파악해 내가 좋아할 만한 책을 골라줄 것이며, 추천된 책은 나의 기호를 벗어나지 않을 것이다. 그리고 앞으로 책은 유튜브, 넷플릭스와 경쟁하기 위해 시청각적 요소를 가미하고 가능하다면 증강현실도 도입해 우리를 유혹할 것이다. 그때는 '읽다'보다 '보다'가 책에 더 어울리는 동사가 될 것이다.

여기서 '펼쳐지지 않음'은 미래의 책-형태의 특성일 뿐 아니라 미래의 책-체험의 속성이 될지 모른다. 책의 '펼침', 그것은 책의 '접힘'에서 비롯된다. 여러 낱장이 모여 한 권의 책으로 덮여 있다. 낱장들은 펼쳐지기를 기다리는 접힘, 개념적으로는 '주름'이다. 책을 펼친다는 것은 주름 속으로 들어서는 일이다. 책-체험이 모험이고 시련일 수 있는 까닭도 책 읽기가 주름 속 헤매임과 헤어나옴을 동반하기 때문이다. 접힘implication과 펼침explication이라는 책-운동. 그래서 책은 그 판형보다 넓고 두께보다 깊다.

때때로 우리는 책의 주름 속에 빠져 자신의 통념 바깥으로 나서는 문을 발견하기도 했다. 주름 속 헤매임과 헤어나옴이 자기 사고의 관성을 응시하도록 유도하고, 사유하지 않았음에 관한 사유를 촉발하고, 자신과의 대화를 이끌었다. 책 속으로 깊이 들어가려면 때로 자신에게로 깊이 들어가고, 또 때로는 자신에게서 멀리 떠나야 했다. 책의 주름은 자신의 주름과 만나고 책의 펼침은 자신의 열림일 수 있었다. 생각해보면 내 인생의 책 목록에서 중요했던 한 가지 기준은 책의 주름이 깊은지였다. 주름이 깊을수록 펼침은 강렬하고 책-경험은 깊이 남았다. 하지만 앞으로 알고리즘이 우리의 기호에 맞춰 추천해줄, 눈으로 화면을 가볍게 서핑하며 즐길 책들을 통해 우리의 정신은 과연 펼쳐질 수 있을까.

책도 독자를 잃을 것이다

누군가가 어떤 계기로 사유를 품는다. 외적 마찰과 내적 성찰로 연마되는 기간을 거쳐 책을 내놓는다. 그 누군가는 이제 그 책의 작가가 되었다. 하지만 작가는 곧 책을 떠나보내야 한다. 작가는 책의 탄생까지를 알 뿐 독자들 곁에서 책이 어떻게 살아가는지는 알지 못한다.

사실 작가는 문자가 수놓인 종이뭉치를 만들고, 출판사는 그 종이뭉치를 단장해 내놓을 뿐이다. 가격이 달린 종이뭉치를 이제 책으로 실현하는 것은 독자다. 독자가 펼칠 때 책은 숨쉬기 시작한다. 우리가 책을 통해 자신과 소통할 뿐 아니라 책 역시 독자를 매개해 자신과 소통한다. 독자의 시선과 기억과 사고가 앞 문장을 길어다가 뒤 문장과 마주치게 해서 종이 위로 사건을 일으킨다. 꽃 사이를 오가며 꽃가루를 옮기는 벌처럼 독자가 문장들을 가로지르며 종이 위로 영감을 수정한다. 책은 덮여 있더라도 닫혀 있지 않다. 책은 사물이 아니라 사건이다. 있는 것이 아니라 일어나는 것이다. 독자가 어떻게 사건화하느냐에 따라 책은 달리 일어난다.

그리고 독자가 책을 다 읽고 덮을 때 책의 문장과 독자의 읽기가 공모한 어떤 사건도 책 안으로 접혀 들어간다. 겉모습은 달라진 게 없지만, 그 책은 읽기 전과는 다른 책이 되었다. 그 책은 이제 덮여서 독자의 책장에 꽂히겠지만, 독자의 시선이 언젠가 책등에 닿는 것만으로 독자의 정신에 작용할 것이다. 그 책은 이제 (독자의) 책이 되었다. 책의 입장에서 말하자면 책은 이처럼 자신을 형성하는 것, 즉 독자를 형성함으로써 자신을 형성한다. 책 속으로 힘껏 뛰어드는 독자가 있을 때 책은 힘차게 일어날 수 있다.

하지만 '펼쳐지지 않음'. 책이 '읽기'가 아닌 '보기'의 대상인 시대에 책은 그런 독자를 만나기가 어려울 테며 단명할 것이다. 우리는 우리 정신을 펼쳐줄 책을 잃을 뿐 아니라 책도 자신을 실현해줄 독자를 잃을 것이다.

이상은 시대지체의 작가이자 독자가 (종이)책을 이상화하는 고루한 이야기로 들릴지도 모르겠다. 하지만 다가올 책의 미래를 생각하면 나는 미래가 아무래도 어둡게 느껴진다.

현장의 책

이번 책은 이상한 경험이었다. 작성되는 과정도 그랬고 출간되고 나서도 그렇다.

나는 올해 1월부터 제주도청 앞의 천막촌에서 지냈다. 도청 앞 천막촌은 제주 제2공항 건설을 막아내고자 제주도청 맞은편 길가에 천막을 치고 모여든 사람들의 마을이다. 그리고 7월 그간 천막촌에서 겪은 일, 들은 목소리들을 담아 『광장이 되는 시간–천막촌의 목소리로 쓴 오십 편의 단장』이란 책을 냈다.

처음부터 책을 구상한 건 아니었다. 오히려 쓸 생각을 말아야지 생각했다. 에너지가 모이고 사건이 일어나는 곳에 있으면 글을 쓰고 책을 만들고 싶어진다. 하지만 이번만큼은 운동 속으로 뛰어들고 싶었다. 책 만들 궁리를 하면 조감하는 시선이 될 것 같았다.

천막을 세운 것은 친구가 국토부의 제2공항 강행 중단을 주장하며 단식에 들어갔기 때문이다. 뭐라도 해야겠다는 마음에 연구자인 동료들과 함께 천막을 쳤다. 하지만 처음에는 뭘 해야 할지 막막했다. 갑갑하기도 했다. 십여 년 전 운동현장에 있던 때가 떠올랐다. 관여했던 운동들은 결과적으로 모두 목적을 이루지 못한 채 끝났다. 운동현장에 있다는 건 마음처럼 안 될 일에 뜻을 두는 일이다. 생각해보면 책을 썼다는 지난 십 년은 운동현장을 떠나 있던 시기였다. 책 작업은, 단적으로 말해 시간 투입 대비 문장 산출의 문제다. 계획을 세우고 되도록 계획에 맞춰 시간을 써야 한다. 하지만 운동현장에 있으면 예정에 없던 사건이 자꾸만 일어난다.

우리가 세운 천막의 이름은 '연구자 공방'이었다. 하지만 천막을 세우고 나서도 연구자로서 무얼 해야 할지 갈피를 잡지 못했다. 매일매일 변하는 운동현장 속에서 연구활동으로 당장 기여할 수 있는 일은 많지 않다. 운동현장의 호흡은 연구활동의 호흡보다 급박하다. 무얼 해야 할까. 그렇게 한 달을 헤매다가 시작한 것이 '천막촌 라디오-나는'이었다.

> 여기, 천막의 마을이 있다 / 여기, 모여든 사람이 있다 / 우리, 이유 있는 자들
> 우리, 친근하면서도 낯선 / 친구이자 타인인 / 당신의 이야기를 듣고 싶다
> 그것을 함께 듣는 것 / 그것이 이 세계의 윤곽이기에

'천막촌 라디오-나는'의 카피다. 매주 월요일 저녁 도청 앞 천막촌에서 여러 사람이 빙 둘러앉아 한 사람의 이야기를 오롯하게 듣는 시간이었다. 나는 진행을 맡았다. 라디오는 이후 편집되어 천막촌 사람들 페이스북에 올라갔다. 천막촌 사람들이 서로

를 더 이해하기 위해, 천막촌 바깥의 사람들이 여기 있는 한 사람의 표정과 음성을 느낄 수 있도록 마련한 자리였다.

그로부터 한 달이 지나 '천막촌에서 천막촌을 사고하다'라는 수다방을 열었다. 천막촌이 맞닥뜨린 문제를 두고 참가자들이 자유롭게 논의하는 식이었는데 생방송으로 진행했다. '천막촌은 왜 생겼을까' '어떻게 먹고 사니' '싸움의 동력' '싸움의 기술' 편 등이 있었다. 이 두 프로그램은 천막촌 운동을 알리기 위한 것이었으나, 천막촌 바깥의 사람들에게 천막촌 운동이 그저 정보나 사안이기를 넘어서길 바랐다. 책의 주름이 독자의 주름과 만나듯 천막촌에 대한 앎이 시청자에게 자신과 자기 현장에 대한 이해와 엮이기를 바랐다. 이처럼 '천막촌 라디오'가 천막촌 운동의 실감화를 꾀한 것이었다면, '천막촌에서 천막촌을 사고하다'는 문제의식의 일반화를 기도한 것이었다.

'천막촌에서 천막촌을 사고하다'는 생방송을 하며 도중에 시청자로부터 의견이나 질의를 받았다. 이런 형식을 취한 것은 천막촌 사람들이 천막촌의 일을 논의할 때 그 이야길 듣고 있을 외부의 누군가를 의식한다면 천막촌 내부를 보다 깊이 파고들어 펼쳐낼 수 있지 않을까, 그로써 천막촌에 관한 '사고'를 촉진할 수 있지 않을까 기대한 까닭이었다.

내게 '사고'에 관한 한 가지 정의는 시차時差를 두어 시차視差를 만드는 정신적 영위다. 앞의 시차는 시간차, 뒤의 시차는 시각차다. 즉 어떤 사태에 직면했을 때 곧바로 반응하기보다 다른 시각을 모색하는 것이다. 생방송을 하면 그러한 사고가 촉진되지 않을까 기대했다. 시시각각 변화하고 서둘러 대응해야 하는 운동현장에서 참가자들의 논의는 호흡이 거칠어지고 논의의 효율성을 중시하다 보면 자신들의 기존 문법에 따르기 쉽다. 하지만 바깥의 관심 있는 타인이 논의를 듣고 있다고 의식하면 다른 감각과 시각이 생겨날지 모른다. 또한 생중계된 영상은 앞으로도 남을 테니 미래를 시야에 두고 현재 상황을 바라보게 될지 모른다. 이 시도들은 말하자면 운동을 운동시키기 위한 것이었다. 십여 년 전 운동현장에선 해보지 못했던 일이 이곳에서 이 사람들과 함께라면 가능할 것 같았다.

그러다가 5월 중순, 천막촌 운동에 관한 책을 만들기로 마음먹었다. 제2공항 반대운동을 다룬 공중파 다큐멘터리를 본 것이 계기였다. 그 다큐멘터리는 주로 단체와 조직의 남성 대표자를 인터뷰해 그들의 언어로 우리의 운동이 기술되고 있었다. 하지만 이 싸움의 현장에는 대표가 아닌 자들이 많으며 여성들이 많다. 제2공항 반대운동, 그중에서도 천막촌 운동에 관한 기록을 언론에 빼앗겨서는 안 되겠다고 여겨 책 작업에 들어갔다. 천막촌 운동을 토막 기사가 아닌 책으로서 외부에 알리고 싶었다. 그리고 천막촌 운동을 일으킨 사람들 한 사람 한 사람의 이름을 책 앞에 적어 헌정하고 싶었다.

그런데 어떤 식으로 써야 할까. 운동은 현재진행형이니 기록의 형태를 취하기는 어려웠다. 또한 나는 구체적인 묘사에 재주가 없으니 르포르타주도 힘들었다. 더욱이 그런 식으로는 천막촌 운동이 정보 내지 사건으로 소개되는 데 그칠 수도 있다고 여겼다. 생각해보면 천막촌에서 일어나는 일은 천막촌에서만 일어나는 일이 아니다. 천막촌은 세상이 잘못되어가고 있다고 염려하는 사람들, 지금을 어떻게든 바꿔내야 한다고 고민하는 사람들이 모였을 때의 예시다. 그런데 운동의 현장은 정치적 광장이 되고자 하나 현실의 제약에 가로막히고 성과보다 한계가 드러나는 곳이다. 그리고 운동의 현장에서는 이 제약과 한계야말로 사고가 깊어지고 행동의 모험이 요구되는 계기가 된다. 보통 운동을 기술할 때는 활동 방식과 그 성과가 주된 내용이지만, 이 책은 천막촌의 제약, 한계, 난관 그리고 고민, 시도, 성장을 포착해 천막촌에 있지 않은 사람이 천막촌을 정신적으로 체험할 수 있는 형태로 만들고자 했다.

목소리의 책

또한 이 책은 천막촌에서 접한 목소리들을 담아 만들었다. 장기농성하는 천막에는 어떤 목소리가 있을까. "반대한다" "촉구한다"라는 격앙된 목소리가 먼저 떠오를지 모르겠다. 하지만 그런 것만은 아니다. 이곳 제주의 볼록 솟은 천막으로 저마다 다른 과거, 경험, 사연을 지닌 사람들이 모여들었다. 농부, 주부, 건설노동자, 작업기사, 생태활동가, 평화활동가, 강정지킴이, 세월호기억지기, 정당원, 노동조합원, 그린디자이너, 예술가, 한의사, 소믈리에, 책방운영자, 학원운영자, 편집자, 시인, 학생, 연구

자. 이곳에는 음색이 다른, 고민이 다른 목소리들이 있다. 책이 그 목소리들을 담는 그릇 같은 것이기를 바랬다. 그중 몇 가지 목소리라도 전하고 싶다.

"흔들리는 대로 흔들리겠다."

각오하는 목소리가 있다.

천막촌은 제주도청과 제주지방경찰청 맞은편에 있다. 천막촌 양옆으로는 제주도의회와 제주교육청이 있다. 천막촌은 콘크리트 관청들 사이를 비집고 들어와 공권력에 겹겹이 에워싸인 그 한복판에서 흔들리며 존재한다.

그런데 이곳을 천막촌, 즉 천막들의 마을로 부르는 것은 단지 천막이 여러 개여서가 아니다. 사람들이 집이 아닌 천막에서 지내며 전에 없던 마을을 살아보고 있기 때문이다. 여기, 다른 과거와 사연의 사람들이 있다. 생성되는 관계가 있다. 의지가 있다. 긴 약속과 결심이 있다. 분노가 있다. 분노는 절규로 고립되지 않고 공분으로 승한다. 놀람이 있다. 자신 그리고 타인에게서 새로운 발견이 일어난다. 성장이 있다. 사고와 행동과 언어가 자라난다. 상상력이 있다. 상상력이 향하는 미래가 있다. 시도가 있다. 시도가 수놓는 역사가 있다. 이러한 '있음'들이 일어나고 있다.

이곳에서 '산다'는 흔들리며 아주 많은 동사를 짊어진다.

"우리가 모두 다른 사람들이라서 다행이다. 존재들은 간격이 있어야 공명할 수 있다."

관계 맺는 목소리가 있다.

경험도 직업도 성향도 다른 사람들이 이곳에 모였다. 이들이 함께 궁리하고 판단하며 운동을 전개해야 한다. 그래서 천막촌 회의는 무척 길다. 상황 인식, 자기 욕구, 경험 차이, 피로 정도 등에 따라 각자의 선택은 달라질 수 있으며, 조율의 과정은 때로 더디고 복잡하다.

그런데 같이 있다 보면 다른 사람들이라서 공명이 일어난다. 곁에 있는 누군가의 목소리를 듣는다. 듣다 보면 그의 의지와 감정이 느껴진다. 그러다 그의 시선이나 사고를 넘겨받는다. 그로써 나의 의지, 감정, 시선, 사고도 움직인다. 같이 있다 보면 계획된 연대보다 우발적 마주침에 의해 예기치 못한 얽혀듦이 발생한다. 곁에 있는 누군가가 움직이면 휘말림이 일어난다. 이렇게 같이 움직이는 공동체. 천막촌은 비슷해서 함께 있는 공동체共同體가 아니라 다르지만 함께 하는 공동체共動體다.

"질 때 지더라도 잘 져야겠다."

다짐하는 목소리가 있다.

이 목소리에는 세 번의 '지다'가 있다. 첫 번째와 두 번째 '지다'는 운동의 최종적 패배에 관한 것이다. 그렇다면 세 번째 '지다'는 무엇인가. 세 번째 '지다'는 어떻게 '져야겠다'는 다짐의 목소리가 될 수 있는가. 잘 진다는 것은 무엇인가. 천막촌 운동은 아직 제2공항 건설을 막아내지 못했다. 결과는 의도에 못 미치고 있다. 그것은 패배인가. 승리가 아니니 그것은 패배인가. 그렇다면 잘 진다는 것은 무엇인가.

패배는 시도한 자의 몫이니 패배당한다고 표현하지 않겠다. 패배하는 자는 의도와 결과의 어긋남을 겪으니 근원부터 다시 사고해야 한다. 그리고 또다시 행동하고자 한다면 패배할수록 상상의 눈도 길러야 한다. 천막촌은 끊임없이 시도하고 있다. 시도가 끊임없이 계속되어야 한다는 것이 누군가에게는 패배의 연속으로 보일 것이다. 하지만 우리는 아직 아무도 해보지 않은 패배를 하고 있으며, 따라서 이 패배는 우리가 어디까지 나아갔는지를 표시한다. 그리고 우리는 패배를 패배로 남겨두지 않을 것이다. 우리의 패배를 끝 간 데까지 파고들고 활용할 것이며, 거기서 조금씩 우리의 성취를 거둘 것이다.

책을 둘러싼 대등

이번 책은 이상하다. 이제껏 한 권의 책을 구상하고 집필하고 출간하는 과정은 수년의 시간을 요했다. 이번에는 계획에 없던 책이 운동에 연루되자 두 달 만에 생겨났다. 이 책은 비록 내 이름을 저자명으로 하고 있지만, 타인의 목소리와 상황의 격렬함이 작성했다. 나는 다만 이러한 책이 되길 바라며 생성 과정에 참여했을 뿐이다. 주름과 펼침의 책. 미완성이 아닌 미결정의 책. 열려 있는 책. 운동하는 책. 목소리들이 웅성대는 책. 말 거는 책. 생각을 산란시키는 책. 잠재된 독서법이 많은 책.

책이 출간되고 북토크를 다녔다. 제2공항 문제와 천막촌 운동을 알릴 목적으로 여기저기 다녔다. 그러면서도 북토크가 책 제목을 빌리자면 '광장이 되는 시간'이기를 바랐다. 제주에서 일어난 현실운동이 다른 장소에서 사고운동을 일으키길 바랐다. 하지만 바람대로 되지는 않았다. 북토크에 책을 읽고 온 사람은 드물었다. 그러다 보니 논의 이전에 설명부터 해야 했다. 제주에서 무슨 일이 벌어지고 있는지, 제2공항 건설은 왜 문제이고 천막촌 운동은 어떻게 일어났는지를 이야기하는 데 많은 시간을 썼다. 더욱이 설명할수록 제2공항 문제는 사안, 천막촌 운동은 정보가 되고 나는 제주에서 온 정보전달자가 되는 것 같았다. 설명explication(펼침)이 함축implication(접힘)을 지우는 듯했다.

강연과 질의-응답이라는 형식으로는 안 되겠다 싶어 실험을 해보기로 했다. 방향은 (법 앞의 평등이 아닌) '책을 둘러싼 대등'이었다. 착상은 천막촌 경험에서 비롯했다. 나이도 경험도 직업도 다른 사람들이 모여든 천막촌에서 내가 경험한 관계는 평등보다 대등이었다. 평등이 자격이나 지위의 동등함이 전제된 관계의 수평성을 뜻한다면, 대등은 같아서가 아니라 다르기 때문에 함께해야 하는 시도 가운데서 생겨난다. 이 경험을 북토크에 차용해보고 싶었다. 책에 대해 말하러 온 저자와 그 이야길 들으러 온 청중이라는 배치를 깨고 대등한, 다시 말해 서로를 매개해 자기 생각을 꺼내고 각자의 이야기가 다르다는 이유로 공유할 가치를 생산하는 사고현장을 시도해보고 싶었다.

북토크마다 방식을 달리해 보았다. 그중 하나가 '목소리들의 정치학'이었다. 북토크 참가자들 사이에서 대등한 관계가 일어나려면 책을 읽었든 안 읽었든 저만의 이야기로 말문을 열 수 있어야 했다. 나는 이 자리에서 먼저 참석자들에게 짧은 문장들을 보여주었다. 내가 천막촌에서 접한 목소리들이었다.

> "우리는 만나기 위해 서 있었다. 왜 이러고 있느냐고 당신들이 한 번이라도 물었다면. 우리는 질문 받기 위해 굶었고 마주치기 위해 서 있었다."
>
> "나도 모르게 '나를 가두는 언어'를 가지고 있었다."
>
> "우리는 부당한 공권력 앞에 분노한 얼굴들입니다. 폭력에 저항하는 인간입니다. 이 섬에서 일어나는 모든 학살의 당사자입니다."
>
> "당신은 누구냐고 묻길래, 우리는 겁쟁이라고 말했습니다. 앞으로 다가올 더 참혹한 미래를 만날 자신이 없어 지금 여기서 싸운다고 말했습니다."
>
> "여성은 싸우는 모습을 가시화하지 않으면 운동의 성과를 잃곤 한다."
>
> "현재는 과거에서 오는 어떤 결과라기보다 미래 때문에 일어나는 시도인지 모른다."
>
> "천막촌에 오면 할 일, 자기 위치를 만들어야 한다. 나는 설거지

를 하겠다."

"나무는 나예요. 나는 나무처럼 싸울 거예요."

"내가 세상을 못 바꾸더라도 이렇게 부딪치면 세상은 나를 바꾸지 못하겠구나."

"저지르지 않으면 아무 일도 일어나지 않는다."

나는 이 목소리들을 문장으로 불러 책을 만들었다. 그 책을 들고서 북토크에 왔다. 그렇다면 이 목소리들은 현장 바깥의 사람들 사이에서 어떤 사건을 일으킬까. 일단 이 목소리들 중 음미할 목소리 몇 가지를 함께 고르고, 그 목소리가 자신에게 어떤 의미로 다가오는지 자유롭게 말하는 방식을 취했다. 시작은 어려웠지만 얼마간의 침묵을 뚫고 한 사람이 말문을 열자, 첫 발화자의 목소리가 연이어 다른 목소리들을 이끌어냈다. 이어진 목소리들은 말하는 자신의 경험을 드러내고 자기 경험 속 타인을 상기하며 서로 간에 엮여나갔다. 이렇게 해서 생겨난 이야기는 누구 한 사람의 것으로 환원되지 않으며, 이 이야기를 둘러싸고 모두는 대등했다. 한 사람이라도 없었다면 이야기 전체가 달라졌을 것이기 때문이다.

다른 시도는 '서른 개 단어로 펼치는 사고실험실'이었다. 이 책의 도입부에는 '천막촌을 기술하기 위해 음미해야 했던 단어들'이라며 130개의 단어가 나열되어 있는데 내가 그중 30개 단어를 골라왔다.

천막 점거 현장 광장 운동
위계 자격 경계 권리 대등
외부 연루 공명 집단 정치
상황 일상 입장 배움 세계
난민 주변 무력 호명 이름
희망 패배 예언 기록 물음

북토크 참가자들은 다시 이 중에서 함께 사유할 단어를 골랐다. 현장, 위계, 경계, 공명, 입장, 난민, 주변, 무력, 예언이 선택되었다. 그러곤 그 단어를 왜 골랐는지, 그 단어에서 무엇이 연상되는지, 그 단어를 어떻게 새로이 정의해보고 싶은지 이야기 나눴다. 하나의 단어가 여러 이야기들 사이에서 운동하며 다채로워졌다. 이렇게 '말이 오가는' 과정을 타이핑해서 스크린에 띄워두었고 실험이 마무리되자 우리는 음색이 풍부해진 단어들의 사전을 가질 수 있었다. 타인과 더불어 자신이 만들어낸 성과였다.

서울과 부산의 북토크에서 예기치 못한 물음을 만나기도 했다. 제주에서 벌어지는 일에 자신이 무엇을 할 수 있는가, 제주에서 일어나는 운동에 자신이 어떻게 함께할 수 있는가라는 물음이었다. "주변 사람들이 제주에서 벌어지는 일이 당신과 무슨 상관인데 그러면 할 말이 없습니다." "정치에 관심 있는 사람들도 제주 일을 말하면 너무 관심이 없어요. 더 깊이 이야기하면 그게 되겠니라고 해요. 관심을 가질수록 좌절하게 됩니다." "차라리 촛불은 동참하기가 쉬웠어요. 제주 제2공항을 막기 위해 이곳에서 무엇을 할 수 있나요." "아는 것 말고 무엇을 해야 하나요." "천막촌 운동은 경탄스럽고 응원하지만 마음은 멀어집니다. 내가 나설 수 있는 일도 없고요." "그렇게까지 할 수 없는 사람, 결의가 강하지 않은 사람은 무엇을 할 수 있을까요."

나는 이 물음들에 바로 답하지 못했다. 제주에 있지 않은 사람이 무얼 할 수 있느냐는 물음에 현재 제주에 있는 내가 답하기는 어려웠다. 더욱이 이 물음에 내가 즉흥적으로 대답하면 위계화(나는 문제의 당사자이고 당신은 아니라는)와 구획화(나는 문제 영역 안에 있고 당신은 아니라는)를 범할 것 같았다. "잘 모르겠으니 앞으로 고민해보겠다"가 그 자리에서의 정직한 응답이었고 지금도 고민하고 있다.

제주 문제란 무엇인가. 제주 문제가 제주 밖 사람과 무슨 관련이 있는가. 제주의 운동은 바깥의 운동과 어떻게 공조관계, 참조관계를 이룰 수 있는가. 문제가 너무 커 보이면 자신은 상대적으로 왜소해지고, 자신이 무능력하게 여겨질수록 문제는 관심에서 멀어지게 된다. 어떻게 문제를 자기 능력 범위 안으로 끌어올 수 있는가. 또한 현장 바깥에 있는 사람은 어떻게 운동의 당사자가 될 수 있는가. 혹은 운동의 현장이란 무엇인가. 저마다 처한 자신의 제약조건에 입각해 문제를 짊어지고 변화를 도모하는 자를 당사자라고 한다면, 제주 바깥에서도 자신의 활동으로 그곳을 또 다른 현장, 자신을 또 다른 당사자로 만들 수 있는 것이 아닐까. 북토크에서 만난 분들이 내게 건넨 물음은 여전히 대답을 찾아 헤매며 여러 물음으로 증식하는 중이다.

책-장의 미래

제주로 돌아와서는 '광장이 되는 시간 낭독극 — 점거, 전야, 세계'를 했다. 책방을 운영하고 제주의 미래를 염려하는 한 독자가 제안해 그분과, 이 책에 담긴 목소리의 주인공인 천막촌 동료, 그리고 나 이렇게 셋이서 제2공항 저지를 위한 문화제 무대 위에 올랐다. 이어 책의 이름과 같은 이름의 페이스북 페이지가 만들어져 여러 목소리가 올라오고 있다.

이번 책은 확실히 이상하다. 작성되는 과정도 그랬고 출간되고 나서도 그렇다. 타인의 목소리들을 받아 책을 만들었고 책과 함께 돌아다니다가 또다른 목소리들을 만났다. 물음들을 책에 담았고 물음들을 책으로 얻었다. 책을 매개해 목소리가 목소리를 부르고 물음이 물음을 낳았다. 이런 경험을 거치며 책의 가능성에 대해 다시 생각하게 되었다. 책을 펼치는 것이 독자 자신을 펼치는 일이라 여겨왔다. 그런데 책을 펼치는 것이 장을 펼치는 일도 될 수 있지 않을까. 책의 이러한 가능성을 보다 의식적으로 현실화할 수는 없을까.

책은 '(저자가) 사고하다-쓰다-(독자가) 읽다-논하다'라는 동사들과 결부되어 있다. 한 권의 책은 이 동사들을 거쳐간다. 그런데 한 번의 거쳐감에 그치는 게 아니라 책이 다시 '사고하다-쓰다-읽다-논하다'를 겪게 할 수는 없을까. 『광장이 되는 시간』의 경우라면 답하지 못한 저 물음들이 더해지고, 답하지 못한 저 물음들을 사고해 다시 작성하고, 책이 만난 목소리들이 보태지고, 그 목소리들을 사고해 다시 작성하고, 그렇게 재형성된 책이 다시 읽히고 또 새로운 물음과 목소리를 만나고⋯. 그렇게 타인의 고민을 타인이 이어받으며 시간이 쌓이고 문장이 늘어나는 책.

물론 책을 낸 뒤 저자가 사고를 가다듬고 내용을 보완해 개정판을 내는 일은 지금도 있다. 내가 말하는 건 그런 게 아니다. 세상에 나온 책이 독자들 사이에서 물음과 목소리를 일으키며 운동한 과정까지가 다시 책에 담겨 시간이 흐를수록 책이 펼쳐지고 두터워지는 형태를 말하는 것이다. 책이 여기저기서 다른 물음을 산출한다. 책의 문제의식이 독자의 상황에 따라 재설정되어 돌아온다. 책의 문장이 여러 목소리로 반향된다. 이러한 책-경험과 책-운동을 말하는 것이다.

공상에 가까운 소리로 들릴지도 모르겠다. 하지만 책의 형태가 변화할 미래에는 가능하지 않을까. 지금도 누군가는 책을 읽고 밑줄을 긋고 메모를 하고 감상을 밝히고 있다. 그러한 개인들의 흔적들로 공동의 책-사건, 책-운동을 일으킬 수는 없을까. 그리하여 책의 펼침이 자신의 펼침이 되고 장의 펼침으로 전개될 수는 없을까.

여전히 책의 미래를 생각하면 불안하다. 책의 미래는 나의 바람과는 반대 방향에서 실현될 것 같다. 그렇더라도 책으로 추구할 미래를 궁리하고 노력하는 수밖에 없다. 책의 미래는 예측이 아닌 의지의 문제다. 책은, 자기만의 밀실로 침잠하거나 플랫한 세계에서 표류하게 될 앞으로의 인류를 위해 책-장場이 되어야 하지 않을까. 이 또한 기술에 앞선 의지의 문제일 것이다.

9

대피소의 문학, 곡의 동학

2019

번역의 속도로 읽기. 그것은 원문을 형성 중이던 가상의 시간으로 되돌리는 읽기다.

어떻게 대피소는 개체가 피신해온 공간이기를 넘어서
새로운 집단이 새로운 정치를 기도하는 공간이 될 수 있는가.

두드림이 문을 문답게 만들며 두드림은 벽조차도 문으로 만든다.

1은 자기만의 밀실 속으로 들어간 개체가 처한 상태이자 체념과 냉소의 감각이다. 체념은 개체에게 될 수 있는 데까지 사회적 마찰을 피하기를 명하고 냉소는 존재를 움츠리라고 지시한다. 쪼그라든 개체는 1이라는 독방에 스스로를 가둔다.

대피소에서 정치를 구성하는 네 번째 점은 동일평면이 아닌 공중에 두어야 한다.

그렇다면 이렇게 생각해볼 수 없을까. 대피소는 내부를 만든 게 아니라 외부를 만든 것이라고.

曲. 이것은 대피소가 볼록 솟은 모양이다. 구부려 그릇을 만든 모양이기도 하다.

지느러미나 날개가 없는 인간은 어떻게 양력을 사용하는가. 인간에게 양력을 일으키는 기관은 목이 아닐까. 목에서 나오는 소리로 이야기를 짓는다. 현실 너머를 만들어낸다.

노래는 자신에게 주어진 외길을 구부리려는 충동이다.

앞으로의 시대에는 대피소가 구해진 사람들을 맞이할 뿐 아니라 구해야 할 사람들을 찾아나서야 하지 않을까.

한 권의 책을 수신했다. 『대피소의 문학』

이 책을 쓴 사람에 대해 생각했다. 대피소는 어떻게 그에게 쓰기의 계기이자 방향이 되었을까. 화면이나 지면으로 접했을 타인의 참사에서 어떤 장면이 그의 망막에 맺혔을까. 어떤 소리가 그의 귓가에 남았을까. 현장과 지식은 그의 쓰기에서 어떻게 관계했을까. 무력감과 부채감은 쓰기에서 어떻게 작용했을까. 씀으로써 무력감을 조금은 떨쳐냈을까, 부채감을 조금은 덜어냈을까. 아니면 절감했을까. 어떻게 '해야 한다'를 쓰기의 논조로 삼을 수 있었을까.

그리고 글은 누군가를 구할 수 있을까. 무언가를 지킬 수 있을까.

번역의 속도로 읽기

이 책을 읽고 나 또한 글을 쓰기로 했다. 하지만 책장이 좀처럼 넘어가지 않았다. 절반의 이유는 내 탓이다. 한 권의 책을 오롯이 읽는 게 반년 만이다. 그사이 나는 제주 제2공항 건설을 막고자 제주도청 맞은편 길가에 천막을 치고 모여든 자들의 마을, 도청 앞 천막촌에 있었다. 읽는 일이 직업인데도 한동안 게을리 하니 더뎌졌다.

절반의 이유는 이 책에서 비롯한다. 직업적 속도로 글을 읽을 때 눈은 문장 하나하나를 따라가기보다 좌상단에서 우하단으로 사선을 그으며 내지른다. 이 책의 문장은 그 속도로 읽을 수 없었다. 한 줄에서 다음 줄로 넘어가는 일이 순조롭지 않았다. 행간이 깊으니 읽기는 자꾸 거기에 빠져 머무른다. 그 자리에서 위에 적은 물음들이 수군거린다. 이 문장들을 쓴 사람은 힘겹게 한 문장을 적고 이어갈 다음 문장을 어떻게 고심했을까. 이 문장들을 적기 위해 어떠한 내적 고투를 거듭했을까.

이런 이유들로 직업적 속도로 읽을 수 없던 나는 아주 느린 속도, 번역하기에 가까운 속도를 따라야 했다. 번역의 속도로 읽기. 그것은 원문을 형성되던 가상의 시간으로 되돌리는 읽기다. 원문은 이미 책의 모습을 취해 세상에 나왔으나 생성 중이던 말의 세계 속으로 들어가는 읽기다. 또한 문장과 문장 사이의 이음매로 미분해 들어가 한 문장 다음에 나올 수 있었던 가능성의 문장들을 떠올려보고 쓴 자가 왜 저런 문장으로 이어갔을지, 그 내적 고민을 헤아리는 읽기다.

하지만 사실상 그 헤아림은 읽는 자 자신을 향한다. 번역의 속도로 읽기는 본질적으로 토론행위다. 읽는 자는 원문에 자신의 내면세계를 투사하고 거기서 잠재되어 있던 읽는 자 자신의 여러 물음이 모습을 이룬다. 읽는 자가 원문의 베일을 조금씩 걷어내고 들어갈 때 마주하게 되는 것은 바로 자신의 문제다. 언어의 단편을 응시하노라면 일순 새로운 사유의 단편이 나를 쳐다본다.

대피소와 천막

이 책, 『대피소의 문학』은 천막촌에 있는 내게 제때 찾아왔다. 나는 이 책의 말들로 천막촌을 다시금 사고할 수 있었다. 이제 나는 천막촌으로 하여금 대피소에 말 걸게 하고자 한다. 이곳 천막촌은 부당한 현실을 바꾸려는 사람들이 모여들어 생겨났다. 대피소는 위기의 현실에서 피신한 사람들이 흘러들어와 만들어진다. 천막촌은 운동에서 살이가 일어난다. 대피소에서는 지냄에서 정치가 발생한다. 장기농성하는 천막촌은 살아가는 방식으로 싸울 수밖에 없으며, 싸우는 식으로 살아갈 수밖에 없다. 대피소에서는 일시적이나마 일상이 비일상화되고, 비일상을 일상으로 지내야 할 것이다. 앞으로 세상에는 보호받지 못하는 사람, 피난해야 할 사람이 늘어날 것이며, 따라서 대피소도 늘어날 것이다. 그런 현실일수록 천막촌 또한 더욱 필요해질 것이다. 그래서 천막촌이 대피소에 건네는 물음은 이것이다. 대피소는 어떻게 개체가 피난해온 공간이기를 넘어서 새로운 집단이 새로운 정치를 기도하는 공간이 될 수 있는가.

이제부터 이 책의 저자를 '그'라고 부르겠다. 나는 글을 써서 그에게 보내려 한다. 실은 그의 문장들을 단서로 위의 물음을 구체화해 되돌려 보내고자 하는 것이다. 따라서 이 글은 이 책의 이어쓰기가 될 것이다. 이 책을 수신한 나는 이렇게 답신하고자 하지만, 이 글이 그 사이 어딘가를 배회하다 누군가가 펼쳐 보길 바라고 있다. 이 글이 당도해야 할, 그가 속해 있다는 곳의 이름을 떠올린다. 생활예술모임 곳간. 이 이름을 이렇게 읽어볼 수도 있지 않을까. 곳/간. 곳의 사이. 곳=간. 사이로서의 곳. 그가 마음을 두는 대피소와 내가 몸을 두는 천막촌은 그 한 가지 형상일 것이다. 이 글도 곳간이 되고자 한다.

깜빡임과 두드림

이 책에서 반복적으로 들려오는 소리가 있다. 구하라.

생명이 생존으로 침몰하는 세계에서, 구하라. 생각해보면 '구하라'는 루쉰 「광인일기」의 마지막 문구였다. "사람을 잡아먹어 본 적 없는 아이들이 아직도 있을까? 아이들을 구하라." 아이들을 구하지 못한 채, 구하지 못한 아이들이 서로를 잡아먹은 한 세기가 지나 '구하다'는 세상에서 가장 긴박한 동사가 되었다.

그런데 그는 말한다. '구하다'는 구조한다는 의미만이 아니다. 찾다이기도 하다. 구조되기를 바라는 사람은 타인을 찾는다. 구조하기를 바라는 사람도 타인을 찾는다. 그리고 타인을 구조하고자 찾아나서는 것은 자신을 구하는 일이기도 하다. 타인을 살리려 하며 자신을 살린다. 그는 이렇게 말했다. "도움을 구하는 이가 먼저 돕는다."

이 책에서 반복적으로 그려지는 장면이 있다. 문을 두드린다.

안에 아무도 없을지 모를 건물을 찾아가 매일 밤 닫힌 문을 두드리는 자. 그는 이 행위를 관棺으로 기우는 세계를 문門의 상태로 유지하고자 "텅 빈 세계에서 불침번을 서는 것"이라 말했다. 두드림은 구하는 몸짓이다. 찾아나서고 구조하려는 몸짓이다.

이쪽에 두드림이 있다. 저편에는 무엇이 있는가. 깜빡임이 있다. 혹은 저편에 깜빡임이 있다는 믿음이 이쪽에 있다. 그 믿음이 문을 두드리게 한다. 깜빡임. 명멸. 꺼져가지만 아직 꺼지지 않았다. 그는 깜빡임을 구조 신호로 읽어낸다. 깜빡임과 두드림. 두드림은 깜빡임에 대한 응답이다. 그는 두드림을 구조 행위라고 해석한다. 그런데 방금 문장을 떠올려보자. "도움을 구하는 이가 먼저 돕는다." 타인을 구하는 것이 자신을 구하는 일이듯, 두드림도 실은 깜빡임인 것이다. 거기 누군가 있느냐는 두드림은 자신이 있음을 알리려는 몸짓이기도 하다. 당신을 구하려는 내가 여기 있노라고. 두드림은 그 소리가 타인의 귀에 가닿기 전, 두드리는 자의 신체에 울린다.

깜빡임과 두드림. 두드려지지 않는 문은, 열리지 않는 문은 그걸 문이라 믿던 사람을 오히려 절망케 하는 벽이 된다. 두드림이 문을 문답게 만들며 두드림은 벽조차 문으로 만든다. 비록 그 벽을 뚫어내지 못하더라도 애타게 두드리는 몸짓은 두드리는 자 자신을 문으로 만들 것이다.

대피소는 거기까지인가

깜빡임과 두드림 끝에 사람을 구해 대피소로 피신했다. 이제 대피소에서는 무슨 일이 일어나는가.

그는 말한다. 대피소는 사람들이 모여 곁이 되고 곁이 버팀목이 되고 울타리가 되는 곳이다. 따라서 구조 이후에도 대피소에서 구하다는 지속된다. 이곳에서는 '한 잔의 물, 한 마디의 말, 한 장의 담요', 그렇게 사소한 것들이 그 구체성으로 말미암아 구제적 속성을 띠게 된다. 대피소에 당도한 사람들은 그제야 마음을 놓고 몸을 떤다. 몸들의 떨림은 발열하고 온기를 만들어 대피소를 덥힌다.

몸을 진정시킨 후 구조된 사람들은 입을 연다. 폭력과 재난으로 바스러져간 이야기를 서로 꺼내고 듣는다. 누군가의 사연은 말한 사람만의 것이 아니라 듣는 사람과 관련되는 것이기도 하다. 서로가 서로의 삶에 귀 기울인다. 함께 취약하기에 서로는 통한다. 이곳에서 이야기는 그 구체성으로 말미암아 구제적 속성을 띤다. 이야기는 하는 자와 듣는 자를 구하며, 몸과 마음을 회복한 사람들은 다시 미래를 향해 손을 뻗는다. 그는 말한다. "대피소는 도피를 위한 장소라기보다 그곳에 사람이 있으며 주고받음의 역사를 이어갈 수 있다는 희망의 증표다."

하지만 그뿐일까. 대피소는 거기까지일까.

그는 대피소가 셸터shelter라기보다 어사일럼asylum이라고 말한다. 도피처일 뿐 아니라 은신처가 되어야 한다고 말한다. 대피소는 속박에서 도망쳐 나온 이들이 머물 임시적 보금자리일 뿐 아니라 지금껏 자신을 옭아매던 사회적 구속에서 잠시나마 벗어날 수 있는 곳이다.

하지만 그뿐일까. 대피소는 거기까지일까.

그는 대피소가 하수구와 닮았다고 말한다. 하수구로는 잔해들이 흘러들어오고 그것들은 잔해이기에 하수구 안에서 평등해진다. 임시로 머무는, 따라서 정주의 장소일 수 없는 대피소에서는 축적에 기반하는 분배체계와 위계질서가 사라진다. 사람들은 규정된 정체성, 할당된 지위를 떠나 이곳에 온다. 그래서 그는 대피소가 새로운 정치의 현장일 수 있다고 말한다.

1, 2, 3

하지만 그뿐일까. 대피소는 임시적 해방구까지일까.

나는 이 문장을 곰곰이 사고하고 싶다. "세상의 모든 대피소는 오늘의 폐허를 뚫고 나아갈 수 있는 회복하는 세계를 비추는 등대다." 등대. 이것은 머리말의 마지막 문장인데 대피소가 어떻게 등대일 수 있는지는 본문에 적혀 있지 않다. 나는 궁금하다. 대피소는 어떻게 등대가 될 수 있는가. 대피소는 어떻게 내부에서 작동하기를 넘어서 외부에 작용하는가. 내부의 발열은 어떻게 외부를 비추는 빛이 되는가. 나는, 천막촌에 있는 나는 대피소가 등대가 될 수 있다는 그의 말을 믿고 싶기에 이어서 사고해보고자 한다.

그의 글에 단서로 보이는 것이 있다. 1, 2, 3이다.

그는 1의 비참을 말한다. "(한) 사람이 죽어간다. 모두가 그것을 알지만 (한) 사람은 지금도 홀로 죽어간다. … (한) 사람 곁에 누군가가 있어야 한다. 그 곁으로 다가서는 사람의 발자국이 필요하다." 내가 보기에 1은 자기만의 밀실 속으로 들어간 개체가 처한 상태이자 체념과 냉소의 감각이다. 체념은 개체에게 사회적 마찰을 피할 것을 명하고 냉소는 존재를 움츠리라고 지시한다. 쪼그라든 개체는 1이라는 독방에 스스로를 가둔다.

그래서 2는 윤리의 숫자다. 1 더하기 1은 깜빡임과 두드림, 부름과 응답의 최소 수치다. 하지만 그는 2의 한계도 말한다. 2는 2자관계로 굳어버릴 수 있으며, 한쪽으로 치우치면 다시 1로 돌아가고 만다. 그래서 그는 3을 말한다. 둘 사이에, 둘을 넘어선 세 번째 존재의 자리를 마련하는 것이 윤리일 수 있다고.

사실 나는 2가 3을 향하기에 앞서 $\sqrt{2}$를 그려내는 것이 윤리의 과제일 수 있다고 생각한다. 1이라는 길이의 선분을 같은 방향으로 1만큼 늘이면 길이는 2이지만 여전히 하나의 선분이다. 새로운 1은 먼저 있던 1의 연장이다. 그런데 수평으로 뻗은 선분 1과 수직으로 솟은 또 다른 선분 1의 한 꼭짓점이 맞닿을 때, 닿아있지 않은 다른 쪽 꼭짓점들을 연결하면 그 선분의 길이는 $\sqrt{2}$가 된다. 1.414 … . 끝나지 않는 무리수가 된다. 그 길이는 잴 수 없다. 어쩌면 관계의 윤리는 유리수에서 생겨나는 무리수의 문제일지 모른다.

내게 3은 윤리보다 오히려 집단이 출현하는 수, 따라서 억압보다 까다로운 배제가 발생하는 수로 여겨진다. 3은 2와 1, 다수와 소수로 나뉠 위험성을 언제나 동반한다.

4와 공중의 점

그렇다면 4는 무엇일까.

나는 4로 대피소의 정치를 사고해보고 싶다. 대피소는 어떻게 등대가 될 수 있는지를 궁리해보고 싶다.

2가 관계의 시작이고, 3이 집단의 시작이라면, 4는 정치의 시작이다. 4는 3과 어떻게 다른가. 3을 집단의 시작이라 말하는 것은 점이 세 개면 그것들을 이어 삼각형을 만들 수 있기 때문이다. 그런데 삼각형 옆에 점이 하나 생겨 그 점을 가까운 변의 두 점과 연결하면 삼각형이 하나 더 늘어난다. 3+1로서의 4는 3에 1이 더해졌을 뿐이나 장이 하나 더 늘어난다. 장이 두 개가 되면 배제 이상의 문제가 발생한다. 어느 쪽이 옳고 그른지가 문제가 되며, 장이 두 개이니 장을 옮겨다닐 수도 있다. 그래서 약자가 늘 열위에 있지만은 않게 된다. 그리하여 길항하고 타협하는 과정, 즉 정치가 발생한다.

하지만 이런 건 힘의 조정, 몫의 분배를 둘러싸고 생겨나는 소위 현실정치이지 대피소의 정치가 아닐 것이다. 현실정치는 4, 5, 6으로 점이 늘어난들 동일평면상에 삼각형 개수를 늘릴 뿐이다. 삼각형이 늘어날수록 알력과 교섭은 복잡해지나 어디까지나 그 정치는 동일평면상에서 전개된다. 거듭되는 힘의 조정, 몫의 분배 과정이다.

그렇다면 대피소의 정치는 어떻게 다를 수 있을까. '대피소는 등대다'라는 그의 말을 믿어보자. 등대는 위로 솟아 있다. 여기서 착안한다면 대피소에서 정치를 구성하는 네 번째 점은 동일평면이 아닌 공중에 두어야 하는 게 아닐까. 공중의 네 번째 점이 기존의 세 점과 이어지면 삼각형이 또 하나 늘어나는 것이 아니라 전체가 삼각뿔이 된다. 장 혹은 집단은 두 개가 되는 게 아니라 입체로 일어선다.

이 네 번째 공중의 점으로 인해 대피소의 정치는 현실정치와 다를 뿐 아니라 현실정치를 넘어설 수 있다. 현실정치는 관계를, 집단을, 상상을 동일평면상에 붙잡아두려 한다. 하지만 임시의 공간과 긴급의 시간 속에서, 사회적 구속과 일상적 제약을 떠나온 자들 사이에서 다른 관계가, 집단이, 상상이 일어날 수 있다. 그 공중의 점을 찾아내는 일, 그것이 대피소에서 필요하고 가능한 정치이지 않을까. 또 예술이지 않을까. 그 공중의 점에서 정치와 예술은 비로소 하나가 될 수 있지 않을까.

대피소의 정치

아마도 대피소를 세우는 행위, 대피소로 향하는 행위 자체에는 공중의 점을 찾으려는 의지가 깃들어 있을 것이다. 그 의지 없이 대피소는 셸터 이상이 될 수 없을 것이다. 그는 말한다. "'대피'는 '도피'가 아니라 다른 세계를 염원하고 욕망하는 이들의 의지와 다른 삶을 살고자 하는 이들의 행위이자 실천이다. 숨어들어가는 것이 아니라 찾아들어가는 것이다." 대피소는 구조되어 회복되기를 기다리는 곳만이 아니다. '다른 세계' '다른 삶'을 염원하고 시도하는 곳이다. 다른 세계, 다른 삶이 가능한지로 대피소의 정치는 판가름 날 것이다.

대피소. 그 모습을 떠올리자면 역시 내게는 체육관이 아닌 천막이 그려진다. 현실 공간의 일부를 그저 천으로 감싸 만든 약하고 허름한 곳. 그런데, 고작 그렇게 했을 뿐인데도 바깥과는 기압과 기류가 다르다. 관계도 상상도 달라진다. 분명 뭔가가 다르다. 셸터가 아니라 어사일럼일 수 있는 가능성이 감도는 것일까. 하지만 그렇더라도 아직 등대에는 이르지 못한다. 등대이려면 바깥 현실에 작용해야 한다.

그렇다면 이렇게 생각해볼 수 없을까. 대피소는 내부를 만든 게 아니라 외부를 만든 것이라고. 대피소에서 '다른 세계' '다른 삶'을 염원하고 시도한다는 것은 기성의 현실을 상대화한다는 걸 의미한다. 기성의 현실은 가능한 현실의 한 가지 모습일 뿐이다. 다른 현실이 가능하며 다른 미래가 가능하다. 대피소 안으로 들어온다 함은 기성의 현실 바깥으로 빠져나오는 일이다. 대피소로 들어왔을 때 내부화되는 쪽은 오히려 기성의 현실이다. '다른 세계' '다른 삶'에 대한 희구가 모여들어 자신이 몸을 두고 있었던 사회적 관계나 일상생활을 되돌아보게 된다. 이때 대피소는 기성의 현실을 다른 각도에서 비추는 등대가 된다. 대피소의 정치, 대피소의 예술은 공중의 점을 찾아냄으로써 이러한 현실 포착의 계기를 만들어낸다.

4차원의 회복

다시 1, 2, 3, 4의 이야기로 돌아가자. 대피소에서 가능하고 필요한 그 정치와 예술을 사고하기 위해 이번에는 1, 2, 3, 4를 차원에 관한 숫자라고 가정해보자.

인간 존재에게 진정한 현실은 4차원이다. 3차원의 공간에 시간을 더한 것이 4차원이다. 대피소의 정치와 예술이 시급히 회복해야 할 것은 4차원의 현실이다. 우리는 공간과 시간을 잃고 있으며, 우리의 현실은 2차원화되고 있기 때문이다. 단적으로 우리의 현실은 2차원의 화면상에서 시시각각 파편화된 정보와 이미지로서 주어진다. 현실 속 자기인식도 2차원화되고 있다. 인간은 타인이 있어야 자신이 어디에 있는지, 어디로 향하는지, 무얼 하는지를 알 수 있는 존재였다. 하지만 이제 인간은 GPS를 통해 화면상에 표시된 한 점으로 자기위치를 확인한다. 거기에는 타인도 관계도 없다. 그리고 "나는 생각한다. 고로 존재한다"는 근대주체의 명제는 "나는 소비한다. 고로 존재한다"로 변질되어, 이제 인간은 이걸 입고 저걸 먹고 그걸 보며 "나는 ~ 했다"의 기록들을 화면에 진열하며 타자 없는 혼자만의 서사로 살아가고 있다.

더욱이 공간이 평면화될 뿐 아니라 시간도 상실하고 있다. 애초 인간은 타인의 존재로 인해, 타인과의 관계로 인해 여러 방향의 시간을 겪으며 살아가는 존재다. 하지만 자기만의 밀실 속에서 2차원 화면과 지내는 인간에게는 시계적 시간, 공간화된 시간만이 남는다.

대피소가 '다른 세계' '다른 삶'을 살게 한다면, 그것은 인간에게 4차원을 회복시키는 것이지 않을까. 대피소는 기성 현실과 급작스러운 단절을 겪은 사람들이 모여든 임시의 공간, 긴급의 시간이다. 대피소에서는 낯선 타인과 공존해야 한다. 대피소는 저마다의 사정으로 사람들이 모여들어 서로의 사연이 함께 기거하는 장이다. 그리고 저마다의 문맥이 마주쳐 반향할 가능성이 존재한다. 이곳에서 사람은 타인을 경유해 자신을 알게 된다. 이 관계와 경험들로 대피소는 3차원의 공간을 회복한다. 이것이 그가 대피소를 '떠나온 이들의 주소지'라고 명명한 이유일 것이다.

대피소는 시간 또한 회복시킨다. 대피소에서 시간은 공간화된 시간, 단선적 시간으로만 존재하지 않는다. 대피소로 사람들은 저마다의 과거를 데려왔다. 대피소에서는 현재가 항상 문제시되고 미래는 기로에 놓인다. 타인들과의 부대낌에서 여러 방향으로 날아가는 시간의 화살들이 교차한다. 더욱이 대피소에서 사람들은 타인과 함께 있지만 그 타인은 지금 곁에 있는 사람만이 아니다. 어떤 타인은 흔적으로 있다. 어떤 타인은 예감으로 있다. 자신에 앞서 누군가 이곳에 있었다. 자신 뒤에 누군가 이곳으로 올 것이다.

이처럼 여러 방향의 시간이 중첩되어 이곳에서는 시간을 느낄 수 있다. 대피소에 회복이 있다고 할 때 그것은 개체가 심신의 안정을 되찾을 뿐 아니라 인간으로서 공간과 시간을 되찾는 일이기도 하다.

曲

끝으로 이렇듯 다른 세계, 다른 삶이 일어나는 대피소의 동학을 사고해보고 싶다. 대피소의 모습은 저마다 다를 테지만 한 가지 가설로서 대피소의 동학을 구부릴 곡曲으로 형상화해보고자 한다.

曲. 이것은 대피소가 볼록 솟은 모양이다. 구부려 그릇을 만든 모양이기도 하다. 이곳으로 여러 사연의 사람들이 모여든다. 그들이 들어오려면 문이 필요하다. 그가 말한 '관으로 침몰하지 않기 위해 붙들어두는 문, 두드려야 할 문'. 曲에서는 여섯 개의 문이 보인다. 여섯 개. 전후좌우상하. 3차원의 공간을 이루는 방위다. 대피소는 이 여섯 개의 문으로 사람들을 받아들인다. 그런데 텅 빈 하나의 공간을 여섯 개의 문으로 만들어내는 것은 세로로 네 개, 가로로 세 개인 선분들이다. 그걸 여러 방향으로 날아가는 시간의 화살이라 해보자.

그렇다면 이건 무엇일까. 曲을 보면 위로 두 선분이 솟아 있다. 대피소는 등대라는 그의 주장을 믿고자 하기에 선분 하나를 등대의 형상이라 해보자. 다른 하나는 무엇일까. 등대는 바깥으로 빛을 보낸다. 빛을 보내려면 빛을 받아야 하지 않을까. 그렇다면 다른 하나는 피뢰침이다. lighthouse(빛의 집)와 lightning rod(빛나는 막대).

번쩍이는 빛, 그것은 사건이다. 대피소는 외부에서 사건을 받고 외부로 사건을 발한다. 피뢰침으로 받은 사건은 시간의 화살을 따라 대피소 내부로 옮겨와 거기에서 관계, 집단, 정치가 일어나고 내부의 발열을 거쳐 사건은 다시 시간의 화살을 따라 등대를 통해 바깥으로 발산된다. 따라서 대피소는 외부현실을 벗어난 곳이지만 외부현실과 무관하지 않다. 대피소의 사건, 대피소라는 사건이 발하는 빛은 외부현실을 다른 각도에서 비춘다.

인간은 어떻게 양력을 사용하는가

이런 해석이 작위적임을 알고 있다. 지적 유희로 비칠 수 있음도 알고 있다. 하지만 나는 앞으로 늘어나고 더욱 필요해질 대피소를 사고할 때 曲을 거치지 않을 수 없다. 曲은 구부림이며, 구부림은 약한 존재들의 정치 그리고 예술과 관련되어 있기 때문이다. 구부림은 왜곡歪曲을 초래하며 곡진曲盡한 곡절曲折을 낳으며 악곡樂曲과 희곡戱曲을 가능케 한다. 이들 모두는 구부림으로써 생겨난다. 약한 존재가 자신에게 가해지는 힘에 정면으로 맞설 수 없을 때, 그러면서도 내밀리지 않으려면 구부려서 받아 넘겨야 한다.

존재에게 작용하는 힘들을 생각해보자. 먼저 중력과 부력이 있다. 중력, 그것은 존재를 그 자리에 붙잡아둔다. 부력, 그것은 존재를 띄운다. 인간에게는 물리적 중력, 부력만이 아니라 사회적 중력, 부력도 작용한다. 특정 사고의 회로로 붙잡아두는 국가주의가 중력이라면, 자본주의는 소비하며 떠다니게 하는 부력이다. 그런데 존재에게는 양력이 있다. 지느러미를 가진 물고기는 몸을 구부려 물의 압력을 타고 헤엄친다. 날개를 지닌 새는 몸을 구부려 공기의 압력을 타고 뜬다.

지느러미나 날개가 없는 인간은 어떻게 양력을 사용하는가. 인간에게 양력을 일으키는 기관은 목이 아닐까. 목에서 나오는 소리로 이야기를 짓는다. 현실 너머를 만들어낸다. 그리고 목에서 나오는 소리로 노래를 부른다. 약한 동물이었던 인간은 태초부터 노래했다. 목구멍을 구부려 공기가 특이한 형태로 드나들 공명의 공간을 만든다. 소리는 변환되고 노래는 파동을 타고 날아간다. 물리적 양력을 일으킬 수 없는 인간은 목으로 정신적 양력을 만들어낸다. 그렇게 목으로 나오는 이야기와 노래는 인간 존재에게 내재된 대피소였는지 모른다.

현실이 버거운 인간은 자신의 목으로 피신해 이야기하고 노래한다. 이야기를 지어내 자신이 있어야 할 좌표, 자신이 나아가야 할 길을 찾는다. 노래는 자신에게 주어진 외길을 구부리려는 충동이다. 노래를 부르며 다른 현실을 부른다. 대피소는 개체들이 모여든 곳일 뿐 아니라 함께 지어내는 이야기, 함께 부르는 노래가 되어야 한다. 그 이야기와 노래는 대피소 바깥에서 빛으로 발할 것이다.

*

그가 말했듯 함께 살아가기가 아닌 홀로 살아남기를 요구받는 사회, 내가 느끼듯 존재가 거처와 관계를 잃고 홀로 배회하는 시대에서 대피소는 징후적인 것이다. 앞으로 보호받지 못하고 떠도는 사람은 늘어날 것이다. 대피소는 이곳저곳에서 필요해질 것이다.

그렇다면 아직 사고하지 못한 문제가 있다. 대피소는 모여드는 사람을 받아들일 뿐 아니라 유동하는 사람들과 함께 어떻게 움직일 수 있을까. 앞으로의 시대에는 대피소가 구해진 사람들을 맞이할 뿐 아니라 구해야 할 사람들을 찾아나서야 하지 않을까. 구해진 이들이 구하러 나서는 것이다. 만약 대피소가 曲의 형상이라면 어떻게 이를 뒤집어 빛이 드나드는 두 선분을 움직이는 두 다리로 만들 것인가. 그렇게 대피소를 움직여 세계에 어떠한 변화를 기도할 것인가. 이를 위해 어떠한 대피소의 정치철학이 필요할 것인가.

대피소의 문학. 나는 그 곁에 '곡의 동학'이라 적어 이 편지를 띄운다. 부디 누군가가 이 부족한 편지를 읽고 논의를 이어가길 바라고 있다.

10

코로나19, 2020년대는 이렇게 다가왔다

2020

이번 재난은 많이 다르다.

위기에 빠진 것은 연결원리, 집합적 실체,
규범의 다발로서의 사회다.

코로나 사태는 본질적으로 경계의 문제다. 신종 바이러스
감염이라서 방역이 필요하다는 점에서 그러하며, 나아가 사회
안에 잠재해 있던 갖은 경계의 문제들이 이 사태와 결부되어
드러난다는 점에서 그러하다.

지금의 일상은 결코 그대로 지속시켜야 할 것도
회복시켜야 할 것도 아니다. 하지만 일상이 그대로 지속되는 동안은
이를 깨닫기 어려웠다.

후쿠시마 사태와 코로나 팬데믹. 재해의 시각에서 보건대
2010년대가 후쿠시마 사태로 시작되었다고 한다면, 2010년대의 끝
자락에 코로나 팬데믹이 자리한다고 말할 수 있지 않을까.

코로나 팬데믹은 외부가 없음을 보여준다.

이런 형태의 세계적 전염이 아니라면 대체 어떤 사건을 통해
인류가 운명공동체이고 그 운명이 다해가고 있으며,
인류 자신이 그 주범임을 깨달을 수 있을까.

이제 시간을 거꾸로 셈해야 할 때가 되었다.
시한폭탄에 부착된 시계를 보듯 카운트다운해야 한다.

지구는 그저 인간이 영원히 파악할 수 없는 자신의 운동원리에 따라
인간이 범한 일에 상응하는 결과를 언젠가 돌려줄 뿐이다.

이제 2020년, 자성과 각성의 기회가 될 위기조차 몇 번
남지 않았을지 모른다.

이번 재난은 많이 다르다.

피해가 심각하고 범위가 세계적이어서만은 아니다. 일단 한국사회만으로 좁혀서 말해보자. 이번 재난은 그 시작과 끝을 알기 어렵다. 처음에는 우한에서 신종 폐렴이 발병했다는 소문이 들렸다. 그러다가 우한 바깥으로 감염이 서서히 확산되었고 이윽고 국내에서도 확진자가 하나둘 늘더니 어느 결에 폭증했다. 확산세는 꺾였지만 그 끝이 언제일지는 알 수 없다. 종식 선언이 과연 가능한지조차 알 수 없다. 가라앉다가도 일순 다시 퍼질 수 있다. 시작도 끝도, 지금 겪고 있는 이 일이 왜 일어났고 어떻게 마무리될 수 있는지도 알지 못한다.

재난 유토피아가 생겨나기 어렵다. 함께 직면한 고난 속에서 서로에게 손 내밀고 기대는 상호부조의 공동체가 출현하기를 이번 사태에서 기대하기란 어렵다. 간간이 기부나 마스크 증여 같은 개인들의 선행 이야기가 들려오지만, 사람들이 합심한 장면은 아니다. 미담은 책임의식을 다하는 방역당국과 직업윤리에 투철한 의료진의 몫이며, 일반 시민들의 역할은 서로 간의 거리두기다.

희생자에 대한 애도가 깃들기 어렵다. 초기에는 감염된 자들에 대한 염려, 목숨 잃은 자들에 대한 위로가 있었으나 이제 그 수가 너무나 늘었다. 더욱이 그들은 피해자, 희생자이기 이전에 유증상자, 확진자, 사망자로 분류된다. 확진자는 완치되거나 사망하기 전에는 타인을 위협할 수 있는 존재다. 그들은 얼굴이 가려지고 고유명이 지워진 채 숫자로 존재한다. 익명화는 그들을 보호하기 위한 방편이기도 하다. 순번과 수치로 존재했다가 사라진 자를, 유족들조차 남들에게 사인死因을 알리기 힘든 죽음을 함께 애도하기란 어렵다.

재난은 갑작스럽게 닥쳐와 황망하고 무고한 희생자를 낳는다. 애도는 내가 아닌 그가 희생되었고 여기가 아닌 거기가 피해 입었다는, 그리되었어야 할 필연은 없지만 그리되고 말았다는 미안과 위로의 마음에서 비롯된다. 그리하여 그의 죽음이 나의 생존을 되묻고, 산 자는 사자를 추도하고 기억한다. 하지만 이번 재난은 언제라도 나에게로 닥칠 수 있으며, 그가 당했다면 나도 그만큼 위험해질 수 있기에 애도를 가능케 하는 거리감이 마련되기 어렵다.

이번 재난은 많이 다르다. 전과 다른 이 어려움들은 이번 재난이 호흡기 감염으로 생겨났고, 더욱이 감염자가 자신의 증상을 인지하지 못한 채 타인을 감염시킬 수 있다는 데서 기인한다. 타인은 자신에게 잠재적이나 직접적일 수 있고 가능성은 낮지만 치명적일 수 있는 위험인자다.

사회가 실험되고 있다

그런 시간을 벌써 백 일 넘게 보냈다.

틈만 나면 또 무슨 일이 생겼나 싶어 텔레비전으로 인터넷으로 눈을 돌린 나날이었다. 확진자, 사망자 수치가 매일 올라가고 세계지도는 점점 붉게 물들었다. 하루에도 수십 건씩 속보급 보도가 쏟아졌다. 이렇게 여기저기서 들려오는 참담한 소식들 사이에서 동요하다 보면 사태가 여기까지 이르렀다는 게 믿기지 않을 때가 있다. 마치 재난영화를 보는 것처럼. 사회가 무너져 내리는 듯한 저 '세계의 소식'은 언젠가 영화로 봤던 기시감이 들고, 한편으로는 그 처참한 사태가 도무지 현실감이 나지 않아서다. 맞닥뜨린 문제의 실체가 얼마간 드러나 해결의 기미가 보이는 것 같다가도 이윽고 예상치 못한 사태가 엄습해 긴장감이 고조되는 시간이 재난영화의 서사와 닮아있기도 하다.

눈에 비치는 일들이 모두 흔들리고 있어 초점을 잡기 어렵지만, 그럼에도 이 현상이 무슨 의미인지 알고 싶었다. 그래서 지금 사태를 일종의 사회학적 실험 상황이라 상정해보기로 했다. 너무나 많은 일들을 접하지만, 코로나 바이러스도 그것이 사람 몸에서 하는 작용도 눈으로 볼 수 없다. 보이는 것은 사람들의 움직임이 일으키는 이른바 코로나 현상이다. 그래서 이 현상을 통해 이 사회를 들여다보고자 했다.

이런 사회학적 실험이 있다. 일탈적 상황을 의도적으로 연출해 사람들의 반응을 살피는 것이다. 소규모라면 이런 식이다. 길거리로 나가 어떤 행동을 했을 때 사람들은 눈길을 보내는가, 어떤 행동까지 했을 때 사람들은 눈살을 찌푸리는가, 어떤 행동마저 했을 때 사람들은 모여들어 제지하는가. 소규모 실험이지만 실험 대상은 사회 자체다. 이때 사회란 개인들 간의 연결원리이자, 개인들의 총합을 넘어 상정되는 집합적 실체이자, 개인들의 행동을 유도하고 제어하는 규범의 다발 같은 것이다.

지금 사태를 의도치 않게 시작된, 그것도 전례 없는 규모로 진행 중인 사회학적 실험 상황으로 상정해볼 수는 없을까. 자신과 가족의 안위가 우려되는 불가지한 상황에서 사람들은 어떻게 행동하는지, 서로가 서로에게 피해를 안길 수 있는 상황에서 타인을 어떻게 대하는지, 개인의 행동이 미칠 사회적 여파가 지극히 클 수 있는 상황에서 사람들은 서로에게 무엇을 요구하는지, 타인과의 물리적 거리가 지나치게 가깝다 여겨지고 심리적 거리는 점점 멀어져갈 때 공동체를 상상적으로 회복하기 위해 어떠한 기제가 작동하는지, 공동체에 위해를 가하거나 공동체의 규범을 어기는 개인이나 집단에게 어떠한 사회적 제재가 가해지는지, 이러한 상황이 길게 이어져 대인관계의 피로감이 공동체 전체의 긴장도를 높이면 무슨 일이 벌어지는지. 사회에 대한 이런 실험이 진행되고 있다고 말해볼 수 있지 않을까. 호흡기를 통한 감염증이라서 코로나 현상은 사회의 공기에 더욱 민감하다.

이렇게 사회학적 실험 운운하는 것은 한가로운 지적 유희를 해보자는 게 아니다. 오히려 절박해서다. 이번 사태로 혹독하게 되물어지는 것은 사회인데, 이번 사태에 대한 담론에는 국가, 정권이 한복판을 차지하고 사회는 주변으로 밀려나 있기 때문이다. 코로나 사태가 총선 기간과 맞물리면서 진영 논리의 틀 안에서 정부가 잘했는지 못했는지를 따지는 게 한동안 가장 큰 쟁점이었다. 전례 없기에 사고할 과제가 너무도 많은 이번 사태를 앞에 두고 정신의 힘을 그런 식으로 소모해선 안 될 것이다.

행정당국의 잘잘못을 평한다면, 자원들을 최대로 신속하게 동원해 큰 진전을 이뤘다고 말할 수 있을 것이다. 확진자 숫자가 너무 많아서 우려스럽지만, 확진자는 감염자가 아니라 감염 사실이 드러난 사람이다. 그렇다면 행정당국은 감염 경로를 서둘러 찾아내 감염자 수를 줄이고, 감염된 자들을 서둘러 찾아내 치료하고, 그로써 감염이 확산되지 않도록 대처해야 할 것이다. 그리고 그 일을 버겁지만 해내는 중이다. 우왕좌왕했던 지난 메르스 사태 때와 비교할 수 없으며, 타국과 견주어보아도 진일보되었다. 이번 사태로 정권이 위기에 처하지는 않을 것이다. 위기에 빠진 것은 사회다.

경계의 문제

위기에 빠진 것은 연결원리, 집합적 실체, 규범의 다발로서의 사회다.

사회에 관한 신문 사설들을 보면 말미에 대개 이런 단어들이 나온다. 공동체, 연대, 포용, 협력, 재건. 하지만 이런 단어들이 반복해 소환될 만큼, 그리하여 공허해질 만큼 사회에는 균열이 생기고 있다. 저 추상명사들을 반복한다고 구체적인 균열이 쉽사리 메워질 리 없다.

코로나 사태는 본질적으로 경계의 문제다. 신종 바이러스 감염이라서 방역이 필요하다는 점에서 그러하며, 나아가 사회 안에 잠재해 있던 갖은 경계의 문제들이 이 사태와 결부되어 드러난다는 점에서 그러하다. 인종 문제, 국적 문제, 계급 문제, 젠더 문제, 차별 문제, 위계 문제 그리고 혐오 문제가 경계의 문제들로서 이 사태로 모여든다.

가령 이번 사태는 뭐라고 불렸던가. 폐렴이란 말이 처음에는 우한, 이윽고 중국, 그러고는 신천지를 거쳐 대구에 달라붙었다. 함께 따라다닌 말은 민폐였다. 민폐 중국, 민폐 신천지, 민폐 대구. 폐렴과 민폐란 말이 지역에 달라붙으면 바이러스가 창궐하는 곳처럼 그려졌고, 집단에 달라붙으면 떼 지어 움직이는 인간 바이러스처럼 형상화되었다.

포비아에 가까워진 혐오의 대중감정 속에서 이런 배제와 추방의 논점들이 등장했다. 중국인은 모두 입국을 막아야 할지, 국내에 들어와 있는 우한인은 모두 내보내야 할지, 대구는 지역 전체를 봉쇄해야 할지, 신천지 신도는 거주 지역에 상관없이 모두 색출해야 할지.

그뿐만 아니다. 곳곳의 경계지대, 사각지대에서도 문제가 드러났다. 그곳에 이른바 사회적 취약계층이 있다. 다만 이 말은 조심스럽게 사용해야 한다. 마치 취약성이 존재의 숙명처럼 이들에게 들러붙어 있으며, 간혹 어떤 사건으로 동정의 시선을 사는 인구집단을 지시하는 용어처럼 쓰여선 결코 안 된다. 이들이 처한 삶이 바로 사회의 취약성을 고발하고 있는 것이다.

청도대남병원. 사회의 처참한 사각지대. 폐쇄병동에 있던 전원이 거의 감염되고 여러 사람이 목숨을 잃었다. 정신병원 폐쇄병동은 입원환자의 자해 예방을 명목으로 창문조차 열기 어려운데, 이곳이 코호트 격리되며 서로가 서로를 감염시켰다. 끔찍하다는 말로는 그곳에서 일어났을 일을 형용할 수 없을 것이다. 이윽고 요양원, 요양병원에서도 집단감염이 끊이지 않았다.

또한 콜센터가 전염병에 얼마나 취약한 근무 환경인지도 드러났다. 청소부, 조리원, 간호사, 요양보호사 등 대면 접촉이 잦은 노동을 하는 여성들 중 감염된 사람이 많다는 사실도 드러났다. 한편 어느 배송노동자는 감염이 아닌 과로로 숨졌다. 코로나 사태로 배송물량이 폭증하고 더구나 쌀과 물처럼 무거운 배송품이 늘어난 탓이다. 회사가 운영난에 빠지고 가게가 문을 닫아 늘어난 이른바 코로나 백수들이 배송 노동으로 몰려들어 개당 배송 수익은 오히려 줄었다고 한다. 다른 나라들처럼 한국에서 사재기가 벌어지지 않는 데는 세 가지 신뢰가 갖춰져 있기 때문일 것이다. 방역능력에 대한 신뢰, 상품공급능력에 대한 신뢰, 그리고 배송체계에 대한 신뢰. 청소부, 간호사, 배송노동자. 이들은 위험을 짊어지고 경계를 넘나들고 있다. 바이러스는 사람을 가리지 않지만 재난은 사람을 차별한다.

또 다른 양상의 경계의 문제도 있다. 한국의 방역체계는 정보 공개의 투명성으로 평판이 높은데, 여기에는 확진자에 관한 정보 공개가 큰 역할을 했다. 분명 지역감염 차단에 효과적일 것이다. 그런데 사회에서 무슨 일이 일어났는가. 노래방을 수차례 방문한 동선이 노출된 여성 확진자는 업소녀라는 소릴 듣고, 부인과 자녀는 음성 판정인데 처제가 양성으로 나온 남성 확진자는 불륜의 구설에 올랐다. 때때로 무차별한 신상털이도 일어났다. 자신의 불안을 달래려고 비난할 대상을 찾는 배설 놀이에 사적 존재로서의 경계가 침범당하고 있다. 확진자를 두고 이러쿵저러쿵 힐난하는 동안, 제멋대로 선긋기하는 그들은 자신들이 바이러스가 침범하지 못하도록 사회의 경계를 지키고 있다며 뿌듯해하고 있을지 모른다.

사회에 거리두기

사회가 멈추고 있다.

이런 말이 나돌 만큼 일상의 풍경이 달라졌다. 학교가 개학을 미루고 학원이 휴원하고 식당이 문 닫고 공장이 멈추고 각종 행사가 미뤄졌다. 비행기는 뜨지 않고 스포츠리그가 연기되었다. 이렇게 일상활동이 중단되고 소비활동이 멈추자 돈이 돌지 않아 경기가 침체하고 있다.

이 사태가 속히 진정되어 일상으로 돌아가자는 것이 안부인사이며 정치목표가 되었다. 분명 바깥에서 편히 공기를 들이마시고 타인과 염려 없이 만날 수 있다는 것은 소소하고도 소중한 행복이었다. 그 일상을 되찾아야 한다. 그리고 바깥으로 나가서 지갑을 열어야 극심하게 위축된 경기를 되살릴 수 있다. 발길 끊긴 거리의 정적에서는 신음이 새나온다. 하루하루 삶의 최저선으로 내몰리는 사람들이 너무도 많다.

하지만 '사회적 거리두기'를 통해 일상의 변화를 겪어본 마당에 사회와 지난 일상에 대해 조금만 더 거리를 두고 생각해보자. 무엇이 돌아가야 할 일상인가. 걱정 없이 학교에 가고 맘 편히 식당을 운영할 수 있어야 할 것이다. 하지만 그 많은 비행기가 다시 성층권으로 날아올라 막대한 배기가스를 뿜고, 대규모 스포츠 이벤트가 재개되어 대량의 쓰레기를 매일같이 쏟아내야 하는가. 어떠한 소비활동까지가 회복해야 할 일상에 들어가야 하는 것일까. 무엇보다 지난 일상, 즉 나날의 지속이 이번 사태를 초래하지 않았던가. 그 일상으로 다시 돌아가도 되는 것일까.

우리의 일상은 결코 항상적이지 않다. 줄곧 악화되고 있었다. '산업혁명 이래 최고' '기상관측 사상 최악'을 매해 갈아치우던 일상이었다. 당장 작년에는 무슨 일이 있었던가. 먼저 올해 초까지 반년간 이어진 호주 산불이 떠오른다. 이로 인해 최소 4억 톤의 이산화탄소가 배출되었는데, 이를 산림이 다시 흡수하려면 백 년 넘게 걸린다고 한다. 지구온난화로 산불의 강도는 세지고 빈도는 늘어나며, 산불로 배출된 이산화탄소는 지구를 데워서 산불은 더욱 강해지고 잦아지고 있다. 대규모 산불이 세계 곳곳에서 이어지던 일상이다. 또한 작년에 있었던 일로 돼지 살처분이 떠오른다. 아프리카돼지열병이 발생해 돼지들을 매몰해 죽이고 죽여서 매몰했다. 땅이 썩고 강이 피로 물들었다. 코로나 사태로 관심에서 밀려났지만 아직 끝나지 않은 일이다. 매해 어떤 식으로든 동물 학살을 반복하던 일상이다.

이것들도 우리가 회복해야 할 일상인가. 두 가지 사례만을 언급했지만 다른 사건들도 마찬가지이며, 모두 이번 사태와 연결되어 있다. 지구온난화를 매개하여. 지구온난화는 이 모든 일에 직접적 원인은 아니더라도 공통의 배경이다. 따라서 이번 사태가 어떻게든 종식되더라도 이런 일은 머잖아 다시 일어날 것이다. 이번 사태는 바이러스가 사회의 경계를 뚫고 침투하는 것처럼 묘사되고 있지만, 실은 우리의 사회가, 매일의 일상이 감염증의 발생과 확산 조건을 배양하고 있기 때문이다. 지구온난화로 서식지를 잃은 야생동물이 인간과 접촉할 확률이 늘어나 인수공통전염병 발발가능성도 커지는 한편, 인체의 면역력은 약화되고 있다. 병원성 바이러스가 침투하면 인간의 면역체계는 체온을 올려 대응한다. 하지만 병원균이 지구온난화에 적응해 진화해간다. 인간의 비교적 높은 체온에 방어막 역할을 기대하기는 점점 어려워지고 있다.

이미 우리의 일상은 화학처리를 거친 물을 마시고, 미세먼지 농도가 심할 때면 마스크로 거른 공기를 들이마시고 있었다. 앞으로는 대규모 바이러스 감염이 보다 자주 찾아올 것이다. 지금의 일상은 결코 그대로 지속시켜야 할 것도 회복시켜야 할 것도 아니다. 하지만 일상이 그대로 지속되는 동안은 이를 깨닫기 어려웠다.

만일 일상을 뒤흔든 이 사태가 영화적이라 한다면, 여기서 무엇을 읽어낼 것인가. 사건에는 진실의 힘이 있다고 하며, 그것은 현상 너머에 있다고 한다. 이번 사태에서 어떠한 진실을 구성할 것인가. 일단은 이렇게 말해두고 싶다. 이번 사태가 영화적이라 한다면, 장르는 결국 적을 무찌르는 블록버스터 액션이나 끝내 역경을 이겨낸 휴먼드라마가 아닐 것이다. 누가 범인인지를 긴장감 어리게 추리해야 할 스릴러에 가까울 것이다.

'정상 회복'에 대하여

그렇다면 이건 블랙코미디였던가.

2020 도쿄올림픽 개최 문제로 한동안 소란스러웠다. 세계 도처에서 사람들이 목숨을 잃고 장례도 치르지 못하는 와중에 한가롭게 국제적 스포츠 이벤트를 강행하려다가 논란만 부추긴 아베 정권이 한심하다가도, 그와 그의 수하들을 보면 표정이 자못 결연했다. 결국 올림픽은 일 년 연기되었다. 나는 올해 '정상 개최'가 가능한 조건이었더라도 이를 반대했을 것이다. 달리 말해 세계에서 많은 사람이 모여들어 대규모 감염사태가 초래될 수 있으며, 현 상황에서 참가선수들이 제 기량을 발휘하기 어렵다는 것만이 반대이유는 아니다. 아베 정권이 어떻게든 올해 개최하려던 저 의지의 배후에 있는 '정상 회복'이란 목표에 결코 동의할 수 없기 때문이다.

2011년 동일본 재해로 민주당이 몰락해 집권할 수 있었던 아베 정권은 2020 도쿄올림픽을 유치하며 이를 '부흥올림픽'으로 삼겠다고 선언했다. 이후 후쿠시마의 방사능 오염이 심각한데도 피난 지시를 해제하고 지원금을 끊고 거주 가능 피폭량 기준을 대폭 상향조정해 이재민들이 재해지로 돌아가도록 압박했다. '정상 회복'을 연출하기 위해 이들의 삶을 내버렸다. 1964

년 도쿄올림픽, 1970년 오사카만국박람회를 거치며 '전후'의 종언이 선언되었듯, 그로부터 반세기가 지나 2020 도쿄올림픽으로 '재후'災後의 끝이 운운되고, 이어지는 2025년 오사카만국박람회라는 또 하나의 국제이벤트가 후쿠시마를 비롯한 동일본 재해지의 현실을 가릴까봐 두려웠다.

2011년에 십 년 기간으로 예정되어 설립된 부흥청은 올해 활동 종료된다. 그리고 2020 도쿄올림픽이 부흥의 피날레를 장식할 참이었다. 하지만 후쿠시마 사태는 정상의 궤도로 되돌릴 수 없이 탈선해 있다. 팬데믹으로 치달은 코로나 사태 또한 '정상'으로 여겨온 일상의 제반조건들이 실은 비정상적임을 폭로하고 있다. 그렇기에 나는 '정상 회복'과 '일상 회복'을 문제시하는 것이다.

후쿠시마 사태와 코로나 팬데믹. 재해의 시각에서 보건대 2010년대가 후쿠시마 사태로 시작되었다고 한다면, 2010년대의 끝자락에 코로나 팬데믹이 자리한다고 말할 수 있지 않을까. 후쿠시마 사태는 세계사적 사건이었다. 방사능 유출로 인류가 경험한 적 없는 시간대의 문이 열리고 말았다. 하지만 그 자체가 세계적 사건은 아니었다. 후쿠시마 사태는 후쿠시마라는 고유명이 새겨진 그 명명이 드러내듯 특정 지역에서 벌어진 일이었고, 여전히 비재해지인 외부가 있었다. 그래서 일본 바깥에서는 일본의 일로 밀어두고, 일본 안에서는 후쿠시마의 일로 덮어둘 수 있었다. 하지만 코로나 팬데믹은 그 이름이 시사하듯 세계적 사건이다. 그리고 이 사건의 바탕에는 외부를 남겨두지 않는 동인이 자리한다. 바로 지구온난화다.

다만 지구온난화는 재해 수준으로 표출되어야 그 심각성이 드러났는데, 재해로 표출될 때면 국지성이 따랐다. 아마존이 불타고 유럽이 뜨거운 여름을 나고 미국에 초대형 허리케인이 닥치고 남극에서 빙하가 급속히 녹더라도, 심지어 전세계 연안에서 생태계가 빠르게 변하더라도 여전히 그곳의 일로 여길 수 있으며, 여겨져 왔다. 우리의 일상은 태풍이 한반도를 관통하지 않는 한 그 모든 재해들과 거리를 두고 있다고 여기며 지낼 수 있었고, 지내 왔다.

지금 아니라면 대체 언제

하지만 코로나 팬데믹은 외부가 없음을 보여준다.

누구나 어디서든 바이러스에 감염될 수 있다. 감염증이 시작된 우한만이 아니라 바이러스가 퍼져나간 어느 도시로부터도 복잡하게 연결된 경로들을 통해 바이러스는 옮아올 수 있다. 그런 의미에서 이번 재난은 실로 세계적이다. 팬데믹pandemic은 '모두'를 뜻하는 그리스어 πᾶν(pan)과 '사람들'을 뜻하는 δῆμος(demos)이 합쳐진 말이다. 이 사태는 전쟁이나 월드컵 이상으로 전인류에게 공동의 경험이 되고 있다. 누구도 이 사태의 외부에 있지 않다. 율라 비스가 『면역에 관하여』에서 강조했듯 "우리는 서로의 환경이다." 그렇다면 전인류는 공동의 재난 극복을 위해 함께 협력할 수 있을 것인가. 나아가 이를 계기로 외부를 남겨두지 않는 지구온난화에 공동으로 대처할 수 있을 것인가.

하지만 다시금 '경계의 문제'를 상기하건대 이 물음에 대한 대답은 그리 희망적이지 않다. 어느 때보다도 협력과 협치가 절실하지만 인종차별과 국수주의, 정부 간 불신과 갈등이 고조되고 있다. 지구온난화에 대한 공동 대처는 더욱 어려워 보인다. 이미 지구온난화는 인류 공동의 문제라고 지난 수십 년간 회자되었다. 그러나 각국과 개인은 적극적 행동을 줄곧 미뤄왔다. 큰 원인은 지구온난화의 피해는 외부를 남겨두지 않지만, 피해 정도가 지역에 따라 다르다는 데 있다. 온실가스를 더 많이 배출하는 나라가 더 큰 피해를 입지는 않는다. 오히려 가장 심각한 피해를 입는 사람들은 온실가스를 거의 배출하지 않는 생활을 영위하는데 삶의 터전이 가라앉는 태평양 도서 지역의 주민일 것이다. 원인 제공과 그로 인한 피해 정도가 일치하지 않는다. 자기 나라를 포함한 다른 나라의 피해지만, 나의 피해가 남보다 덜하다면 먼저 행동에 나설 필요는 없다. 미래의 고통보다는 지금의 불편이 더욱 크게 느껴지기 때문이다. 개인도 마찬가지다. 한 개인이 일상에서 아무리 노력한들 지구온난화는 70억 인구가 만들어내는 현실인 까닭에 소용없어 보인다. 그리하여 속된 말로, 지구온난화 문제는 의식하는 쪽이 피곤해진다. 너무나 거대한 문제라서 오히려 문제의 무게가 문제를 공유하는 각국과 개인들 사이에서 배분되지 않는다.

하지만 코로나 팬데믹은 그 직접적이고 파괴적인 피해가 지역을 가리지 않으며, 이런 형태의 세계적 전염은 앞으로 잦아질 것이다. 그렇다면 이번 사태는 인류에게 각성의 계기가 될 수 있을 것인가. 이 물음에 대한 대답은 역시 희망적이지 않다. 하지만 거꾸로 물어보자. 이런 형태의 세계적 전염이 아니라면 대체 어떤 사건을 통해 인류가 운명공동체이고 그 운명이 다해가고 있으며, 인류 자신이 그 주범임을 깨달을 수 있을까. 이런 형태의 세계적 전염만이 모두의 삶에 즉각적이고 직접적인 영향을 미치지 않는가. 다른 형태의 재해들은 그 규모가 아무리 커도 결국은 누군가의 재해일 뿐이지 않았던가.

요즘 뉴스를 보면 대구, 서울, 우한, 홍콩, 도쿄, 베네치아, 뉴욕, 리마가 연이어 거론된다. 세계가 구체적인 관계로서 형상화된다. 지금껏 타국의 재해들은 '나라 밖 소식' '해외통신'의 형태로 우리 바깥의 상황임을 전제하고 중계되었다. 그때 '세계의 비참'은 하나의 광경이었을 뿐 자신의 평온을 깨뜨리지 못했다. 하지만 지금 모두는 함께 취약하며, 고통을 겪는 그들은 숨 쉬는 존재이기에, 살아있다는 그 이유로 모두와 연결되어 있다. 누군가가 앓고 있다면 모두가 병들 수 있다. 재해를 극복해 각자의 일상으로 돌아갈 것이 아니라 각자의 일상이야말로 모두를 위해 저마다 바꿔나가야 할 과제임을, 지금 이런 사태가 아니라면 대체 언제 무엇을 계기로 깨달을 수 있단 말인가.

2020년의 의미

지난겨울은 예년만큼 공기가 탁하지 않았다.

코로나 사태로 인해 국내에서 자동차 운행과 산업시설 가동 등으로 배출되는 미세먼지가 줄어들기도 했겠지만, 특히 중국에서 대기오염이 극적으로 완화되었다. 변화의 기점은 인구이동과 산업활동이 제한된 시점과 일치했다. 탄소배출량이 전년 대비 25% 감소된 것으로 보고되었다. 중국만이 아니라 미국, 프랑스, 호주, 브라질도 이번 봄에 이산화질소 농도가 30% 넘게 떨어졌다는 보도가 나왔다.

단신으로 처리된 이 보도들은 '코로나 사태로 이런 일도 있네'라며 가벼운 반응을 사는 데 그쳤지만 '이런 일'을 어떻게 사고할 것인지가 무척 중요하지 않을까. 올해 2020년은 온실가스 배출량이 전세계적으로 유의미한 감소폭을 보인 첫해가 될지도 모른다. 세계기상기구는 전세계 이산화탄소 배출량이 6% 감소할 것으로 전망했다.

한국은 지금껏 단 한 차례 온실가스 배출이 큰 폭으로 줄어든 해가 있다. '줄인 해'가 아닌 '줄어든 해'라고 표현하는 까닭은 경제위기가 덮친 1998년이었기 때문이다. 그해 14%가 줄었고 이후로는 2014년에 전년도 대비 0.8% 감소한 것이 전부다. 전세계적으로는 2000년 이후로 단 한 차례, 2008~2009년 금융위기 때 1.3% 감소했다(하지만 2010년에는 사상 최고치로 반등했다). 올해, 국제사회가 함께 노력해서가 아니라 인구이동과 산업활동이 위축된 까닭에 온실가스 배출은 줄어들 가능성이 생겼다.

국제사회는 2015년 파리기후협약에서 "이번 세기말까지 지구 평균 온도가 산업화 이전보다 2도 이상 상승하지 않도록 하고, 1.5도 선을 넘지 않도록 노력한다"라고 합의한 바 있다. 이전의 교토의정서는 2020년 시점에 1990년 대비 온실가스 20%를 감축한다고 공약했지만 목표에 접근조차 못한 채 올해 만료된다. 교토협약에 뒤이은 파리기후협약도 목표대로라면 올해부터 감소세로 들어서야 하지만, 코로나 팬데믹 이전에는 도무지 불가능한 일이었다. 그런데 예상외의 세계적 변수로 올해 온실가스 배출이 전년도보다 감소할 가능성이 커진 것이다.

이 사실을 바탕으로 한 가지 물음을 꺼내보자. 현재를 살아가는 인간만으로 한정하지 않는다면, 더욱이 인간으로만 한정하지 않는다면, 코로나 팬데믹으로 감축된 온실가스와 소모되지 않은 자원은 과연 어느 정도의 가치일까. 물론 생활과 생명의 심각한 위기로 내몰린 사람들에게 지극히 경솔한 물음이 될 수 있음을 알고 있다. 너무나 많은 사람이 목숨을 잃고 건강을 잃고 가족을 잃고 직장을 잃고 자유를 잃고 있다. 다만 현재를 살아가는 인간만으로 한정하더라도 다음과 같은 사실을 유념해야 할 것이다. 그린피스에 따르면 중국에서 대기오염으로 인한 사망자는 매년 약 180만 명이며, 이로 인한 경제적 비용은 1,000조 원이 넘는다. 중국의 대기오염만을 거론했을 뿐이지만 지구온난화로 인한 피해는 엘리뇨, 라니냐, 태풍, 허리케인, 홍수, 가뭄 등의 기상이변, 해빙 가속화, 해수면 상승, 연안의 백화, 사막화, 생물다양성 파괴, 기아와 함께 전염병 창궐도 포함된다. 이 모든 피해를 추산하면 얼마일까. 계산이 가능하기는 할까. 방금 대기오염으로 인한 중국의 사망자 통계를 적었다. 나는 미세먼지가 새들에게 미치는 영향도 궁금하다. 하지만 한편으로는 알고 싶지 않기도 하다. 알게 되면 새의 울음소리가 비명으로 들릴까 봐서.

그런데 파리기후협약에 따르면 온실가스 배출이 감소세로 접어들어야 할 2020년에 인류의 공조가 아닌 돌발적 사태로 그 가능성이 생겼다. 다만 세계기상기구의 전망대로 올해 6%가 줄어든다 하더라도 온도 상승을 1.5도로 제한하려면 매년 7.8% 감축이 필요한 상황이었다. 코로나 팬데믹이 가라앉고 경제 활동이 회복되면 배출량은 급증할 공산이 크다. 이는 무엇을 뜻할까. 파리기후협약은 애초 달성불가능한 목표였던 것일까.

여기서 파리기후협약상의 1.5도가 의미하는 바를 상기하고자 한다. 산업화 이전보다 기온상승을 1.5도 이내로 억제해야 파국을 막을 수 있으며, 이를 위해서는 2050년까지 지구적으로 탄소배출제로를 달성해야 한다. 1.5도를 넘어서면 걷잡을 수 없는 양의 되먹임이 형성되어 임계점을 넘어서며, 그리되면 어떠한 노력으로도 돌이킬 수 없게 되기 때문이다.

그리하여 2050년에 관한 또 다른 시나리오가 있다. '호주국립기후회복긴급센터'가 펴낸 보고서 『기후와 관련된 존재론적 안보 위험 : 시나리오 전략』에 따르면 2050년까지 지구 온도가 3도 올라가면 지구 표면 35%에 걸쳐 식물의 55%가 20일 동안 치명적인 이상고온에 시달리게 된다고 한다. 여기서 치명적이란 뜻 그대로 '죽을 지경에 이름'을 의미한다.

그래서 다시금 묻는다. 지금이 아니라면 대체 언제인가.

카운트다운을 해야 하는 시대

코로나 팬데믹, 2020년대는 이렇게 다가왔다.

2020년대. 1990년대, 2000년대 같은 식의 십 년 단위 연대기적 기술을 그저 반복하려는 것이 아니다. 전에는 과거 시대로부터 무엇이 이어지고 또 달라졌는가라는 시대감각에서 ○○년대를 부감했다. 하지만 이제 시간을 거꾸로 셈해야 할 때가 되었다. 시한폭탄에 부착된 시계를 보듯 카운트다운해야 한다. 2020년대는 종말이 하나의 유력한 시나리오인 2050년에 머잖아 다다를 시대다. 이미 생물종 대멸종이 시작되었다는 보고가 여기저기서 나오고 있다.

2020년과 2050년. 사실 2050년은 상징화되기 좋게, 달리 말해 비과학적으로 설정된 시점인 것 같아 못 미덥고, 또한 설정한 자들이 목표의 시점을 이후 세대에게로 떠넘긴 것 같아 의심스럽지만, 아무튼 이 상징적 시점을 일단 받아들이기로 하자. 그렇다면 2020년과 2050년 사이에는 30년이라는 시간이 있다. 30년밖에 안 남은 것인가, 아니면 30년은 남은 것인가. 많은 정치가는 아직 노력할 시간이 충분하다고 말한다. 몇몇 과학자는 이미 늦었다고 말한다. 나는 '아직' 쪽을 믿고 싶지만, '아직'임을 믿고 싶어하는 사람들에게 믿음이 가지 않는다. '아직'이라고 하는 한 당장 노력하지는 않을 것 같다. 하긴 '이미'라면 노력해봐야 소용없으니 마찬가지로 노력하지 않을 것이다. 역시 '아직' 쪽이 희망적이고, 대부분의 사람들은 '아직'이길 바랄 것이다. 그리고

'아직'인 동안 기술적 해결책이 나오길 기대하고 있는 듯하다. 나도 상공에서 이산화질소를 포집하는 물질과, 기왕이면 바다에서 플라스틱을 수거하는 로봇도 개발되길 꿈꾼다. 하지만 그건 공상일지 모르며, 나의 노력 여부와는 무관하다. 지상에서, 따라서 일상에서 당장의 노력과 변화가 필요하다.

그런데 이번 사태로 어떤 변화의 조짐이 보이고 있다. 인류의 집합적 의지로 추동되는 시도도 아니고, 생태 파괴를 막기 위한 실천도 아니며, 그 전개 방향을 아직은 가늠할 수 없지만 변화가 시작되긴 했다. 변화가 절실한 시기에 일어나는 일이니 여기서 일말의 단서를 구해야 하지 않을까.

현재 변화는 생명정치적 이유와 국민경제적 관점에 따른 것이다. 가령 이번 사태로 인해 생필품이 된 마스크를 국가가 공급했다. 정부가 전국민 재난수당을 책정했다. 스페인에서는 공공성 강화를 위해 모든 의료기관을 국가보건의료체계에 편입시켰다. 이탈리아에서는 재정난에 빠진 국적 항공사를 국유화했다. 미국에서는 자동차공장에서 의료기기를 생산했다. 부활절에 교황은 "보편적 기본소득에 대해 생각해야 할 시점이다"라고 설파했다.

이번 사태가 장기화되면 급진적인 생계지원책 등 더한 변화가 이어질 수도 있다. 비상사태 속에서 전에는 불가능했던 결정이 나오고, 전에는 오랜 시간 걸렸을 안건이 신속하게 처리되고 있다. 그런 의미에서도 이번 사태로 사회는 실험 중이다. 이 과정은 분명 부작용도 동반할 것이다. 준전시체제처럼 국가가 인력과 재정을 배치하고 사회를 통제할 때 큰 위험성도 따를 것이다. 하지만 지난 일상도 마냥 지속되어선 안 될 상태였다.

『기후와 관련된 존재론적 안보 위험 : 시나리오 전략』의 결론은 이렇다. "인류 문명을 지속하려면 탄소가 배출되지 않는 산업 시스템의 아주 빠른 구축이 핵심이다. 이는 2차 세계대전의 긴급 동원 규모와 유사한 전지구적 자원 동원을 요구한다." 여기서도 전시체제의 레토릭이 나온다. 이번 사태로 정책도 사회도 일상도 지난 관성에서 벗어날 여지가 생겼다. 관건은 변화의 방향이다. 변화는 국민생명과 국가경제 보호를 넘어서야 한다. 그리하려면 이번 사태에 대한 성찰 역시 국가와 사회의 경계를 넘어서야 한다. 그 키워드는 인용구에 나와 있다. 인류, 탄소 그리고 지구다.

지구와 취약한 우리들

이번 사태에 대한 성찰은 먼 곳까지 나아가야 한다.

관건은 인류가 탄소 문제를 매개로 함께 지구를 인식할 수 있는지이다. 세계의 기저를 이루는 지구 말이다. 지구를 인식하자는 말은 자연을 보호하자는 말과 다르다. 만물의 영장이라는 인간이 위기에 처한 다른 생물종을 지켜야 한다는 이야기가 아니다. 오히려 인류와 세계의 근본적 취약성을 직시하자는 의미에 가깝다. 이번 코로나 팬데믹은 인간 활동을 떠받치는 물질적 환경이 도구와 자원이라는 종속적 쓰임새를 거부하고 인간의 삶으로 난폭하게 작용하여 광범하고 파국적인 결과를 초래할 수 있음을 증명하고 있다. 거듭 말하지만 이런 사태는 양상을 달리하며 더욱 잦아질 것이다.

그래서 이번 코로나 팬데믹을 세계적 사태이자 지구적 사건으로 이해할 필요가 있다. '세계적'과 '지구적'은 비슷한 의미를 표현만 달리한 게 아니다. 세계란 인간 사회들이 다양한 상호관계의 연극을 상연하는 무대다. 국가와 자본이 대체로 주연이며 인류사와 세계사 등 여러 이야기가 이 무대 위에서 펼쳐진다. 지구란 그 무대 자체를 떠받치며, 아울러 무대 위의 상황 설정에도 관여하는 기계-운동이다. 지진, 태풍, 가뭄, 산불 그리고 전염병 등의 재해는 세계라는 무대 위로 드러난 이 기계-운동의 표현이다. 인간은 이런 사태를 겪으면 인간적 서사를 만들어냈다. 그러면서 지구라는 기계-운동을 때로는 '자양의 어머니'로 때로는 '분노의 여신'으로 불렀다. 하지만 지구는 인간이 만들어내는 서사에 무심하며 인간은 모르는 유기적 생과 무기적 생을 아우르는 기계-운동이다. 인간과의 관계에서 말한다면, 지구는 그저 인간이 영원히 파악할 수 없는 자신의 운동원리에 따라 인간이 범한 일에 상응하는 결과를 언젠가 돌려줄 뿐이다. 인간의 일상과 사회와 세계가 자신의 운동원리를 거스르려 한다면 그만한 대가를 돌려줄 뿐이다. 그 결과 인간의 모든 것 — 주체성, 관계성, 사회성, 세계성은 흔들릴 수 있겠지만, 인류가 멸종하더라도 지구는 여전히 자기운동을 할 뿐이다. 지구는 자애롭지도 난폭하지도 않으며, 자신의 운동이 인간에게 미치는 영향에 관한 의식도 없다. 하지만 이 무심한 지구를 인간은 살아가기 위해 의식하지 않으면 안 된다.

끝으로 한 번만 더 묻고 싶다. 이런 형태의 세계적 전염이 아니라면 대체 어떠한 사건을 계기로 인류는 이 기계-운동 앞에서의 근본적 취약성을 알아차리고 함께 행동할 수 있을 것인가. 지금, 근본적인 사고의 전환이 요구되고 있다. 하지만 요즘 접하는 기사들을 보면 지극히 인간적이고, 너무도 고루한 서사로 돌아가고 있는 듯하다. 일단의 진정세로 접어든 한국사회는 사태가 걷잡을 수 없이 심각해지는 다른 나라들을 곁눈질하며 '국난 극복'과 '위대한 대한민국' 서사로 향하는 것 같다. 국민국가의 유사종교성으로의 회귀. 외신에서 드라이브스루, 진단키트 등 한국의 방역체계와 방역기술이 언급된 내용을 찾아서 즐기고, 한국이 모델이라며 치켜세우고, 한국인으로 태어나서 다행이고 한국인이라서 자랑스럽다고 말한다. 그러는 사이 세계는 한국의 우월성을 입증하는 무대로 좁아지고 있다.

내셔널리즘은 한 사회가 감당해야 할 문제의 하중을 사회성원이 함께 나눠 갖도록 이끄는 기제가 될 수 있다. 분명 이번 사태가 파국으로 치닫지 않도록 협심하는 데서 큰 기능을 맡았다. 또한 이 사회에 필요한 정치세력을 가려내는 데서도 힘을 발휘했다. 하지만 다른 사회와 비교하며 모처럼의 우월감을 즐기는 이런 동향은 그간의 지친 심리를 달래는 것 말고 대체 무엇에 쓸모가 있단 말인가. 이번 사태로 우리 사회 내부에서 드러난 갖가지 경계의 문제를 더욱 들여다보게 하는가. 아니면 세계의 비참을 더욱 실감하고 힘든 자들에게 손 내밀게 하는가. 아니면 이번 사태가 무엇을 뜻하는지 더욱 성찰하게 하는가. 타국의 확진자수 증가세를 거론하곤 한국의 확진자수 세계 순위가 내려가고 있다며 은근히 즐기는 기사가 매일같이 나오고 있다. 코로나 바이러스는 냄새 맡는 데는 지장을 주지만 사람을 맹목으로 만들지는 않는다.

위기조차 몇 번 남지 않았을지 모른다

"코로나 이전과 이후의 세계는 다를 것이다." 요즘 이 말을 종종 듣는다. 과연 그러할 것이다. 달라질 수밖에 없을 것이다. 다만 중요한 것은 어떻게 달라져야 하는가이다.

코로나 시대. 어느덧 이 말도 통용되고 있다. 그 뒤로 그린뉴딜, 디지털뉴딜 같은 용어가 이어지는 논설도 자주 접한다. 하지만 나는 의심스럽다. 과연 그걸로 충분할까. 코로나 시대는 그린뉴딜 정도의 정책적 대응과 디지털뉴딜 같은 (신)산업주의적 처방보다 더한 변화를 요구하고 있는 게 아닐까.

위험-재난-위기-파국. 피해를 초래하는 사건의 수준을 이렇게 나눠보자. 이 구분은 피해의 심각성만이 아니라 지속성의 차이에 따른다. 위험은 재난이 다가온다는 징후다. 하지만 모든 재난이 위기로 번지고 파국으로 치닫지는 않는다. 태풍과 지진 같은 재난은 그 규모가 크더라도 머잖아 끝나고 이후 얼마간 복구할 수 있다. 그런데 그 심각성이 회복불가능한 임계점을 넘어서서 지속된다면, 사회는 위기에 처하고 파국에 이를 수 있다.

이 구분에 비춰본다면 코로나19는 작년 말 위험이었다가, 올해 초 재난으로 번졌고, 지금은 위기로 고조되었다고 말할 수 있다. 파국이 되는 걸 막으려고 애쓰는 중이다. 그렇다면 '코로나 시대'는 어떤 수준에 이른 사건에 붙이는 명명법일까. 전에도 사스나 메르스 같은 대규모 감염증이 돌았지만 시대란 말이 붙지는 않았다. 사태에서 그쳤다. 그런데 코로나는 그 사태가 지속되어 삶의 조건 자체를 변화시키고 있기에 시대라고 불리고 있다. 코로나 시대는 우리가 파국의 문턱인 위기 상황에 있음을 뜻한다. 그렇다면 '시대적 위기'에 들어선 우리는 우리 삶을 어느 방향으로 어디까지 바꿔야 하는가.

무엇보다 먼저 인정하고 또 결심해야 할 것은 '정상 회복'은 불가능하며 바람직하지도 않다는 사실이다. 지난 일상으로는 그대로 돌아갈 수 없으며 돌아가서도 안 된다. 기존의 정상을 하루하루 반복하던 지난 일상은 마냥 지속될 수 없는 것임이 드러났기 때문이다. 이대로라면 지금 같은 사태는 모습을 달리하여 계속 찾아올 것이기 때문이다. 우리는 진즉에 기존의 정상과 지난 일상을 벗어나고자 노력해야 했다.

코로나 시대, 코로나 팬데믹으로 불리는 지금의 위기는 갑자기 닥쳐온 것이나 언젠가 어떤 형태인가로 맞이할 수밖에 없는 것이었다. 이 위기는 지난 일상에서의 탈선처럼 보이나 지난 일상이 초래한 결과이기도 하다. 따라서 지금의 비상 상황은 기존의 정상이 비정상적이었음을 폭로한다. 그렇다면 기존의 정상이 금 간 틈 사이로 우리는 다른 세상의 가능성을 엿볼 수 있을 것인가. 그로써 위기가 드리운 현재는 과거의 연장이 아닌 미래의 기점이 될 수 있을 것인가. 코로나 시대는 지난 일상을 무너뜨릴 뿐 아니라 일상의 가치기준도 흔들고 있지 않은가. 무엇이 더 중요하고 시급한지 그 경중과 순서를 바꾸고 있지 않은가.

지난 수개월간 예기치 못한 변화가 닥쳐왔다. 그 변화는 많은 이들의 삶을 위협하고 고단케 하는 것이었다. 그 한편으로 전에는 기대하기 어려웠던 변화도 일어나고 있다. 지금의 위기가 어떻게 전개될지는 알 수 없지만, 우리는 지금의 위기 속에서 한 가지 단순한 진실을 확인할 수 있었다. 기존의 정상과 지난 일상은 바뀔 수 있는 것이었으며, 바뀌내야 하는 것이었다. 특히 관건은 세계적 전염증 위기에 대한 대응이 지구적 기후위기에 대한 대처로까지 나아갈 수 있는지다. 이를 위해 정상의 원칙과 일상의 세부를 바꿔낼 수 있는지다.

우리 스스로가 바꿔내지 않는다면 모습을 달리해서 찾아올 위기들을 겪으며 우리는 가장 원치 않는 변화에 치닫게 될 것이다. 지금의 위기는 앞으로 닥쳐올 파국의 전조가 될 것이다. 그런데 앞서 말한 난제가 우리가 도모해야 할 변화를 가로막고 있다. 기후위기는 코로나 팬데믹에 비할 수 없을 만큼 심각한 피해를 세계적으로 장기적으로 초래할 테지만, 그 피해는 (인간의 일상적 감각과 인식으로는) 국지적이고 점진적인 양상을 띤다. 모두가 서로를 위해 지금 당장 나설 문제, 공동의 삶을 지킬 수 있더라도 자신의 삶을 바꾸면서까지 노력할 문제는

'아직' 아닌 것이다. 이 '아직'은 파국에 이르기까지, 아니 파국에 이르고 나서도 이어질 수 있다. 그리하여 한 가지 시급한 물음과 우리는 마주하게 된다. 지금 직면한 위기가 (표면적으로) 해소되기 전에 우리는 이러한 인식과 이러한 인식 위에서 성립되는 일상을 얼마나 바꿔낼 수 있을 것인가.

만약 위기는 기회라는 말이 그저 입발림 소리가 아니라 자신을 깨는 아픔을 견뎌내는 자에게 찾아오는 진실이라면, 우리는 지금의 위기에서 우리의 존재 조건을 되물어야 하지 않을까. 거기에는 코로나 사태 해결보다 더한 어려움이 따를 것이다. 극복해야 할 것은 바이러스가 아닌 바로 우리 자신이기 때문이다.

이제 2020년, 자성과 각성의 기회가 될 위기조차 몇 번 남지 않았을지 모른다.

이명박 통치, 아랍의 봄, 월스트리트 점거, 후쿠시마 사태, 박근혜 집권, 세월호 참사, 촛불집회, 대통령 탄핵, 문재인 정권 탄생, 이명박과 박근혜 수감, 트럼프 집권, IS 창궐, 난민 확산, 제노포비아, 반지성주의, 가짜뉴스, 기후위기, 코로나 팬데믹.

이 책에는 2011년부터 십 년간 작성한 열 개의 단편을 담았다. 위의 사회적 사건과 현상들은 그것들을 작성하며 진입하고자 했던 상황들의 일부다.

열 개의 단편은 정돈된 학술적 문체를 취하지 못했다. 호흡은 고르지 않고 문제의식은 뒤얽혀 있다. 상황이 전개되는 와중에 그 속에 몸과 마음을 두고자 하니 가치판단은 흔들리고 시점은 부단히 조정되지 않을 수 없었다. 상황이라 할 만한 것이라면, 진정 사고를 요청하고 심문하는 상황이라 부를 만한 것이라면, 그 상황은 주체의 이해를 초과한다. 상황 속으로 진입하려는 자는 바깥에서 추이를 관조할 수 없으니 상황 변화에 따라 오류의 위험을 무릅써야 한다. 대신 상황과 함께하려는 사고는 상황의 진폭이 크면 클수록 단련되어 깊이를 더할 것이다. 열 개의 단편들은 그 믿음으로 시작되었다. 하지만 사고의 한계를 드러내는 데서 그치고 말았는지 모른다. 그렇더라도 내겐 2010

년대에 시도한 사고의 소중한 흔적들이다. 시도하지 않았다면 한계도 경험하지 못했을 것이다.

2010년대. 나 개인이 아니라 한국의 정치사라는 각도에서 묻는다면 2010년대는 어떠한 시간이었던가. 위에 열거한 것들 중에서 살핀다면 2010년대의 시작은 이명박 정권이 폭주 중이었지만 박근혜 탄핵과 정권 교체를 거쳐 2020년 총선에서 수구세력의 참패로 귀결되었다고 말할 수도 있을 것이다. 반동의 계절을 끝내고 누군가는 '이게 나라다'라는 긍지를 되찾은 시대였다고 말할 수도 있을 것이다. 나도 이명박-박근혜 정권기의 우울과 분노를 얼마간 떨쳐냈다. 그런데 정치사가 아닌 정신사를 상정해볼 수 있다면 2010년대는 과연 어떠한 시간이었던가. 이 물음 앞에서는 대답이 선뜻 나오지 않는다. 생각할수록 마음은 무거워진다.

1

이 물음을 꺼내놓고 오랜만에 한 권의 책을 다시 펼친다. 생각을 정리해야 할 때인데 호흡이 짧고 시야가 좁은 상태라면, 당대와 씨름했던 지난 시절의 책을 펼쳐 도움을 구하곤 했다. 이번에는 후지타 쇼조의 『정신사적 고찰』이다. 40년 전에 나왔지만 2010년대를 사고하려는 지금, 내게는 이 책과의 대화가 필요하다. '정신사의 각도에서 2010년대는 어떠한 시간이었는가'라는 물음도 이 책이 떠올랐기에 가능했다.

이 책은 1970년대의 기록이다. 1971년 후지타 쇼조는 호세이대학 교수직을 스스로 그만두고 낭인생활을 택했다. 1960년 안보투쟁 패배 이후 고도성장 궤도에 오른 일본사회에서 혁신의 동력은 사라지고 정신적 퇴폐가 번져간다고 근심하던 자의 결행이었다. 이후 십 년간 작성한 열 편의 에세이를 모아 1982년 한 권의 책으로 묶어내며 『정신사적 고찰』이라고 제목을 붙였다. 그는 당대에 관한 '정신사적 고찰'을 위해 과거로 거슬러 오르며 붕괴, 혼돈, 재생의 역사적 갈림길에 묻혀버린 가능성을 되짚었다. 만년에는 스스로 이 책을 "일본의 붕괴사를 연대기 순으로 나열한 것"이라 평했다.

이 책은 나와는 다른 장소, 다른 시대에 속해 있다. 하지만 내게는 이곳과 지금을 사고하는 데 요긴하다. 직접적 참고가 되어서라기보다 이 책에 투입된 정신적 집요함과 잠재된 사유의 편린들이 나를 각성시키기 때문이다. 후지타 쇼조는 "가능한 한 함의의 폭을 크게 하고 '숨겨진 차원'의 중층을 두텁게 하여 최대한 다의적으로 쓰고자 힘썼다"라고 「후기」에 적었다. 나는 그가 이 책에 쏟은 힘을, 이 에필로그를 쓰기 위한 나의 동력으로 삼고 싶다.

다시 읽어봐도 『정신사적 고찰』은 난해하다. 쉽게 읽히지 않는다. 난해한 까닭은 그가 말하듯 함의의 폭이 넓고 숨겨진 차원의 중층이 두터워서다. 문제는 복잡해서 문제고, 문제가 복잡하다면 문제에 관한 사고도 얼마간 복잡한 게 마땅할 것이다. 이 책이 난해한 까닭은 복잡한 문제를, 그에 걸맞게 사고하려 했기 때문이다. 쉽고 명료한 잠언 같은 문장은 진실의 일면을 비출 때도 있겠으나 그 자체는 결코 진실일 수 없다. 그런 것이 진실이라면, 후지타 쇼조를 포함해 내가 사랑한 사상가들은 모두 바보일 것이다.

이런 책은 그 난해함으로 인해 펼칠 때마다 전에는 눈에 띄지 않던 문장과 새로이 만난다. 그때마다 책을 펼치게 한 나의 고민이 달라져서일 텐데, 다시 읽으며 윤곽이 드러나는 것은 고민하던 문제의 답이라기보다 제대로 형상화하지 못하고 있던 자신의 물음 쪽이다. 그렇다. 내게는 정신사가 문제였던 것이다. 이런 책은 지난 시절에 속해 있으나 지금 읽는 독자의 고민과 내밀하게 맺어지려고 한다.

2

다시 읽으면서 특히 '경험의 상실'에 관한 문장이 눈에 들어왔다. 이 논제는 세 편의 에세이에 걸쳐 조금씩 다른 문제 영역으로 뻗어가고 있었다. 그 구절들만이라도 옮겨두고 싶다.

> 경험이란, 단지 개인적 경험인 경우라 해도 사람과 사물(혹은 사태)이 상호적으로 교섭하는 일이다. … 그것은 사람과 사태의 갈등을 포함하고 사태 내부의 갈등 또한 포함하며, 이를 거쳐 자의의 개성적인 변형을 불러와 결국 어떤 통합적 관계를 형성하게 된다. 그 상호주체적인 교섭 과정이 바로 경험의 내부 구조

인 것이다.(「어느 상실의 경험」)

경험과 사고가 응접실의 장식품이나 진열장의 진열품처럼 '물화'해 가고 있는 게 오늘날 정신 상황의 특질이다.… 경험이란 사물(혹은 사태)과 인간 사이의 상호적인 교섭이므로 그 자체가 '물체'로 화할 수는 없으며, 사고란 이성을 통한 세계(혹은 경험, 혹은 사물)와 인간 사이의 응답 관계이므로 그 자체가 '물체'로 화해 버릴 수는 없다. 경험이 고형의 '물체'가 될 때 그것은 더 이상 경험이 아니라 경험의 소외태이며, 사고가 완결적인 '물체'가 될 때 그것은 더 이상 사고가 아니라 사고의 소외태인 것이다. 이처럼 오늘날 정신 상황이 가진 특질의 심부에는 경험과 사고의 소외가 완성된 형태로 존재하며, 그러한 의미에서 '경험의 소멸'과 '사고의 고형화'는 결정적인 것이었다.… 지금 우리를 둘러싼 세계에는 더 이상 그와 같은 기초 경험도, 그와의 지적 교섭을 통한 지적 경험의 재생력도 없다. 그럴수록 나만의 '체험'을 중시함으로써 제도 속 부품과 다를 바 없는 함수적 경우 안에서의 기분 전환과 '자기' 존재 증명을 구하고자 한다.(「전후 논의의 전제」)

오늘날 길거리의 구조는 새로운 장식으로 일변했고, 건물과 자동차도 사람이 입는 것도 손에 들어오는 물건들도 모두 다 신품화新品化했다. 그러나 이런 신품들은 이미 보았듯 제품으로서 주어진 것들이다.… 그것들은 사들일 수 있는 소여所與의 물건, 즉 번쩍거리는 소여성으로서 눈앞에 놓여 있는 데 불과하다. … 경험이란 사물(혹은 사태)과 인간의 상호적인 교섭이므로, 상대편인 사물의 재질과 형태의 장소적 환경 등 여하에 따라 이쪽에서 미리 품고 있는 상정 속에 조금이라도 제멋대로인 부분이 포함돼 있는 경우 인간은 도리 없이 재고를 하는 수밖에 없다. 즉 물체로부터의 저항이나 사물에 대한 우회 접근 등을 거치지 않을 수가 없는 것이다. … 오늘날의 신품에는 그러한 상호 교섭의 흔적이 없다.(「신품 문화」)

3

정치사가 아닌 정신사를 상정해볼 수 있다면 2010년대는 과연 어떠한 시간이었던가.

이 물음으로 돌아오자. 돌아보면 열 개의 단편은 2010년대의 정신사에 관한 고찰이라 하기에는 크게 미흡하지만, 그때그때의 상황 속에서 정신의 행방을 주시한 기록이다. 『정신사적 고찰』을 읽고 난 감정선에서 거칠게 말한다면, 2010년대는 퇴행의 시대이지 않았던가. 교착상태라는 표현도 1990년대, 2000년대에나 어울리는 듯하다. 십 년 단위의 연대기적 시대 설정은 그 한계가 분명하겠으나 아무튼 2010년대는 1990년대, 2000년대와 달리 명명 자체가 어색하게 들릴 만큼 뭐 하는 시대였는지 알기 어렵다. 아무것도 하지 않은 것은 아닐 테니 무얼 생산하지 않았다면 소모하던 중임이 분명하다. 탕진의 시대다. 눈 닿는 곳마다 축적은 없이 탕진 중이다. 머잖아 밑동까지 갉아먹을 기세다. 얼마 안 되는 사상적 밑천을 마구 써먹고 낭비의 방법들만 자꾸 발전한다.

위대한 정신은 난도질당한다. 정신의 도살장들에서 역한 냄새가 난다. 위대한 감정은 썩어간다. 대신 메마른 감각들이 주인 행세를 한다. 가치절하된 이념은 헐값에 팔린다. 그 돈으로 온갖 가십거리를 긁어모은다. 그렇게 지난 십 년간 정신없이 정신의 나체화가 진행되었다. 이제 거의 해골이 드러나고 있다. 눈구멍의 바닥 모를 암흑은 백치성과 공허함을, 앙상한 치열은 노골적인 공격성을 드러내고 있다. 후지타 쇼조의 말이다. "미숙한 채로 부패하면 참으로 기묘한 고목이 된다." 뼈아픈 말이다.

4

조금 차분히 말하자.

안락을 향한 전체주의. 후지타 쇼조는 당대 일본사회를 이렇게 비평했다. 일본인들은 불쾌감 없는 상태로서의 안락을 우선적 가치로 추구한다. 불쾌감을 안기는 대상에게서 눈을 돌리고 아예 그 근원을 없애버리고 싶어한다. 끊임없이 안락을 좇는 욕망이 일본인들을 움직이는 가장 큰 동인이 되었다. 이렇게 비평했다.

나는 지금 한국사회에서 비슷한 것을 느낀다. 먼저 사고와 표현이 가벼운 감정들에 중독되고 있다. 감정 표출과 감정 충족이 의사교환과 가치판단의 최상위에 놓인다. 재밌다. 즐겁다. 맛있다. 멋지다. 예쁘다. 언어생활에서 이처럼 가벼운 향유의 어휘들이 압도적 비중을 차지한다. 사회 전역에서 손쉬운 즐김의 취향이 개발되고 감정적으로 즉각 반응할 소재들이 넘쳐난다. 시는 감정 충족에 세련되게 복무하고 기사는 감정적 반응을 노골적으로 노린다. 찰나적 향유의 무한반복. 그때그때 가볍게 감정을 맛볼 소재들을 쓰고 버리고 다시 새것을 찾는다. 시간은 잘게 분절화된다.

그리고 우리 모두의 손에 스마트폰이 쥐어졌다. 어쩌면 2010년대의 정신사를 논할 때 가장 중요한 변화일지 모른다. 그것은 사고가 깃들 여백의 시간을 지운다. 호기심을 채워주고 우울감을 달래주고 빈 시간을 빈틈없이 메워준다. 원하는 즉시 눈의 탕약을 제공한다. 빛과 이미지로 정신을 사로잡는다. 램프 주변으로 모여드는 나방처럼 정신은 화면 곁을 맴돈다. 그리고 벼룩처럼 여기서 저기로 끊임없이 옮겨다닌다. 그것만 들고 있으면 마음 가는 대로 현실을 고를 수 있다. 그 현실이 따분하다면 손끝의 움직임 한 번으로 족하다. 구미에 맞는 다른 현실이 언제나 대기 중이다. 현실은 가벼운 흥밋거리가 된다.

5

경험의 상실. 후지타 쇼조라면 지금의 세태를 두고 이렇게 표현했을 것이다.

앞서 옮겨둔 문장을 보면 그에게 경험이란 그저 겪은 일들에 관한 통칭이 아니었다. 경험은 '사물(사태)과 인간 사이의 상호적인 교섭'이다. 경험한다는 것은 자기 아닌 것과의 접촉으로 자의의 세계가 흔들리고 욕구가 동요하는 시련을 내포하며, 그로써 그것들이 재편되는 과정을 동반한다.

그런데 우리는 그가 말하는 경험을 겪지 않도록 보호받고 있다. 오늘날 경험은 일반 재화처럼 대량생산되고 그만큼 유통가치가 떨어지고 있다. 그 경험들은 먼저 "사들일 수 있는 소여의 물건"처럼 사물화된다. 무엇무엇에 관한 경험이라고 명명할 수 있고, 경험의 외연도 발생과 마감시점도 대략 정해져 있고, 그로써 기대되는 바가 무엇인지도 얼추 알고 있다. 각종 프로젝트가 경험의 대용품을 설계하여 진열해 놓는다. 우리는 물건 사듯 그것들을 고르고 소비하고 버린다. 후지타 쇼조의 문장에 비춰본다면, 이처럼 사물화된 경험은 경험이 아니라 경험의 소외태다.

경험은 사물화되고 또한 사유화된다. 경험이 어딘가에 속한다면 그것은 나와 타자, 나와 사태 사이의 "응답 관계"일 것이나, 오늘날 경험은 '나의'라는 소유격으로 환원될 수 있어야 한다. 나의 "기분 전환과 자기 존재 증명"을 충족시켜줘야 경험으로 여겨진다. 재밌다. 맛있다. 멋지다. 경험을 쉽사리 평가하는 이들 감탄형 형용사의 범람은 경험의 사물화와 사유화를 증명한다. 그런 경험은 실상 반反경험적이다. 자기 아닌 것과의 접촉을 통한 어떤 자기갱신의 계기도 되지 못하기 때문이다.

6

그리고 말의 위기.

값싼 경험의 대량생산은 말의 전반적 가치하락을 동반한다. 진정 '나의' 현실을 경험하려면 정신적 매개가 필요하다. 현실이란 본디 파편들이다. 정신적 매개가 없다면, 경험은 파편의 나열에 그치고 만다. 파편화된 경험은 오히려 경험의 가치를 훼손한다. 정신적 매개를 거쳐야 현실은 파편들로 머물지 않고 입체적 구조를 취해 나와 "갈등"하고 나의 "자의"를 변형하기도 하는 경험이 될 수 있다. 이를 위해서는 정신적 매개를 만들어 현실과 "상호교섭"하는 말이 필요하다. 하지만 감탄형 형용사는 범람하되 현상을 포착하고 생각을 직조하고 논리를 구축하고 관념을 형성하는 말들은 쇠락하고 있다.

텔레비전을 켠다. 화면에서 등장하는 거리의 일반인들이 하는 말은 대체로 "같아요"로 끝난다. 생각을 묻는데도 "생각해요"라고 답하는 경우는 드물다. 듣고 있자면 나는 불편해진다. 단정치 못해서가 아니다. "같아요"라는 술어를 쓰는 한 "인 것 같아요"처럼 막연한 추측이나 "좋은 것 같아요"라는 가벼운 기호가 앞 내용으로 나온다. "같아요"로 끝나는 문장에는 없다. 한국사회에서 사라져가는 그것, 바로 자신의 생각을 입체화하는 숙고 말이다.

텔레비전을 본다. 이번에는 그럴듯한 말 만들기를 업으로 삼는 각종 논자들이 나온다. 그들은 달변가지만 그들의 말을 듣고 있자면 문장 구조가 무척이나 단축적이다. 복잡한 사회현상을 논하면서도 공들여 논증하기보다 섣불리 예단하며 자극적인 말로 감정 환기를 노린다. 점점 광고의 언어를 닮아간다. 광고의 언어는 짧은 문구로써 사고를 신속하게 특정 방향으로 유도한다. 사람들에게 가식적 친숙함을 제공해 즉각적이고 자동적인 공감을 유발한다. 이런 언어들을 자주 접하다보면 사고가 지닌 비판의 힘이 약화되고 정신의 내적 차원이 마멸된다.

오늘날 말은 점점 엷어진다. 말의 의미가 서둘러 획정된다. 말의 전개가 곧 차단된다. 그리하여 말은 반응에 그친다. 반응하느라 사고하지 못한다. 사고라고 여기는 것까지가 반응에 그치고 만다.

7

이 책은 말에 관한 위기의식에서 상황 속으로 들어가 흔들리는 말들을 건져내고자 한 시도다. 후지타 쇼조의 표현을 빌린다면, 상황은 "응접실의 장식품이나 진열장의 진열품"과 달리 전모를 알 수 없으며 예기치 않은 방향으로 전개되기에 상황과의 상호교섭은 시련을 안기고, 그 이유로 단련의 계기가 된다. 나는 흔들리는 말들로 문장을 엮어가며 상황을 진정 경험하고 싶었다. 또한 유동하는 상황 속에서 떨리는 말을 경험하고 싶었다.

인간이 말과 할 수 있는 경험이란 얼마나 풍요로운가. 물리학자처럼 말을 다각도로 관찰하고, 수학자처럼 말을 정확히 계산하고, 식물학자처럼 말을 정성스레 분류하고, 해부학자처럼 말을 섬세히 파고들고, 음악가처럼 말의 독특한 음색을 창조하고, 배우처럼 말을 정열로써 연기하고, 연인처럼 말과 진하게 포옹할 수 있다. 인간이 말들을 문장으로 엮으며 할 수 있는 경험이란 얼마나 다채로운가. 말을 끌어들이고 밀어낸다. 달리게 하고 속도를 늦춘다. 밀도를 주입하고 공백을 넣는다. 단단하게 하거나 부드럽게 만든다. 응축하고 퍼뜨린다. 쌓아올리고 버린다. 모으고 흩트린다. 접고 펼친다. 조립하고 분해한다. 빛으로 밝히고 어둠으로 내몬다. 강한 심장이 말단에 있는 구문의 모세관까지 진한 피를 내보낸 글, 그 글은 나신보다 적나라하고, 뼈대보다 강하며, 근육보다 탄력 있고, 신경보다 예민하다.

이 책에서 나는 말로써 상황을, 상황 속에서 말을 경험하고 싶었다. 그런데 상황과 상호교섭하고자 상황 속으로 들어가기 위해서는 이미 상황을 감싸고 있는 론論들의 자장에서 벗어날 필요가 있었다. 이명박 통치로부터 코로나 팬데믹에 이르기까지 위에 열거된 사회적 사건과 현상은 이미 여러 논자가 이러저러한 론으로 해석을 가한 것들이다. 하지만 그들이 내놓은 해석들에 기대어 상황을 대한다면, 사고는 기존의 언어적 수로를 따라 흘러가게 될 것이다.

상황은 투명하지 않다. 어떤 론으로 무언가가 드러날 때 무언가는 은폐된다. 후쿠시마 사태, 세월호 참사, 촛불집회, 정권교체, 난민 확산, 코로나 팬데믹 등 우리가 접하는 상황이란 이미 언어로 작도된 추론공간이다. 그 공간에서 각종 론들은 서로 각축하면서도 어떤 소실점을 향해 논점들을 배치시킨다. 그런 의미에서 상황 속으로 파고든다는 것은 기성의 론들이 드러낸 것의 이면, 억압한 것의 흔적을 살피는 일이다. 이 책은 거기에 치중하고자 했다.

물론 기성의 론들이라고 무가치한 것은 결코 아니다. 다만 그 론들이 점점 얄팍해지고 있다는 인상이다. 과거의 잡지를 보면 해당 논제를 두고 더욱 치열하고 입체적인 논의가 펼쳐졌다는 걸 느낄 때가 있다. 특히 요즘 텔레비전에서 활약하는 논자들의 말을 접하면서 그렇게 느낀다. 그들이 지금의 문제를 거론하는 방식에는 '다루다'는 동사가 어울린다. 그 동사에서는 언제든 손 뗄 수 있다는 여유감, 언제든 돌아설 수 있다는 거리감이 느껴진다. 그들은 문제를 뭐라뭐라 명명하고 진단하며, 그렇게 문제의 경계를 둘러친다. 문제는 경계 안에서 점차 알 만해진다. 그리고 다 꿰뚫어 본다는 듯이 의기양양하게 논한다. 자기 일로 떠맡기는 거부하면서도 늘상 가르치려 든다. 그런데도 그들의 진단과 처방이란 것은 큰 원칙의 재확인에 머문다. 너무나 상식적이지 않은가. 맞는 이야기다. 그저 맞는 이야기일 뿐이다. 나른하다. 그들의 말을 거치면 문제는 풀리는 게 아니라 밋밋해진다.

내가 쉽게 알아들을 수 있었던 그들의 론은, 쉽게 알아들을 수 있었다는 그 이유에서 나를 달리 사고하도록 이끄는 데는 실패했다. 너무나 명료하면 오히려 못 미더웠다. 그들의 론은 품위 있는 상투어들을 자주 끌어다 쓴다. 그 상투어들은 격동하는 현실을 정태화하려 든다. 그들이 자부하는 명료한 논리란 상투어들 속 도착 상태를 읊조린 것에 불과할지 모른다.

나는 그들의 말에 나의 사고를 맡겨둘 수 없었다. 사고는 자신이 아직 사고하지 않았음을 의식하는 데서 시작한다. 사고의 가치란 기성의 론들을 답습하는 데서 얼마나 멀리 벗어나느냐로 측정된다. 그리하여 나는 사고를 구하고자 상황 속으로 더욱 깊이 들어가고자 했다. 기성의 론들이 비추지 못하는 상황 속 어두운 자리를 구석구석 더듬으며 사고의 길을 내고자 했다. 그리하려면 그 문제를 대할 때 '를' 대신 '와'라는 조사를, '다루다' 대신 '부대끼다' 같은 동사를 불러들여 와야 했다. 문제의 경계를 긋고 거기서 바깥으로 빠져나와 문제에 대해 나른하게 논하는 말이 아니라 문제의 구획화를 부단히 되묻는 말을 확보하고자 했다. 다시 말하지만 문제는 복잡해서 문제다. 복잡한 문제는 얽히고 흘러넘치는 문제다.

문제의 상황 속에 있으려는 자는 상황을 명시明視할 수 없다. 상황은 흔들리고 상황 속 자신도 흔들린다. 그러면 말도 흔들린다. 말이 흔들린다면, 말로써 흔들림을 전하면 되리라고 여겼다.

8

> 이 근본적 위기로부터 새로이 '정신'과 '경험'을(즉 상호성으로서의 '사회'를) 되살리는 한 가지 길은 인간 존재가 무엇인지에 대해 자기중심적으로가 아니라 최대한 밖에서 다시 보고, 다시 알고, 그러려고 애쓰는 눈을 통해 정신과 경험의 안쪽 깊숙한

곳에 들어서서 그 내부 구조의 '해독'을 시도하는 일이다.

후지타 쇼조는 「후기」에 이렇게 적었다. 여기서 '인간 존재'의 자리에 '나'를 넣으면 내게 쓰기라는 영위의 의미가 무엇인지를 대신 밝혀주는 듯하다. 그의 표현을 빌리자면 상황 속 쓰기란 "내가 아닌 것에 결부되는 기회"이다. 그런데 그는 이렇게 말한다. "이를 거쳐 자의의 개성적인 변형을 불러와 결국 어떤 통합적 관계를 형성하게 된다." 하지만 내게 쓰기는 나를 분열의 위기로 내몬다. 문장을 시작하며 '나'라고 주어를 적지만 쓰고 있는 동안 '나'는 끊임없이 되물어진다. 자신의 생각을 쓰려 하는데 쓰다보면 자신의 생각에서 길을 잃는다. 자신의 언어에서 혼돈을 느낀다. 자신의 내면을 묘사하려다가 어느새 자기 바깥으로 끌려나온다. 그리하여 점차 '나'라고 말할 자신을 잃게 된다. 나에게 쓰기란 존재의 항상성이 동요하는 경험이며, 의미의 친숙함이 보장하던 말과의 관계가 결렬되는 경험이다.

그러나 그 위기를 거부해선 안 된다. 거기에 자신을 내맡겨야 한다. 문제의 복잡성으로 인해 요구되는 다중적 고찰 사이의 긴장 속에서 자신의 세계관을 스스로 상대화하는 검증에 나서야 한다. 그리하여 쓰고 있을 때 자기 사고의 한계치와 대면할 수 있다. 거기서 아직 경험한 적 없는 자신과 만날 수 있다. 거기에 만나야 할 자신이 있다.

사실 쓰기로 마음먹을 때 예감한다. 시도하지만 이번에도 결국 그 한계치까지 가보지 못할 것이다. 하지만 그 실패조차 시도해야 경험할 수 있다. 다시금 시도하며 나는 바란다. 나는 세상 어디서고 통할 진실을 알거나 말하고 싶은 게 아니다. 나의 고민을 성실하게 말하고 싶을 뿐이다. 그리고 내게는 한 가지 믿음이 있다. 이 고민을 나만 갖고 있지는 않을 것이다. 그래서 답에 이르지는 못할지언정 고민의 과정을 공유하는 글을 써내고 싶었다. 결론을 유예해 논지가 뚜렷지 않다는 평가를 받더라도, 답의 제시보다 물음의 조형에 충실하고 싶었다. 물음은 독자와 '상호교섭'할 가능성을 지니기 때문이다.

9

쓰려고 할 때마다 능력의 부족을 느끼면서도 다시금 쓰고자 한 것은 나 또한 읽고 있기 때문이다. 타인에게서 물음을 계속 건네받고 있기 때문이다.

지난 십 년간 이런 말들에서 신뢰를 느꼈다. 내면의 동요를 전하는 말. 문제와 난관, 이것들을 다룬다기보다 자기 안에 두고 겪고 있는 말. 문제와 난관이 안에서 자라나온 말. 정신의 내면을 통과한 말. 개성의 매개를 거친 말. 자신의 고통으로써 획득한 말. 삼켰다가 토해낸 말. 그런 말들인 듯할 때 새겨듣게 되었다.

그럴듯한 수사를 끌어다가 사고의 허점을 가리는 것이 아니라 차라리 문장들은 제 무능을 고백할 때 가장 당당하다. 유동하는 고민들을 각종 론으로 정리하며 조감도 그리기를 즐기는 자에게는 대들고 싶다. “나는 안다”가 아니라 “나는 하겠다”를 듣고 싶다. 작가의 개인 취향 말고 개체로서의 고민이 궁금하다. 그런 글은 모니터 화면 너머로 구체적인 독자를 의식하고 있어야 쓰일 수 있다. 그런 글은 독자인 내게 다가와 나 자신에 대한 물음을 낳고 경험으로 증식된다. 그런 글들을 겪을 수 있다면, 읽느라 지새운 밤이 아깝지 않다.

지난 십 년간 타인의 그런 글들에서 용기와 힘을 얻으며 나 또한 쓰고자 했다. 앞서 내게 쓰기란 자신의 한계와 대면하는 행위라고 말했다. 동시에 내게 쓰기란 자기 경험 속 타인을 상기하는 행위이기도 하다. 생각을 빚진다는 의미만이 아니다. 어떤 형태로든 그 상기 활동에 이르지 못하는 한 굳이 문장으로 꺼내지 않아도 된다는 감각이다. 물론 생각도 빚진다. 열 개의 단편에는 여기저기서 모은 타인의 편린들이 가득하다. 생각만이 아니다. 무엇보다 쓰기 위한 감정선을 타인의 글로부터 얻는다. 그리하여 나의 글에는 여러 목소리가 웅성거린다.

그런데 방금 생각을 빚졌다고 했다. 하지만 부채감은 그다지 없다. 아마도 이것은 빚지는 관계가 아닐 것이다(어떻게 갚겠는가). 쓰이기 위해 세상에 나온 것을 내 방식대로 쓴 것이다. 나의 씀의 꿈도 쓰임이다.

10

그 타인들 중 동시대 사람도 있고, 과거 인물도 있고, 그 안에 후지타 쇼조가 있다.

그런데 나는 어째서 후지타 쇼조의 글에서 비슷한 고민을 느끼는 것일까. 그의 1970년대와 나의 2010대가 어떻게 닮아 있을 수 있을까. 내가 그의 발상을 차용한 것일까. 시대가 다른데도 범박하게 유사성을 짚은 것일까. 그런 측면도 있을 것이다. 하지만 어쩌면 시대의 퇴행, 경험의 상실, 말의 쇠락은 그와 내가 살았던 시대들의 공통적 특성이라기보다 자신의 시대와 불화하며 살아가는 자들이 지니는 공통의 위기의식일지 모른다. 시대가 그렇다기보다 시대를 그렇게 응시하는 자들이 있는 것이다.

후지타 쇼조가 40년 전에 쓴 글이 나의 지금을 직시하게 한다면, 그것은 그의 글이 그의 시대를 반영해서가 아니라 거슬렀기 때문일 것이다. 분명 그의 글은 그가 살았던 시대에 속해 있으나 시대와 다투었기에 시대에 속할 수 있었다. 그는 시대의 추세를 거스르면서 자신의 저항을 시대에 기입했다. 나는 아마도 반시대적이라서 진정 시대적이었던 과거 인간의 글을 동시대적으로 전유하고자 하는 것이리라.

어쩌면 그 자신도 1940년대 미국 망명 시기에 작성된 아도르노의 『미니마 모랄리아』에 관한 글을 쓰며 그렇게 느끼지 않았을까. 「비판적 이성의 서사시」에서 후지타 쇼조는 아도르노를 "이문화 속에서 살아가는 이물異物"이라 표현한다. 여기서는 이문화에 대한 그의 해석이 중요하지 싶다. "이문화라는 건 예술이나 학문 같은 문화의 증류물을 가리키는 게 아니다. 아도르노의 말을 빌리자면 생활의 '도량형'과 관련되는 것이다.…생활 전체에 스며있는 감도 높은 '저울'이 완전히 다른 게 이문화인 것이다." 그리하여 이물은 이물감과 함께 살아간다. "고독은 스스로를 달랠 여유와 장소를 갖지 못한 채 매일 위화감 속에서 확대재생산되고, 따라서 위화감 또한 매일매일 새로이 씨를 얻어 축적돼 간다." 그리고 이런 문장이 이어진다. "이렇게 자기와의 동일성을 잃은 소외 상황에 대해 철저한 자각적 고찰을 가한 것이 『미니마 모랄리아』에서 아도르노의 모습이었다. 그 자세는, 자신이 말려들어 있는 소외 상황으로부터 다시 한번 자신을 분리하고자(소외시키고자) 한다."

비판적 이성의 서사시는 곧 이물의 정신사일 것이다. 그리고 나는 이 사회에서 글을 통해 동시대의 이물들과 만난다. 그들은 기성의 말을 입에 담을 때 이물감을 느낀다. 그들은 언어화 과정이 복잡하고 불투명하다는 의식을 낙인처럼 지니고 있다. 그런데도 말의 음영에 시달리며 내적 전투를 거듭한 그들의 문장에는 그늘이 드리워 있다.

감히 내적 망명이란 표현을 써도 된다면, 그들은 글로써 내적 망명을 감행한다. 자신이 정신의 타향에 놓여 있다고 느끼기 때문이다. 이곳, 이 시대는 "생활 전체에 스며있는 감도 높은 저울"이 자신의 생리와 너무도 안 맞기 때문이다. 그래서 그들은 쓴다. 정신의 고향을 상실한 자가 글을 쓴다면 그것은 자신의 관념이 머물 거처를 마련하기 위함일 것이다. 그러나 그 거처는 건축물의 모습을 취하지 못한다. 그들에게 글은 거기에 살면서 보호받을 수 있는 울타리가 아니다. 글은 그들에게 안식할 거처가 되지 못하고 그들의 방황을 기록하는 이정표로 남을 뿐이다. 그들은 "자신이 말려들어 있는 소외 상황으로부터 다시 한번 자신을 소외시킨다."

사실 시대는 퇴행하고 있는 게 아닐지 모른다. 그들이 시대착오적이라서 시류를 못 따르는 것일지 모른다. 하지만 그들이 남긴 이정표는 내게 2010년대를 살며 종종 길벗이 되었다.

이제 나도 이 책으로 그들에게 타전한다. 당신만 그런 것이 아니라고.